LA PROTÉGÉE

Marlène Charine a fait une entrée fracassante dans le monde du polar en 2020 avec *Tombent les anges* et est devenue en quelques romans une autrice emblématique du genre. Elle confirme avec ce nouveau thriller machiavélique un talent déjà largement salué par la presse et plusieurs fois récompensé : prix du Polar romand 2020, prix Sang pour Sang Polar, prix Découverte du journal *L'Alsace*, prix Découverte Iris Noir de Bruxelles 2021.

Paru au Livre de Poche :

BRÛLENT LES ÂMES

INCONDITIONNELLES

LÉONIE

TOMBENT LES ANGES

MARLÈNE CHARINE

La Protégée

CALMANN-LÉVY

ISBN : 978-2-253-25014-2 – 1re publication LGF

1

Je n'ai pas toujours été une gentille fille, c'est vrai. Mais depuis ma mort, je m'applique à ne pas m'écarter du droit chemin.

Même si cela implique de rester stoïque, les fesses collées au similicuir du siège passager, à côté de ce cher commandant Theven. Avec l'impression que ce voyage n'aura pas de fin. Que notre destination, quelle qu'elle soit, s'éloigne tandis que nous progressons vers elle. Un point mouvant sur la carte. Nous le poursuivrons peut-être jusqu'en Espagne. Puis, qui sait, un bateau pour le Maroc, un autre véhicule tout aussi fatigué que celui-ci, en ligne droite direction sud-sud-ouest, terminus Sénégal.

Ça me conviendrait. Je ne serai de toute manière jamais assez loin de *lui*.

Un coup de frein sur mes pensées avant qu'elles s'emballent. Je ne connais que trop bien la boucle infernale qu'elles peuvent former. Ça vibre, ça s'entrechoque, en mode *bis repetita* sur un tempo de plus en plus rapide. Pour les évacuer, j'entrouvre ma fenêtre. Theven s'empresse de m'imiter pour créer un appel d'air. Le sifflement s'estompe, mais mes cheveux se mettent à voler en tous sens. Des mèches me surprennent quand elles viennent me gifler comme pour me punir de cette nouvelle coupe imposée, très – trop – courte, très brune. Ni eux ni moi n'avons encore pris l'habitude. Ma couleur entre miel et or et mes chignons de danseuse faisaient partie intégrante de mon ancien moi. À intervalles réguliers, je tente de récupérer une masse soyeuse désormais inexistante dans ma nuque et me retrouve les mains vides, obligée de terminer mon geste d'une manière ou d'une autre. Une personne observatrice pourrait s'imaginer que je souffre d'eczéma dans le haut du dos, tant je me gratte. Une allergie due à l'absence.

Une fois suffisamment agacée par mes propres cheveux et leur teinte naturelle, je referme ma vitre. Retour au calme sur mon front. Mais pas derrière. C'est tout ce silence, ça me ronge. L'autoradio marche en sourdine, Theven a réglé lui-même le volume. Les sacro-saints droits du conducteur. Et il n'est pas du genre à commenter les prévisions météo ou les sujets abordés dans les flashs info. Il faudrait une tornade ou l'annonce de l'émergence d'une horde de zombies sur notre portion d'autoroute pour qu'il lâche ne serait-ce qu'un soupir. J'aimerais l'amener à bavarder de tout et de rien, mais c'est peine perdue. Reste une autre solution : l'asticoter un peu.

Je repêche le dossier que j'avais glissé dans le vide-poche de ma portière après y avoir jeté un simple coup d'œil, au début du voyage. Il contient toutes les informations sur ma nouvelle vie, tous les éléments nécessaires pour recommencer de zéro. Dont mon passeport. C'est la seule chose que j'aie ouverte. Je me suis arrêtée au nom. Madeleine Lemans.

Sérieusement ? *Madeleine ?*

— Avouez, c'est vous qui l'avez choisi, n'est-ce pas ?

Theven actionne son clignotant, déboîte sur la gauche, dépasse soigneusement un utilitaire aux couleurs d'une entreprise de nettoyage avant de répondre.

— Ça m'a semblé approprié.

— Je dois vous remercier de ne pas y avoir collé de Marie ?

— Je peux encore faire une modification, si vous y tenez.

— Il faut revoir vos classiques, Theven. Marie-Madeleine était une disciple du Christ, pas la vilaine pécheresse de la Bible. Celle-là n'est pas nommée... et Jésus lui lave les pieds. Un petit fantasme inavoué ?

Un regard en biais, accompagné d'un froncement de sourcils sévère. Un vrai roc, ce flic. Imperturbable, quelle que soit la situation. J'ai bien cherché à le déstabiliser, en flirtant avec lui sans vergogne – et avec ses limites par la même occasion –, en jouant avec ses nerfs, sa loyauté et sa patience. Rien à faire. Dans le pire des cas, il quitte la pièce quelques minutes et revient aussi neutre qu'au début de l'affrontement. Toujours calme, toujours courtois. Il ne s'est même jamais laissé aller à me tutoyer, le « vous » comme une barrière supplémentaire, un rempart naturel.

Theven ne m'apprécie guère, j'en ai conscience. Un reste de jugement personnel, un dépôt terne sur le blanc éclatant de son impartialité. Ça doit le démanger, par moments. Un partout pour ce qui est des dermatoses imaginaires.

— Et vous, au fait, c'est quoi votre petit nom ? Après tout ce temps passé ensemble, j'aimerais bien le savoir.

— Désolé, c'est secret-défense.

Toujours maître de lui, mais pas dénué d'humour, ce cher commandant. Je prends une pose de midinette, les mains autour de mon visage, et demande d'une voix suave :

— Quoi, vous devriez m'abattre si d'aventure vous laissiez échapper cette information capitale ?

— Ne me tentez pas, *Madeleine*.

De l'humour, et grinçant juste comme il faut. Mais ce prénom… Non, ça ne va pas être possible.

— Il faut que je me trouve un diminutif.

Un haussement d'épaules. Qu'il m'estime ou non m'est bien égal, tant qu'il camoufle son hostilité sous une couche d'indifférence. D'une certaine manière, je peux le comprendre. Tout le monde me hait, ou plutôt, tout le monde détestait la personne que j'ai été.

La compagne du diable.

Ou, selon la désignation inventée par la presse, la muse du vampire. Un titre qui claque, il faut bien l'avouer. Qu'il soit ou non adapté, ça se discute. Ce qui est sûr, c'est que le terme vampire convient parfaitement à Luca.

Luca di Ferro. Homme d'affaires, grand sportif, amant passionné, amateur d'art, beau à se damner. Oh, et criminel de portée internationale, trafiquant en tout genre et meurtrier. Chemises bleu ciel, mains rouges de sang.

C'est grâce à moi s'il a atterri dans les filets de la police française. Parfois, je me répète cette petite phrase pour me rassurer, me convaincre que je n'ai pas tout fait de travers. C'est grâce à moi s'il ne peut plus nuire, blesser, briser des vies. Oui, j'ai mis du temps à réagir, mais voilà. J'étais – et le suis encore un peu, malgré tout – follement amoureuse. Naïve, aussi. En un mot, complètement stupide. Les gens ne s'en rendent pas compte, ils prennent des raccourcis, des chemins faussement droits le long desquels des panneaux de dix mètres sur vingt indiquent que j'étais tout aussi monstrueuse que Luca. Voire pire.

C'est peut-être ce que pense Theven et, pour être honnête, ça me blesse. Je voudrais qu'il comprenne. Au moins lui. Puisqu'il est le seul désormais à pouvoir regarder mon parcours dans son ensemble. Le seul qui sache qui je suis. Qui était cette fille, avant de s'appeler Madeleine Lemans. Celle qui restera toujours là, en partie, sous le vernis tout frais d'une identité alternative.

Le commandant Theven est l'architecte de ma nouvelle vie.

Il est entré en jeu une fois le procès bouclé, les recours rejetés. La police se devait d'honorer sa part du marché, celle qui allait s'organiser dans l'ombre, et en très petit comité. Theven a commencé par orchestrer ma mort. Un suicide sur une voie ferrée, un train-cargo lancé à plein régime et hop, fini terminé réglé. Direct en enfer, la muse. Je n'ai pas été emballée par le scénario, mais comme pour mon nouveau patronyme, on ne m'a pas demandé mon avis.

Après ça, il y a eu les planques. Quinze mois de

studios plus ou moins miteux, de chambres d'hôtel, de maisons perdues en rase campagne. Des murs que je n'avais pas l'autorisation de quitter. Le bracelet de surveillance électronique à la cheville. J'ai cru devenir folle à d'innombrables reprises, à force de compter les fissures au plafond, les répertorier par taille et forme, à regarder encore et encore les mêmes séries télévisées, en français, anglais ou espagnol, bien égal, je riais avec le public invisible, part d'un tout à nouveau, vingt ou quarante minutes chrono d'appartenance entre deux pages de publicité. Et le dehors qui m'appelait à travers les stores ou les volets, viens, viens, ne reste pas enfermée, c'est grâce à toi qu'il est en prison, pas normal qu'ils te séquestrent toi aussi, qu'ils te fassent subir pire, la claustration c'est une chose mais l'oubli, personne ne t'avait parlé de l'oubli, juste la haine dans la mémoire collective et rien d'autre, alors viens, ne reste pas là…

Je suis restée. J'ai obéi à la lettre. Jusqu'à ce matin et Theven qui tambourinait à ma porte. Panique passagère. Il ne venait normalement que le vendredi, alors le voir débarquer un lundi. Mais rien de grave. C'était la fin, ou le début. Ou les deux. Tout se mélange, un cycle continu, une immense roue dans laquelle on ne peut s'empêcher de galoper à l'infini. Si on tombe, on est éliminé, et je veux rester dans la course. Coûte que coûte.

— Il nous reste à peine une heure de route. À votre place, je jetterais un coup d'œil à ce dossier, histoire de vous préparer un peu.

— Lire en voiture me donne mal au cœur. Vous voulez bien me raconter mon histoire ?

Un ange passe. Il prend son temps, le chérubin, il attend que Theven ait jaugé mon niveau de sincérité, évalué les risques pour ses tapis de sol. J'attends aussi, persuadée à quatre-vingt-dix-neuf pour cent qu'il va se contenter d'un silence hautain. Un autre regard acide, si j'ai un peu de chance. Je le mériterais, puisque je n'ai jamais été malade en voiture, que ce soit en lisant, en buvant de la tequila au goulot, ou d'autres choses qu'il vaut mieux éviter de mentionner devant mon protecteur attitré.

— Madeleine Lemans a trente-sept ans, commence-t-il à réciter à ma grande surprise. Née le 12 mars en banlieue parisienne.

— Hey, je ne suis pas aussi vieille que ça !

— Maintenant si.

— C'est un coup bas, commandant. En plus, on est en avril, je vais devoir attendre un bail pour mon prochain gâteau d'anniversaire.

Il s'éclaircit la gorge, une manière polie de m'inciter à la fermer. Je croise les bras pour marquer ma désapprobation. Mourir est une chose, mais renaître avec deux ans de plus au compteur, c'est rude.

— Dites-vous que vous serez plus vite à la retraite, lâche-t-il, conciliant.

Vu comme ça…

— Après votre bac, vous êtes partie comme jeune fille au pair aux États-Unis. Puis vous avez commencé une licence en anglais à votre retour en France. Votre but était d'enseigner, mais vous n'avez jamais passé de concours ni fait de master.

— Dieu merci. Je préfère encore soulever des

brouettes de fumier que de me retrouver devant une classe de morveux incapables de discerner le *present perfect* du *present simple*.

Cette remarque me vaut un regard que je ne sais décoder. Le coin des lèvres de Theven se relève dans une ébauche de sourire. Un rictus fugace.

— Vous avez travaillé une dizaine d'années en tant que secrétaire, puis assistante de direction dans une firme agro-alimentaire. Vos parents sont décédés durant ce laps de temps. Un cancer et un accident de la route. Étant fille unique, vous êtes désormais sans famille.

— Pauvre maman, pauvre papa. J'ai touché un héritage, au moins ?

— Réjouissez-vous de ne pas avoir de dettes. Votre père a renversé un motard avant de s'encastrer dans un hangar agricole. Une chance que le type n'ait pas été trop gravement blessé.

— Quelle imagination morbide, Theven.

— Je m'inspire de la réalité, Madeleine. Rien que de ça.

Il ôte son pied de la pédale des gaz et s'engage vers la bretelle de sortie. *Bye-bye*, autoroute. Les Pyrénées se dressent à l'horizon comme un mur infranchissable.

— Vous auriez pu continuer votre petit bonhomme de chemin sans faire de vagues. Mais vous êtes tombée sur le mauvais garçon.

— Ah, enfin un peu de piment.

— Rien de fleur bleue. Votre ex, en bon pervers narcissique, a transformé votre vie en enfer. C'est de lui que je vous protège en vous plaçant aux Trois Nuages. Je connais son directeur, Emilio Lanni. Nous sommes allés au lycée ensemble. Il sait que je suis flic, mais me croit associé aux mœurs, ou quelque chose dans ce style.

— Un ange gardien, en quelque sorte. Mais, ces nuages…

— Les Trois Nuages.

— Oui, qu'est-ce que c'est ?

— Dernier élément du dossier, dit-il en désignant la pile de documents toujours posée sur mes genoux.

Intriguée, je la feuillette jusqu'à trouver un dépliant aux couleurs vives. La partie centrale indique « Institut Les Trois Nuages » en majuscules bleu roi sur fond blanc. Juste en dessous, une photo d'enfants formant une chaîne, main dans la main et tout sourire, devant un bâtiment rendu flou par la mise au point.

— C'est une sorte de pensionnat ? Vous êtes sérieux ?

Retour de son rictus en coin. En plus prononcé. Je secoue la tête, hérissée de toute part.

— Theven, vous savez que je déteste les mômes ?

— Ne vous inquiétez pas. Ce ne sont pas des enfants. Mais des monstres, comme vous.

Il se paye le luxe de quitter la route des yeux pour évaluer ma réaction. Le résultat semble le satisfaire, puisqu'il se détourne, change de vitesse et accélère.

— Vous devriez donc bien vous entendre.

2

Un portail tout d'abord. Imposant. Fer forgé ouvragé en rosaces bicolores. La symétrie entre les deux battants, parfaite, crée un tout harmonieux lorsqu'ils sont fermés. Leur enchevêtrement pousse ensuite le regard vers le sommet et le nom des lieux, inscrit en lettres dorées sur un arc de cercle.

Les Trois Nuages.

Aucune autre indication. Juste ces deux portes closes et l'œil froid d'une caméra fixé vers le visiteur en attente. De part et d'autre, une clôture grillagée haute de trois mètres est grignotée par la forêt. Theven se penche vers l'extérieur, pianote sur un digicode. Le portail s'ouvre dans un silence ouaté. J'aurais préféré qu'il grince, un trait de craie sur un tableau noir, une fourchette sur une porcelaine bon marché. Ça aurait mieux convenu à ce décor lugubre de camp de travail.

La route – une bande d'asphalte étroite, farcie de nids-de-poule assez profonds pour s'y baigner les pieds – continue sur deux ou trois kilomètres. Sous le couvert des arbres, on se croirait au crépuscule, alors qu'il n'est que quinze heures. Je repère quelques hêtres piquetés entre d'immenses sapins blancs. La base de leurs troncs se noie dans une mer de fougères, de mousse et de buissons.

Une sacrée propriété. L'endroit est superbe, sauvage et pourtant bien délimité grâce à cette enceinte qui doit sans doute courir tout autour du parc. Mais qui diable a eu l'idée d'implanter un internat dans un lieu aussi reculé, à près de mille cinq cents mètres d'altitude ?

— Il s'agissait autrefois d'un centre de cure. Un complexe hôtelier pour personnes fortunées en manque d'air pur.

Soit j'ai posé ma question à voix haute sans m'en rendre compte, soit Theven peut lire dans mes pensées. Je ne sais pas trop laquelle de ces deux options m'inquiète le plus. J'étais bien décidée à ne plus desserrer les dents après sa dernière réplique assassine, alors si je me mets à jouer à la pipelette…

— La fréquentation a chuté au cours des années soixante-dix avec l'émergence du tourisme de masse. Les gens préféraient les embruns de la Méditerranée, même s'il fallait les partager avec des milliers d'autres touristes au bord d'une plage de galets. Je crois que les bâtiments sont restés abandonnés durant une bonne vingtaine d'années. Jusqu'à ce que le comité de direction des Trois Nuages décide de les réhabiliter.

Des rayons de soleil tentent de valeureuses percées au travers de la frondaison. Des coups d'épée chatoyante dans la masse vert sombre hérissée d'épines et de branches cassées. Je m'imagine devoir courir pieds nus dans ce magma végétal et frissonne malgré moi. Il m'arrive d'avoir d'étranges idées. Des images résultant de courts-circuits malencontreux entre deux séries de neurones, mises en relief par mon imagination un brin tortueuse. Rien ne devrait m'obliger à traverser cette forêt au galop et en petite tenue.

Je croise les doigts, en tout cas.

Encore quelques centaines de mètres et l'impression que de lourds rideaux s'ouvrent progressivement, comme sur une scène de théâtre. Mes pupilles se sont réhabituées à la luminosité, donc pas besoin de plisser les paupières en débouchant dans la clairière. Je peux au contraire écarquiller les yeux face à ce qu'on croirait tout droit sorti d'un roman de Stephen King.

Le manoir – je ne trouve pas de meilleur qualificatif pour le désigner – me semble être de style néogothique victorien. Tout de briques rouges, il est fièrement campé au milieu d'une pelouse entretenue à la perfection et ponctuée de massifs de fleurs. Haut de quatre étages, il compte une ribambelle de fenêtres en encorbellement, de vitraux, d'avant-toits en ardoise, de tourelles et de gargouilles décoratives.

— Joli, non ?

— J'adore. Vous avez fait fort, Theven.

Je sais qu'il m'aurait aussi bien abandonnée dans une cabane en ruine, et qu'il ne faut surtout pas s'en tenir aux apparences. Cette bâtisse, toute majestueuse qu'elle soit, est peut-être un vrai nid à cafards, sans accès à l'eau chaude et transpercée par les pires courants d'air. Mais à l'extérieur, elle a de la gueule.

Deux mômes s'élancent devant la voiture tandis que nous empruntons la dernière courbe jusqu'à un parking de gravier. Ils s'immobilisent au bord de la route et nous regardent passer d'un air nonchalant qui tire au bovin. Dommage que Theven ne roule pas plus vite. Ça aurait fait deux soucis en moins.

Le commandant se gare entre un minibus capable de transporter dix personnes et un break usé par les ans. Il n'y a que quatre autres véhicules sur la place. Plaques françaises sauf pour un, une petite Toyota rouge coquelicot, immatriculée en Espagne. Je m'extrais de l'habitacle comme une octogénaire percluse d'arthrite, m'étire avec délices, détends mes épaules. Puis je rejoins Theven vers le coffre. Hors de question qu'il joue au gentleman en sortant mes bagages. Ils se composent en tout et pour tout d'une valise à roulettes et d'un sac de sport, et ne contiennent que des vêtements ou objets achetés après ma mort. Aucun souvenir matériel de ma vie d'avant. J'en ai bien assez en mémoire, pour la plupart trop vivaces à mon goût.

— Aaaah, vous voilà !

Un homme rondouillard déboule sur le parking, un large sourire aux lèvres et les bras grands ouverts. Sa chemise bariolée est mal rentrée dans son jean, ses cheveux frisés débordent de partout sur son front et empiètent sur ses lunettes à la monture vieillotte, mais ces imperfections lui confèrent une aura sympathique. Chaleureux et moelleux, pour autant qu'on peut utiliser cet adjectif pour un être humain.

Il commence par octroyer une accolade cordiale à Theven.

— Quel plaisir de te revoir, Romain ! Ça a été, la route ?

Theven répond à ses questions et à ses claques dans

le dos. Entre deux, il me jette un coup d'œil de biais. Eh oui, je connais enfin votre prénom, commandant. J'aurais parié sur quelque chose de plus commun, Olivier ou Alexandre, par exemple, mais Romain lui va comme un gant. Parfait pour un garçon droit dans ses bottes, attentif et méticuleux.

— Je te présente Madeleine, dit-il une fois libéré. Madeleine, voici Emilio Lanni, le directeur de l'institut.

— Votre nouveau boss, complète-t-il avec un clin d'œil. Bienvenue aux Trois Nuages, Madeleine.

Il s'empare de ma main tendue et la serre entre ses deux énormes paluches. Étonnant qu'un homme de cette taille – un poil plus petit que moi, qui mesure un mètre soixante-dix tout rond – ait des mains de cette envergure, épaisses et robustes. De quoi étrangler n'importe qui presque sans effort.

Je relègue cette pensée parasite au cachot de mon esprit et m'applique à me montrer sous mon meilleur jour.

— Merci de m'accueillir. Et je vous en prie, appelez-moi Maddy.

Il continue à comprimer ma main assez fort pour un effet garrot, finit par s'en apercevoir, s'excuse, s'empare de ma valise qu'il soulève par la poignée au lieu d'utiliser le bras télescopique et les roulettes. Le tout en débitant banalités et formules de politesse à un rythme soutenu. J'ai un peu le tournis, mais pas assez pour laisser Theven porter mon sac. Il se contente donc de m'escorter tandis que nous remontons l'allée jusqu'à l'entrée de la bâtisse. Il ne lui manque plus qu'une oreillette et un flingue sous son blouson pour jouer au garde du corps. Peut-être est-il armé. Même s'il n'y a aucune raison qu'il le soit dans un endroit pareil. Et Madeleine Lemans ne court aucun risque. Elle n'a jamais rien fait de mal... Madeleine Lemans est une victime. Rien à voir avec le bourreau que j'ai été.

J'ai de la peine à suivre le rythme de Lanni, celui de ses courtes jambes mais surtout celui de ses paroles. Il s'exprime autant oralement que par gestes, envoyant valser ma valise qu'il tient à bout de bras dans des orbites chaotiques. Il ne manquerait plus qu'il la cogne et qu'elle s'ouvre, déversant son lot de lingerie sur les pavés. Ou qu'il me la balance en pleine tête, la coque en fibre de carbone comme une enclume contre mon crâne. Commotion cérébrale, amnésie passagère ou définitive. Je ne dirais pas non. Je presse le pas, me rapproche de lui dans l'espoir d'être heurtée, mais il la transfère d'une main à l'autre. Me voilà hors de danger. Dommage.

D'accord, être assommée m'aurait empêchée d'éprouver tant de ravissement en pénétrant dans le manoir. D'avoir l'impression d'être une jeune lady enfin de retour dans son *home, sweet home* après un voyage inconfortable. J'aurais retiré mon chapeau à voilette avec précaution, histoire de ne pas abîmer mes anglaises, et une fois l'objet confié à une domestique, j'aurais soupiré d'aise en regardant à la ronde. Satisfaite.

Je n'ai rien d'une lady, mais j'éprouve un sentiment comparable. Le hall d'entrée a été restauré à la perfection. Le plancher semble avoir été verni le matin même. À côté du majestueux escalier de bois sombre pend un lustre composé de six bras de lumière ornés de gargouilles et de tulipes en verre nacré. Et je ne parle pas des peintures placées avec goût le long des murs. Des œuvres de courant romantique, aux teintes délicates et mélancoliques.

— Qu'en dites-vous, Maddy ? Ça vous plaît ?

— Beaucoup.

Plus, même. Je ne m'attendais pas à autant de raffinement. On dirait que mes futurs élèves – je commence à me faire à l'idée, ou au moins à m'y résigner – vont débarquer en classe vêtus d'un uniforme, chaussettes hautes et cravate bien serrée autour du cou. Si l'éducation est aussi *old school*, je pourrai peut-être distribuer quelques coups de canne ici et là. Dans ce cas, j'y trouverai peut-être mon compte.

— Je vous propose d'aller dans mon bureau avant de faire le tour du propriétaire, dit Lanni. Je serai bref, promis. J'imagine que vous devez avoir hâte de les découvrir, ajoute-t-il, les yeux brillants d'excitation.

S'il fait référence à mes futures ouailles, il se fourre le doigt dans l'œil jusqu'au coude.

— Euh, oui, bien entendu… D'ailleurs, quel âge ont-ils ?

Il parvient à ouvrir une porte verrouillée à clé et à secouer la main en même temps, comme pour repousser une notion inutile au loin.

— Oh, vous rencontrerez vos élèves bientôt. Je parlais des jardins et des serres.

Des serres. Terreau, plants et fertilisant. Je reste figée. Juste assez longtemps pour croiser le regard amusé de Theven et entendre le directeur ajouter :

— C'est une telle chance de vous avoir parmi nous. Notre chargée de cours d'horticulture et jardinage a dû nous quitter sans préavis pour s'occuper de son mari, victime d'un AVC. Et voilà que grâce à vous, les enfants vont pouvoir tout apprendre sur l'agriculture en plus d'acquérir des bases d'anglais. Nous vous en sommes tous immensément reconnaissants.

Je m'applique à produire un sourire – la force de l'habitude. Je m'écroule dans le siège que m'offre Lanni en face de son bureau et ne l'écoute que d'une oreille. La Mère et le Père ricanent dans l'autre, fort, trop fort. Ça vrille et ça grince comme un vilain acouphène.

Tout. J'ai tout fait depuis l'adolescence pour échapper à cette vie de bouseux, et voilà que je retombe à pieds joints dans le fumier.

3

Il a monté le volume de l'autoradio. Un cran après l'autre, jusqu'à ce que les décibels fassent tressauter les vitres de la voiture, jusqu'à ce que les notes et les accords inondent son esprit. L'empêchent de penser à elle, à ses battements de cils innocents, ses minauderies. Ou aux courts orages qui traversent son regard.

Cette femme est un faux-semblant. Un perpétuel mensonge, incarné en être de chair et de sang.

Cinq ans d'activité au sein de son groupe. Presque six. Une quinzaine de témoins dont l'identité devait rester préservée. Presque autant de repentis placés en lieu sûr, sous d'autres noms. De nouveaux départs qu'il continue de suivre avec attention. Jamais Romain n'avait douté du bien-fondé de sa mission. Ces gens méritaient une deuxième chance, sans conteste.

Tous jusqu'à elle. Elle qu'il a renommée Madeleine en espérant non pas qu'elle trouverait la foi, mais qu'il la verrait pleurer un jour. De vraies larmes, sincères, causées par une réelle empathie. Des regrets impossibles à contenir, une douleur enfin révélée au grand jour.

Il doute que ce jour arrive bientôt. Madeleine est la

seule parmi ses « clients » qu'il ne parvient pas à qualifier de repentie. Elle a collaboré avec la justice, oui. Mais elle n'a jamais demandé pardon ni exprimé le moindre début de mea-culpa.

Romain est resté professionnel. Il a veillé à ce qu'elle soit bien installée – et c'est le cas. Cette chambre digne d'une suite d'hôtel cinq étoiles, cet écrin de calme, loin de tout tracas, dans une nature préservée… Il donnerait cher pour travailler dans un environnement pareil, et non dans la grisaille parisienne. Alors certes, Madeleine devra se retrousser les manches et se frotter à des choses qu'elle n'apprécie guère. C'est la chance que lui offre la justice : faire amende honorable, même si les conditions ne sont pas optimales. Dans son cas, il n'y a pas à chipoter. Un peu de terre sous les ongles et le contact avec des enfants difficiles vaut mieux qu'une allergie aux produits de nettoyage à la blanchisserie d'un centre pénitentiaire surpeuplé, avec toute la promiscuité que cela implique.

Une pause pour faire le plein, se dégourdir les jambes. Le trafic est dense, mais pas assez pour le convaincre de passer la nuit dans un hôtel. Romain a envie de dormir dans son lit. Dans des bras aimants. Alors il reprend la route, se contente d'un sandwich insipide qu'il mâche au volant. Madeleine a-t-elle défait ses bagages ? Profite-t-elle d'un bon repas avec l'équipe d'encadrement, ou a-t-elle prétexté une grosse fatigue – le voyage, l'altitude, un début de migraine peut-être – pour dîner en paix dans sa chambre ?

Une autre station à la radio, le volume poussé encore un peu plus fort. Un riff de guitare colérique maltraite ses tympans, relègue enfin sa protégée loin de ses considérations. Il a bien travaillé, dans les règles, avec soin. Il peut la laisser de côté, à présent. Se borner à des appels hebdomadaires, puis mensuels, pour s'assurer que tout est en ordre. Avant de l'oublier.

Pour autant qu'on peut oublier la muse du vampire. Son regard magnétique, la sensualité qui se dégage de chacun de ses gestes et son détachement d'une froideur extrême. Jamais quelqu'un ne l'avait mis aussi mal à l'aise. Sans doute parce que, dès leur premier face-à-face, il a perçu cette ambivalence. Il existe des milliers de nuances entre le blanc et le noir, Romain en a toujours été conscient. Mais avec Madeleine, ces teintes se fragmentent et changent sans cesse, passant du doux au sombre dans la même seconde.

Insaisissable.

Et étrangement fascinante.

Il est presque deux heures du matin lorsqu'il verrouille les portières de sa voiture. Quelques lumières ponctuent les étages des tours de la Défense, de l'autre côté de l'île de Puteaux. Des lucioles emprisonnées dans des cages de verre, vouées à disparaître puis renaître, encore et encore. Elles guident Romain jusqu'au *Gemini*. Sa maison flottante. Au début, Romain n'était pas convaincu par l'idée de vivre sur une péniche. Il ne savait pas avec quelle douceur le clapotis des vagues allait bercer son sommeil.

À moins que les eaux de la Seine n'y soient pour rien. Et que son équilibre ne soit dû qu'à la présence d'Issam, aux battements réguliers de son cœur, au rempart que forment ses bras, lorsqu'il les referme autour de lui. Avant lui, Romain se croyait insomniaque. Il passait des heures à compter les moutons, à user son poste de télévision en l'obligeant à sauter d'un programme à l'autre. Il fumait des cigarettes à la chaîne, devant la fenêtre ou l'ordinateur, quitte à ne pas dormir, alors autant travailler. Et si rien de tout ça ne le calmait, il lui restait les promenades nocturnes en solitaire, et cette impression prégnante que le matin n'arriverait jamais. Qu'il errerait pour l'éternité dans des rues désertes, croisant de rares fantômes aux couleurs ternes et aux contours imprécis.

Rien de tout ça. Il se pensait incurable, mais il n'y avait rien à guérir. Il lui manquait juste une part de lui. Une moitié capable de l'apaiser d'un seul mot. Sa moitié, Issam.

Un livre a été oublié, à demi caché par une couverture à carreaux sur l'un des fauteuils du pont. Un roman policier. Romain le récupère, soucieux de le protéger de la rosée à venir. Deux tours de clé dans la serrure, puis trois marches à descendre pour atteindre le coin salon-bibliothèque-bureau. Le livre déposé en lieu sûr, il remonte jusqu'à l'avant de la péniche au fil de ses gestes machinaux. Sa veste sur le dossier d'une chaise, un verre d'eau du robinet dans la cuisine. Un passage éclair dans la salle de bains, brossage de dents, de quoi se rafraîchir le visage. Le bruit de la douche réveillerait Issam. Il subit déjà suffisamment les désagréments liés à son travail, ses horaires particuliers, ses réponses évasives, ses absences à rallonges.

Débarrassé de ses vêtements, il se glisse dans la chambre, située dans la proue du bateau. Le cadre du lit double a été fabriqué sur mesure pour épouser l'arrondi de son nez. Une invitation à se blottir à deux au milieu du matelas. Chose que Romain s'empresse de faire. Il se love contre Issam, respire à pleins poumons son parfum, musc, agrumes et odeur d'encre et de papier.

Voilà. Il est à la maison.

— Tu as livré ta princesse ?

Le grain naturel de sa voix, épaissi par le sommeil. Romain sourit dans l'obscurité. Cette caractéristique – son timbre rocailleux – l'a séduit dès les premiers mots échangés.

— Oui, tout est réglé. Désolé, je ne voulais pas te réveiller.

— Mhhh, raté, mon commandant.

Il attire Romain à lui, embrasse son crâne au hasard, puis laisse aller sa main dans son dos, de ses omoplates à ses fesses. Il meurt sans doute d'envie de le bombarder de questions. Romain ne peut rien lui révéler, il le sait. Ou juste des bribes, des miettes de détails insignifiants. Pour tenir un semblant de conversation à propos de ses dossiers actuels, Romain affuble ses protégés de sobriquets. Il y a eu Petite souris, Boucle d'or, le Requin, Dalida, Grandes oreilles… Madeleine, elle, a récolté celui de « Princesse ». Il convient parfaitement à son attitude distinguée, qui se décline selon les jours et son humeur entre glaciale et sulfureuse.

— Elle a encore essayé de te faire du gringue ?

Cette expression surannée dans la bouche de son compagnon plus jeune de dix ans l'amène à sourire. Issam ponctue sa question d'une caresse plus appuyée. Zone sensible. Reprendre de l'air, vite.

— Pas trop, non. Elle a dû finir par comprendre que je n'étais pas intéressé.

— Tant mieux. Je n'en pouvais plus de t'entendre répéter à quel point tu la trouvais belle.

— Je ne l'ai dit qu'une seule fois.

— C'est une fois de trop.

Un éclat de rire, stoppé net par un baiser profond. Même après trois ans de vie commune, Issam garde des réflexes pétris d'incertitudes. Des résidus de son enfance chamboulée. La fuite depuis sa Syrie natale, une lente dérive en Europe, au gré de domiciles temporaires et l'attente de papiers. Et la différence, toujours. Autre langue, autre couleur de peau. Puis autre orientation sexuelle. Un père peu enclin à l'accepter tel qu'il est, cela malgré sa loyauté sans faille et sa réussite professionnelle. Une mère qui le voit en cachette, la plupart du temps pour tenter de le convaincre de rencontrer telle ou telle jeune fille appartenant à leur communauté.

Tout cela aurait pu le rendre méfiant, toujours sur la réserve. Paradoxalement, son parcours l'a ouvert aux autres. Personne ne sait écouter comme Issam. Donner, que ce soit de son temps, de l'espace ou la moitié de son repas. Il ne se montre possessif qu'avec Romain. L'amour obéit à d'autres règles, tacites, différentes pour chacun.

— Tu sais bien que je me moque des reines et des princesses. Tant que je t'ai toi, mon prince.

Un mouvement de hanches, et Romain se retrouve cloué au matelas. Le poids de son compagnon sur lui, son souffle dans le creux de son cou. Vertige.

— Tu as intérêt.

La suite l'étourdit. Assez pour lui faire perdre la tête, comme s'il n'était qu'un gamin de vingt ans. Trop pour comprendre que Madeleine a quitté son esprit. Enfin.

4

L'odeur, plus minérale, les draps rugueux sous mes doigts. En une fraction de seconde, tous mes sens sont en éveil. Sans bouger, j'ouvre les yeux et je le vois. Debout, dos à moi, il est vêtu d'un manteau noir et sa main droite s'appuie sur le pommeau d'une canne.

Un moment de panique pure.

Il m'a retrouvée.

Mon cœur en déroute charrie des flots d'adrénaline dans mes artères. Une sueur glacée se répand dans ma nuque, le long de mon échine.

Luca m'a retrouvée. Il va se retourner, me sourire avec ce charme indécent qui est le sien. Il va venir s'asseoir au bord du lit, écarter les draps pour me contempler tout entière.

Et ensuite, il va me faire payer ma trahison. Lentement et avec délices.

Comme il ne bouge pas, je rampe en arrière, pousse sur mes mains moites, mes jambes ankylosées par le sommeil, tétanisées par la peur. Le bruit de frottement doit lui parvenir, tout comme ce gémissement que je ne peux pas retenir, mais il n'esquisse pas le moindre geste. Un jeu pour lui. Essaye de m'échapper, ma belle. Essaye de fuir. Je serai toujours là, juste derrière toi, invisible…

Mes appuis se dérobent sous mon buste, mon bassin, et je chute lourdement sur le sol. Le choc n'est pas assez fort pour me blesser ; par contre, il me permet de m'extirper de ce cauchemar éveillé. Assise en désordre sur la descente de lit, je reprends mon souffle et mes esprits. Luca ne se trouve pas dans ma chambre, mais en prison. L'homme que j'ai aperçu en ouvrant les yeux est figé pour l'éternité sur un tableau. Il ne se retournera jamais pour me sourire.

Je me relève, pose une main sur ma poitrine afin de calmer mon cœur, contourne le lit pour me rapprocher du tableau. Effleure la toile du bout des doigts, caresse les épaules de l'inconnu en noir, ses cheveux balayés par le vent. La scène me fait penser à une œuvre de Friedrich, *Le Voyageur contemplant une mer de nuages*, sauf qu'ici le personnage fait face à un lac et non à des crêtes noyées dans la brume.

— Tu n'es pas lui, murmuré-je.

Comme si j'attendais une confirmation de sa part. Il n'a peut-être même pas de visage. Pas de bouche pour me répondre.

Je frissonne, la gorge sèche. Il faut absolument que je trouve un moyen d'empêcher mon cerveau d'imaginer des choses pareilles. Cette peinture est magnifique, mais à présent que j'ai compris que Luca n'allait pas s'en extraire, je vais angoisser à l'idée de voir mon voyageur me faire face pour exhiber son visage lisse, exempt d'yeux, de nez et de lèvres.

— Bon. Secoue-toi, Maddy.

Je me suis résolue à utiliser mon nouveau prénom même au cours de monologues internes, histoire de m'y habituer au plus vite. La résultante d'un petit moment de flottement au beau milieu du dîner, la veille. Emilio a voulu me présenter au gars chargé de l'entretien – un quinqua taciturne, mais doux comme un agneau, surnommé Crousti, que je suspecte d'être atteint d'un léger retard mental – et j'ai tourné la tête pour voir qui était cette fameuse Madeleine. Ça n'a duré qu'une seconde, j'ai mis la faute sur la fatigue causée par les centaines de kilomètres avalés, bla-bla-bla, un rire, un geste de la main plein d'autodérision, et le tour était joué. Mais quand même. Il ne faudrait pas que cela se reproduise.

Pour rester crédible, j'ai quitté la table avant le dessert, laissant les autres membres de l'équipe en plan. À presque vingt-deux heures, cela me semblait admissible. Le dîner a lieu entre adultes, une fois les petits démons nourris et de retour dans leurs chambres. L'occasion pour le staff d'échanger sur les questions courantes, m'a expliqué Emilio. La discussion a donc rebondi entre des thématiques très différentes. Difficultés face aux crises d'agressivité d'un résident, choix entre deux teintes de tulipes à planter dans un parterre de fleurs, organisation d'un atelier vidéo. Certains, comme Jean-Marc et Stef, qui se partagent les cours de français et de sciences et vie, se montraient volubiles, passionnés par leurs tâches et sans doute convaincus par leur mission au sein de l'institut. L'éducateur principal et prof de sport à ses heures, qu'Emilio m'a présenté comme

Pierre mais que tout le monde appelle Pedro, affichait une plus grande retenue. Sa collègue Samia, ersatz de maman pour ces gamins à la dérive, m'a aussi paru très discrète. Avec son petit gabarit et sa voix douce, je me demande comment elle tient tête aux plus explosifs.

Les monstres, selon le terme utilisé par Theven. Ils sont vingt-huit, filles et garçons, à séjourner à l'institut. Seuls une poignée d'entre eux retournent dans leurs familles pour les vacances et quelques week-ends. Ils sont répartis en deux catégories informelles : les « oursins » et les « pains de mie ». J'ai levé un sourcil interrogateur à l'énoncé de ces groupes et Pedro a pris la parole pour m'expliquer :

— Les oursins sont les plus impulsifs. Délinquants juvéniles, issus le plus souvent de familles ou de quartiers à problèmes. Ils ont baigné dans la violence toute leur vie et ne connaissent que cette manière de communiquer.

— Ils piquent tous à un moment ou un autre, volontairement ou non, a enchaîné Samia. Mais si tu parviens à les ouvrir tant soit peu, tu découvres quelque chose de complètement différent à l'intérieur.

Un hochement de tête désabusé de la part de Pedro. La tâche doit être ardue, surtout sans pouvoir user d'un couteau.

— Les autres sont beaucoup plus faciles à gérer. Si mon cher et estimé collègue les a baptisés « pains de mie », a soupiré Samia en levant les yeux au ciel…

— Aucune méchanceté dans tout ça, a précisé Pedro une main levée en l'air, doigts écartés. Au contraire, c'est affectueux.

— Tu sais ce que j'en pense. Bref, il s'agit d'un rapport scabreux au fait qu'ils sont tout tendres.

— Et certains absorbent tout, comme des éponges. En fait, on pourrait changer leur nom…

— Pour quelque chose d'encore pire ? Merci Pedro, mais non merci.

Le duo s'imaginait sans doute que ces comparaisons m'avaient choquée. La vérité, c'est que je me retenais de ricaner. Ou de proposer mes propres trouvailles, garanties cent pour cent immorales.

— Samia est beaucoup trop gentille pour travailler ici, m'a soufflé Pedro. Surtout avec un affreux jojo dans mon genre.

Tout le monde s'est amusé de cette boutade, d'autant plus quand la principale intéressée a confirmé, se demandant à voix haute quel mauvais karma l'avait amenée ici. Sur un signe de la main cynique, mais plein de complicité, destiné à son binôme, elle a conclu :

— Ces enfants-là souffrent de divers problèmes. Traumatismes, déficits intellectuels, troubles du spectre autistique… Ils sont le plus souvent placés chez nous par des parents à bout de souffle. Parfois aussi par les services sociaux.

J'ai hoché la tête, m'efforçant de donner une image pétrie de compréhension envers ces pauvres petits, nés sous une mauvaise étoile. En dedans, je me demandais combien de temps j'allais tenir avant de régler son compte à un oursin à coups de hachoir, ou de noyer un pain de mie dans un lavabo.

Sacré Theven. Quelle bonne blague vous m'avez faite là.

Où se trouve ce cher commandant, à cet instant ? Expérimente-t-il également un réveil difficile dans un hôtel en bordure de l'autoroute ? Ou a-t-il retrouvé sa maison, sa famille peut-être ? Il ne porte pas d'alliance, mais cela ne veut rien dire. Il a toujours veillé à ne rien laisser filtrer à propos de sa vie privée. Qui sait, il est peut-être père de dix enfants, propriétaire d'un château dans les Vosges, qu'il retape le dimanche en compagnie de sa dulcinée en polo rose saumon. Non, plutôt célibataire endurci, une professionnelle dans son lit de temps en temps pour relâcher la pression. Son temps libre tué devant l'écran d'un ordinateur sur lequel il dégomme des créatures fantastiques, orques et trolls, un coup de joystick et ça explose comme des melons trop mûrs fracassés contre le sol, de l'hémoglobine finement pixélisée en veux-tu en voilà.

Ou rien de tout ça. On ne connaît jamais vraiment personne, de toute manière. On échafaude des suppositions, on pose des pronostics, des paris à un contre vingt, cent, mille. Parfois on tombe juste, et là, la faute, la pire. On s'imagine savoir, pour de vrai. On croit avoir obtenu un ascendant sur l'autre, si je lis en toi, ça me donne un avantage. Alors que non. Nous sommes tous des âmes mouvantes.

Pourtant, nous commettons tous la même erreur.

Je pensais connaître Luca.

Et il pensait me connaître, moi.

Soudain cotonneuse, je me rassieds en face du voyageur dans son tableau. Il se dégage de lui une certaine forme d'élégance, mais il ne ressemble en rien à Luca.

Avec un soupir nostalgique, je lui envoie un baiser. Il faut que je me prépare, j'ai des monstres à éduquer.

Mon réveil plus que matinal me permet de commencer la journée en douceur. Une douche brûlante pour effacer Luca de mes pensées – temporairement au moins. Puis, étape obligatoire, la mise de lentilles de contact colorées. C'est Theven qui me les a fournies. Il jugeait mes yeux émeraude trop reconnaissables. Uniques, selon ses propres termes. J'ignore s'il s'agissait là d'un compliment, ou s'il voyait cela comme un désagrément à éliminer, un parmi tant d'autres. Un jour, il est arrivé à ma planque lesté d'un carton rempli de lentilles de contact. Avec elles, mes iris tournent à un marron tout à fait quelconque. Fadasse, mais nécessaire pour jouer le rôle de Madeleine Lemans.

Une fois habillée, mes mèches insatisfaites matées et les imperfections de mon visage camouflées par un maquillage minimaliste, je descends au rez-de-chaussée. Je n'ai pas pu semer de petits cailloux la veille, mais j'ai réussi à cartographier mentalement les grandes lignes du manoir. Les quatre salles de classe, les deux ateliers et les appartements dévolus aux enseignants se situent dans l'aile de gauche. J'ai – selon les dires du directeur – hérité d'une des meilleures chambres, spacieuse et dotée d'une vue à cent quatre-vingts degrés. Sans point de comparaison, difficile de me prononcer pour ce qui est du volume, mais le panorama depuis le banc cosy placé dans le renfoncement de la fenêtre est magnifique, je l'avoue.

Les éducateurs sont les seuls à loger dans l'aile droite. Samia au deuxième, l'étage des filles ; Pedro au premier, proche des quartiers des garçons. Chaque gamin a droit à son espace privé. Des chambres à l'aspect monacal, mais qui leur laissent une bulle d'intimité. En dessous, au rez-de-chaussée, on retrouve le réfectoire puis, en enfilade, la salle à manger du staff et les cuisines. C'est là que je me rends, mue par mon besoin viscéral de caféine. Je pousse la porte à battant et là…

Je frise l'attaque cardiaque pour la deuxième fois en moins d'une heure.

Le fautif : un homme – encore un, mais bien vivant celui-là. Corps massif, crâne chauve, et un tablier d'un blanc un peu terni noué autour de la taille.

— Ours, bougonne-t-il sans que son visage s'anime le moins du monde.

L'espace d'une fraction de seconde, j'hésite à lancer une réponse au hasard, du genre : « Girafe ? » Puis je m'aperçois qu'il me tend la main. Je l'imite donc et, peu sûre de moi, articule :

— Maddy.

Il me broie les phalanges dans les règles de l'art. Fascinant comme ses traits restent immobiles, même lorsqu'il parle. J'ai apparemment vu juste pour ce qui est des présentations. J'ignore toutefois si Ours est un sobriquet – taillé sur mesure, il faut le préciser – ou s'il a des origines germaniques, dans quel cas il s'appellerait Urs. Nette préférence pour la première possibilité, plus divertissante.

— Je suis le cuistot.

— J'avais deviné, dis-je avec un sourire en désignant son tablier de ma main sauve. Quant à moi, je…

— Vous êtes l'autre nouvelle, je suis au courant.

— L'autre ?

Je pensais être la seule personne à avoir rejoint l'institut. Theven devait s'en assurer. Contrôler les antécédents de toute l'équipe, vérifier qu'aucun membre n'a le moindre lien actuel ou passé avec Luca di Ferro et son réseau. L'a-t-il fait ? Cette incertitude soudaine me crispe la mâchoire au point de fissurer l'émail de mes molaires.

— Oui, avec la petite, là.

Il s'écarte de mon champ de vision et j'aperçois enfin une jeune femme, assise sur un tabouret de l'autre côté du plan de travail en inox. Elle lève la main comme pour me faire un signe, hésite, puis se décide à contourner l'îlot et sa collection de louches et marmites en tout genre.

— Bonjour. Moi c'est Ariane. Je commence aujourd'hui, vous aussi si j'ai bien compris ?

Elle tord ses poignets devant elle comme si elle crevait d'envie de me serrer la main, ou de me prendre dans ses bras, mais qu'elle n'ose ni l'un et surtout pas l'autre. Tentant de dissimuler sa gêne, elle continue à pépier comme un petit moineau. Elle va compléter l'équipe des cuisines, qui se résume à Ours et elle, mais pas grave, elle n'a jamais eu peur des défis, au contraire, elle a hâte d'apprendre plein de choses ici, de mettre son grain de sel dans les recettes et… Elle s'arrête d'un coup, rougit sous ses taches de rousseur et m'observe d'un air implorant. Je peux presque l'entendre prier pour que j'enchaîne, au moins une réplique, une toute petite phrase. En temps normal, je m'amuserais de son malaise, je le ferais mijoter à petit feu sous le couvercle de mon indifférence moqueuse. Mais cette attitude ne me semble pas correspondre au profil psychologique de Madeleine. Splendide. L'ambiance générale a déjà déteint sur moi. Dans trois jours, on me retrouvera assise en tailleur dans l'herbe, un ukulélé sur les genoux, à entonner *Santiano* avec des enfants coiffés de couronnes de pâquerettes.

— Eh bien… Comme je suis à peine capable de cuire des pâtes, je me réjouis de goûter aux bons petits plats que votre duo de choc concoctera.

Elle hoche tout d'abord gravement de la tête, comme si elle acceptait la lourde responsabilité de conquérir mes papilles, puis son sourire réapparaît. Ma parano influence sans doute mon jugement, mais je n'aime pas sa manière de me dévisager. Trop fixe, trop… narquoise. Je dois regagner ma chambre, vers mon téléphone mobile et l'unique numéro inscrit en favori. Il faut que Theven me confirme que tout va bien, vous vous faites du mouron pour rien, Madeleine, j'ai tout couvert, tout ratissé, vous êtes en sécurité, promis.

Un souffle dans mon dos indique l'arrivée d'une tierce personne. Je me retourne et tombe sur Pedro, vêtu d'un tee-shirt informe à la gloire des Guns N'Roses et d'un pantalon de jogging ayant connu des jours meilleurs. Il cesse de fourrager dans sa barbe dès qu'il m'aperçoit, cherche à lisser la masse poivre et sel qui allonge son menton d'une bonne dizaine de centimètres. Peine perdue. Avec ses cheveux défaits et sa tenue, il ressemble à une version décalée d'homme préhistorique. Un fantasme étrange dans lequel il serait ligoté à une chaise et moi munie d'une tondeuse électrique me traverse l'esprit. Je préfère ne pas m'attarder sur sa signification.

— Bonjour, miss. Dis voir, tu es matinale.

— Pas toujours. Et peu fonctionnelle tant que je n'ai pas sifflé deux expressos.

Il pêche un élastique dans la poche de son pantalon, le coince entre ses dents le temps de réunir ses cheveux en catogan.

— Je peux t'aider à satisfaire ce besoin fondamental. Après ça, ce serait sympa de ta part si tu me secondais pour le petit déj des pains de mie. Certains ont de la peine à jouer du couteau, je suis sûre que tu sais mieux t'en servir.

Je lâche un son supposé ressembler à un rire, mais qui sonne comme un cri d'angoisse à mes oreilles.

Il ne peut pas être au courant de ce dont je suis capable avec un couteau. Je veux bien lui donner un coup de main, aucun problème. Tant qu'il s'agit d'étaler du beurre sur des biscottes ou de couper des bananes en tranches.

Tout ce que j'espère, c'est que je n'aurai plus jamais à enfoncer une lame entre deux côtes, pointe en direction du cœur.

5

Dix paires d'yeux surmontées de sourcils froncés braquées sur moi, dix paires de bras croisés en mode « n'y compte surtout pas ». Les oursins qui me font face semblent résolus à me prouver qu'ils méritent leur surnom. Pedro m'a pourtant promis qu'il s'agissait du groupe le plus aimable.

Je rêve de passer tout ce qui m'entoure au lance-flammes, gamins compris. Mais à la place, je me bricole un vrai-faux sourire enthousiaste et retrousse mes manches.

— Bien, les semis ont atteint une taille suffisante, il est l'heure de les mettre en pleine terre. On va commencer par les pieds de tomates. Je vous laisse en prendre un chacun…

— Ouais, suce-moi d'abord.

La proposition raffinée émane d'un échalas dont la voix a à peine fini de muer. Ce genre de provocation fonctionnait sans doute à merveille avec leur ancienne enseignante, une petite dame à la mise en pli impeccable, que j'imagine avoir été élevée pile en dessous d'un crucifix. Avec moi en revanche, elle risque d'avoir un effet secondaire inattendu.

Sans me démonter, je me tourne vers mon don Juan en herbe – de la mauvaise herbe, sèche et piquetée de boutons d'acné –, penche la tête sur le côté et prends le temps de l'évaluer de haut en bas.

— Mhhh… Comment tu t'appelles ?

— Adrien.

Le menton haut, si fier de lui que c'en est presque émouvant. La chute n'en sera que plus douloureuse.

— Alors vois-tu, Adrien… Je n'ai pas encore acquis tous les codes du métier, et je me demande si ce genre de rapports est toléré dans une relation prof-élève. Personnellement, je ne suis pas contre de telles pratiques…

Je repousse mes cheveux en arrière, un geste étudié, langoureux, qui passe par ma nuque et s'achève à la naissance de mes seins. Deux teintes de rouge de gagnées sur les joues grêlées du môme. Allez, le coup de grâce, qu'on n'en parle plus.

— Mais pour que j'accepte, il faudrait que tu me plaises tant soit peu. Et ce n'est pas du tout le cas.

Combustion interne du malheureux sur tapis de sifflements et ricanements moqueurs. Du coin de l'œil, je vois Crousti quitter la serre à reculons. Je n'avais pas remarqué sa présence jusque-là. S'il voulait s'assurer de mes talents de pédagogue, il vient d'être servi.

— Bon, on s'occupe de nos tomates ?

Les jeunes s'agglutinent vers la table, bataillent pour avoir le plant le plus feuillu. Pas si mal, comme entrée en matière. J'ai gagné l'estime de neuf élèves en m'en mettant un à dos. Un ratio acceptable.

À mon tour, je m'empare d'un pot en plastique

surmonté d'une pousse maigrichonne et me dirige vers l'extérieur. Lors de ma visite, Emilio m'a présenté les serres comme s'il s'agissait de la huitième merveille du monde. D'accord, elles sont spacieuses et bien équipées. En s'organisant bien, il devrait être possible d'offrir à toute la troupe des Trois Nuages salades et légumes frais pendant la belle saison. Peut-être même de préparer quelques conserves pour l'hiver. Mais quand on vient comme moi d'une famille d'agriculteurs-maraîchers, ces installations paraissent plutôt modestes.

Mes souvenirs remontent tandis que j'enfonce mes doigts dans le sol. Creuser un peu, juste assez pour obtenir un trou de la taille du poing. Ce contact avec la terre froide et odorante, les sensations quand j'émiette des mottes denses. Je peux presque entendre la Mère pester dans mon dos, trop lente cette gamine, beaucoup trop lente, une paresseuse en plus, pourquoi le Bon Dieu nous a fichu un tel poids mort. D'instinct, je lève un bras en protection au-dessus de mon crâne. Pour parer la rouste du Père, une de celles qui ponctuaient toujours les lamentations de la Mère. Des claques puissantes, capables de me mettre au sol, et gare si j'écrasais une pousse de salade en m'étalant.

— Madame ? Ça va ?

Je cligne des paupières et le décor de mon enfance se disperse. J'observe un instant mes mains maculées de terre, puis relève les yeux vers l'élève qui m'a interpellée. Accroupie près de moi, elle tend un bras sans oser me toucher, comme si elle savait que je risquais de mordre – ou pire.

— J'ai eu un vertige, mais c'est passé. Merci…

— Lola.

La peau mate et des cheveux crépus coiffés en une sorte de queue-de-cheval haute et sauvage, elle doit avoir quatorze ou quinze ans. Une vilaine balafre parcourt son front, une cicatrice ancienne qu'elle ne cherche pas à dissimuler. Au contraire, elle l'affiche comme une décoration de guerre. Une médaille pour hauts faits de résistance. Je la trouve magnifique.

— Merci, Lola. Et appelle-moi Maddy, d'accord ?

Un sourire illumine son visage. Je me redresse, essuie mon cou avec ma manche, puis vais commenter le travail des autres membres de la classe.

À la fin de ces travaux pratiques, j'observe les pieds de tomates bien espacés, soutenus par des tuteurs encore surdimensionnés. Il faudrait planter des choux entre les lignes pour protéger les fruits des altises et des mouches. Après, le temps fera son œuvre.

En parlant du temps qui passe… Une toute petite journée ici, et c'est comme si j'avais fait un bond de vingt ans en arrière. Comme si j'étais redevenue une paysanne modèle. À tout savoir sur les synergies entre différents types de plantes, les associations à privilégier ou éviter, le bon geste au bon moment.

À avoir de l'empathie pour une fillette.

J'époussette mes mains, puis commence à les frotter de manière compulsive, comme si les souvenirs allaient s'effacer au même rythme que les taches en camaïeu de bruns et verts sur ma peau. Ça ne part pas, à croire que les saletés passent d'un côté à l'autre, glissent entre mes doigts, des putain de serpents visqueux, ça grouille, ça se répand toujours plus loin vers mes poignets, bientôt mes coudes seront recouverts, puis mes bras tout entiers, et la terre s'infiltrera dans mon nez, mes oreilles et ma bouche, profond dans ma gorge, elle m'engloutira de l'intérieur. De l'eau, il me faut de l'eau, brûlante de préférence, quitte à m'en décoller l'épiderme, à le voir cloquer puis s'arracher par lambeaux – et même là il vaudra peut-être mieux que je continue à récurer.

J'avance en titubant en direction de la remise, équipée d'un robinet. Seulement une arrivée d'eau froide. Je dois m'y prendre à deux fois pour tourner le bouton, en apnée jusqu'à ce que le gros des salissures disparaisse. Mon calme revient tandis qu'elles s'écoulent en tourbillons dans l'évier en acier chromé. Tout va bien. Je n'ai pas quinze ans, mais trente-cinq – trente-sept, officiellement. Je ne suis plus à la botte de mes cinglés de géniteurs, mais libre, et je suis…

— T'es une dure à cuire, hein ?

Je sursaute à cette réplique parfaitement adaptée à mon monologue intérieur, mais qui résonne hors de mon esprit. Demi-tour toute vers sa source, et tant pis si j'éclabousse le sol au passage. Dans le clair-obscur de la remise, je ne reconnais pas tout de suite Samia. Sa question devait être rhétorique, puisqu'elle enchaîne :

— Crousti m'a rapporté la teneur de ton discours éducatif. J'avoue avoir quelques doutes sur cette approche, mais qui sait…

— Après ça, ils ont été sages comme des images.

— Pour l'instant.

Elle me dévisage l'espace de quelques secondes, les mains posées sur les hanches. Une jolie femme, Samia. Taille fine, poitrine bien dessinée sous son tee-shirt à col bateau. Elle secoue la tête et ses cheveux bouclés d'un noir brillant viennent effleurer ses épaules.

— Emilio nous a expliqué les raisons qui t'ont forcée à te réfugier ici. Ton ex violent, tout ça.

Tout ça. Si seulement je pouvais résumer ces années ardentes avec Luca en si peu de mots. J'acquiesce pour signifier que cela ne me gêne pas, et l'inciter à poursuivre. Elle a quelque chose sur le cœur, autant que cela sorte maintenant, avant que les tissus ne commencent à nécroser.

— J'imagine que tu n'as pas voulu te retrouver aux Trois Nuages…

— Ce n'était pas un choix de carrière volontaire, en effet.

— … et je comprends à quel point cela doit être difficile. D'une certaine manière, tu as plutôt bien géré la situation avec Adrien. L'humiliation publique était de trop à mon sens, elle va laisser des marques. Mais au moins, il sait que ce genre de provocation n'a pas prise sur toi.

Je perçois le sous-entendu comme si elle le prononçait haut et fort. Mon don Juan trouvera vite un autre moyen de me déstabiliser. De me blesser en retour. Cette riposte risque fort de ne pas être uniquement orale.

— En tout cas, ajoute-t-elle d'un ton plus léger, ton sens de la repartie plutôt… piquant a choqué Crousti. Il ne va plus oser t'adresser la parole.

Elle sourit presque malgré elle, secoue de nouveau la tête. Ce mouvement et le ballet fluide de ses cheveux qui l'accompagne me donnent envie de l'embrasser dans le creux du cou. Je me demande si elle fait le même effet à Pedro. S'ils s'envoient en l'air une fois les mômes couchés dans leur partie du manoir.

— Enfin bref. Je voulais te mettre en garde, Maddy.

Ah, j'ai quand même droit à un sermon.

— Ces enfants ne sont pas des gamins ordinaires. Ils ont tous un passif, et ils peuvent se montrer complètement imprévisibles. Adrien a été retiré à ses parents violents et camés jusqu'à la moelle, mais il a déjà fugué à trois reprises pour retourner chez eux. Il a reçu une telle dérouillée la dernière fois que je ne l'ai pas reconnu. Alicia a été victime d'inceste, mais elle dort avec une photo de son agresseur sur sa table de chevet. Lola était à la tête d'un gang de jeunes filles tenu pour responsable du meurtre d'une petite de onze ans. Une bagarre au cutter qui a mal tourné. Quant à Selim…

— C'est bon, j'ai compris.

J'en ai surtout assez entendu. Assez pour me rendre compte que Theven avait raison. Je suis à ma place ici. Parmi les monstres. Parmi les miens.

6

La fille s'appelle Ariane Deligny. Vingt-sept ans, cheveux blonds, yeux bleus. Des traits gracieux, un cou fin, le relief de ses clavicules bien marqué dans l'échancrure de son chemisier. De discrètes taches de rousseur parsèment ses joues roses. Elle sourit à peine sur sa photo d'identité, un air candide qui pousse à lui sourire en retour. Romain l'aurait plutôt imaginée en ballerine qu'en commise de cuisine. Comme quoi il ne faut jamais se fier aux apparences.

Il quitte la base de données et s'empare de son mobile. Aucune envie de l'entendre. Un message fera l'affaire. Enfoncé dans le dossier de son fauteuil à roulettes, il se met à taper à toute allure :

Tout est en ordre à propos d'Ariane. Vous pouvez dormir tranquille, personne ne viendra vous égorger dans votre sommeil.

Il hésite un instant, les pouces en l'air. Puis il efface sa deuxième phrase. S'abaisser à de telles piques gratuites manque de classe – et de professionnalisme.

Tout est en ordre à propos d'Ariane. Vous n'avez aucune inquiétude à avoir.

Il signe de son nom de famille avant de presser sur la touche « Envoi ». Pas de « J'espère que tout se passe bien pour vous », pas de « à bientôt » ou de « bien à vous ». Clair, concis. Et sans rien qui puisse lui donner l'impression que leur relation pourrait évoluer, gagner en complicité ou en affection. Sans rien non plus qui l'invite à continuer de l'alerter pour un oui ou pour un non.

Il verrouille l'écran de son mobile, entame un geste pour le reposer sur son bureau, puis se ravise. Un autre message, à l'intention d'Issam cette fois. Juste quelques mots pour l'avertir qu'il prévoit d'aller à la salle de sport avant de rentrer. Là, il rajoute un émoji. Issam en abuse comme un gosse de six ans – ou une grand-mère qui ponctuerait chacune de ses phrases avec des trèfles à quatre feuilles et des petits cœurs multicolores.

Un nouveau dossier lui a été confié le matin même. Celui d'un jeune homme de vingt-six ans, spectateur malgré lui d'un règlement de comptes entre deux bandes de dealers. Étant passé inaperçu lors des faits, il ne devrait pas être ennuyé une fois son témoignage livré sous X. Le magistrat chargé de l'affaire a donné son accord ; la procédure sera consignée dans un registre confidentiel au tribunal. Ne reste plus qu'à préserver son adresse et son identité.

Romain lui construirait volontiers une vie toute neuve, comme il l'a fait pour Madeleine. Il le méritait à deux cents pour cent. Mais dans la patrie des droits de l'homme, le statut de témoin protégé n'existe pas pour les simples témoins extérieurs. Le gaillard est père d'une petite fille de neuf mois. Lors de leur conversation téléphonique, il lui a répété à plusieurs reprises qu'il s'inquiète davantage pour elle et sa fiancée que pour lui. Les bêtes sur ses traces aiment beaucoup faire des exemples. Marquer les esprits.

Mais Romain ne pourra rien faire pour lui, ni pour la petite et sa mère. Il n'en a pas l'autorisation. Quel système pourri.

Désabusé, il inscrit « Noël » sur le dossier cartonné qui renferme les informations sur son nouveau client. Rien à voir avec son prénom. Il s'agit bêtement de la première chose qui lui est passée par la tête quand il a cherché une association avec le terme « père ». Un nom de code de plus, un qu'il pourra confier à Issam en même temps que son amertume.

Le dossier trouve sa place dans le tiroir d'une armoire métallique que Romain referme à double tour. La clé reste en permanence sur lui. La paranoïa aurait pu être un critère d'embauche pour intégrer le bureau de protection des repentis. Elle finit de toute manière par apparaître chez tous les membres de l'équipe, insidieusement. Ne rendre compte qu'à son supérieur hiérarchique. Garder pour soi toutes les manœuvres en cours, sans en souffler un mot aux collègues. Pas étonnant que l'esprit de camaraderie soit moribond au sein du bureau. Les cavaliers solitaires se retrouvent rarement autour d'une table pour un apéro.

Pour Romain, le seul exutoire a lieu non pas en terrasse, une bière à la main, mais à la salle de sport du Bastion. Il reste limité, toujours à cause de cette parano plus collante qu'un insigne. Aucun membre du BPR ne s'aventure à poser de questions à propos de ce qui occupe les uns et les autres. Quant aux collègues des services tiers, ils ignorent tout bonnement la teneur exacte de ses activités.

Une fois passé la porte du vestiaire, Romain redevient un simple flic. Semblable à ceux qui suent sang et eau sur les différentes installations du gymnase. Il salue quelques personnes, se dirige vers les rameurs et opère un changement de cap en catastrophe lorsqu'il aperçoit Vincent. L'incident entre eux remonte à bientôt cinq ans, mais Romain continue à se sentir mal à l'aise en sa présence. Voilà ce qui arrive quand on pelote un blondinet aussi charmant que consentant, mais qu'il se souvient tout à coup qu'il n'est pas censé être attiré par les hommes. Un râteau taille XXL, et beaucoup de frustration. Romain n'a heureusement qu'à penser à Issam pour se consoler. Le destin voulait qu'il rencontre la bonne personne, un point c'est tout.

Sa dérive loin des rameurs le conduit vers les bancs de musculation et leurs rangées de poids et haltères. Au-dessus de cet étalage, une télévision diffuse une chaîne d'informations en direct. Le son est en sourdine, mais les images parlent d'elles-mêmes. Pour une obscure raison, les journalistes ont choisi de revenir sur les méfaits de Luca di Ferro, dit le vampire. Tant pis pour son envie de se changer les idées.

— Salut, beau brun ténébreux.

De tout le Bastion, une seule personne est capable de l'interpeller ainsi. Avec une voix charmante, mais trop douce et discrète pour coller à ses paroles effrontées.

Romain quitte l'écran des yeux, son sourire retrouvé, et se tourne vers Valentina.

— Bonjour, mon cœur en sucre. Puis-je te signaler que je suis blond ?

— N'importe quoi.

— Châtain, alors. Mais certainement pas brun.

— Ça doit être mes yeux. Au moins, je t'ai remarqué, tandis que toi…

Elle regarde aux quatre coins du plafond, comme pour imager le fait qu'il ne capte rien de ce qui l'entoure. Romain éclate de rire et va la rejoindre vers le sac de frappe qu'elle maltraitait de son mieux. Une bise sur sa joue collante de sueur. Elle s'écarte aussitôt.

Valentina Gallo. Pas encore quarante ans, deux fois divorcée, trois mômes de pères différents. Un air de petite souris qu'elle cherche à compenser avec de longs cheveux rouge vif attachés en queue-de-cheval haute. Elle lui fait signe de tenir le sac et aligne une série d'enchaînements coups droits-uppercuts pleins d'énergie, mais qui ne perturbent guère leur cible statique.

— Bon, t'es avec moi ou avec le vampire ?

Essoufflée, elle s'essuie le front du revers du bras – une manœuvre peu efficace. Elle finit par ramasser sa serviette abandonnée au sol et s'éponge le visage et le peu qui dépasse de son tee-shirt à manches longues.

Les yeux vert émeraude de Madeleine emplissent presque tout l'écran, hypnotiques. Romain a toutes les peines du monde à s'en arracher.

— Désolé, tu veux reprendre ?

— Non, c'est bon. Tu t'intéresses aux criminels sexy, maintenant ? Je croyais que tu étais casé.

— Je le suis, et fort heureux, rassure-toi. Je me demandais juste comment on pouvait commettre de telles atrocités.

À vrai dire, il en a eu un aperçu assez détaillé, entre ses années à la Crim et celles au sein du BPR. Mais Valentina et lui parlent rarement de leurs jobs respectifs entre deux séries d'abdominaux. Depuis le temps, Valentina a dû deviner pour quel bureau il travaille, soit toute seule, soit grâce à des bruits de couloir. Elle-même ne quitterait pour rien au monde son poste à la brigade de protection des mineurs. Ce qu'elle dissimule sous ses manches longues l'a sans doute poussée à s'engager dans cette voie. À se montrer forte et pleine d'assurance, également, même si cela doit être épuisant, à la longue.

— Certaines personnes sont tordues dès leur plus jeune âge. Mais il y en a qui battent tous les records. Ce type en fait sans conteste partie.

Le reportage sur di Ferro s'achève. La journaliste à l'écran tourne une feuille de papier sur son bureau – Romain s'est toujours demandé s'il y avait vraiment quelque chose d'écrit sur ces pages, ou s'il ne s'agissait que d'une vieille tradition pré-prompteurs – et enchaîne sur une tout autre thématique. Au contraire de Valentina, encore coincée sur le vampire.

— Je mc fous des millions d'argent sale qu'il a pu amasser avec ses différents trafics. Mais ces filles… La manière dont il les a assassinées… On voit rarement un tel niveau de perversité et de cruauté. Sa nana avait de sacrées couilles, pour oser l'arrêter.

— Tu parles de…

— De sa prétendue muse, oui, coupe-t-elle d'un ton agacé. Elle a dû sacrément en baver. Avant, avec lui, et après. Il l'a tuée aussi, d'une certaine manière.

— Elle était pourtant loin d'être blanche comme une colombe.

— Oh, pitié, Romain, tu n'écoutes quand même pas les conneries de la presse à scandale ? Un de mes bons potes a assisté à ses interrogatoires. Regarde les enregistrements, si tu peux y avoir accès. Je parie que ton point de vue changera après ça. Cette fille a été une de ses victimes, rien d'autre.

Elle fait promettre à Romain qu'il se renseignera et son irritation s'évapore d'un coup, chose typique chez Valentina. Ce tempérament fluctuant doit en désarçonner plus d'un, dans les étages du Bastion. Tout en échangeant des blagues potaches, ils s'entraînent à tour de rôle, puis elle sonne la fin des festivités. Romain la regarde s'éloigner, sa serviette sur l'épaule. La louve est redevenue une petite souris discrète et menue. À cet instant précis, personne ne se douterait de sa capacité à mordre.

Les idées qu'on se fait sur les autres s'avèrent souvent trompeuses. Et pourtant, tout le monde tombe dans le même piège, encore et encore. Romain ne s'est jamais intéressé à ce qui avait précédé le procès di Ferro. Et malgré les longues heures passées en sa compagnie, il ignore ce qui a conduit Madeleine à dénoncer son compagnon.

Une erreur, sans doute. Les conclusions de la justice et une simple opinion personnelle sur son attitude souvent agaçante n'auraient pas dû lui paraître suffisantes. En quittant la salle de sport à son tour, Romain décide de se pencher dès que possible sur le début du parcours de la muse du vampire.

7

Le week-end, le rythme change aux Trois Nuages. Les repas sont toujours servis aux mêmes heures, mais entre deux, les mômes n'ont pas classe. Ils sont libres de s'organiser selon leurs envies. De regarder le plafond depuis leur lit, si ça leur chante. De participer à un atelier spontané, peinture ou poteric, ou de donner un coup de main ici et là.

Parce que le staff, lui, reste à disposition. Si un des monstres, un seul, frappe à ma porte pour me demander de lui expliquer tout ce qu'il faut savoir sur les haricots verts ou pour exercer son vocabulaire, je suis censée oublier ce que j'étais en train de faire – ou de ne pas faire – et répondre de mon mieux aux besoins et attentes dudit petit ange.

Mon niveau d'enthousiasme explose à cette perspective.

Les premières semaines, j'ai été plutôt épargnée. La plupart des gamins ne m'avaient pas encore enregistrée dans le décor. Les choses ont changé peu à peu. Hier, je me suis retrouvée à brailler des comptines en anglais tout en récoltant des radis. Si j'entends encore une fois l'histoire de monsieur soleil doré, je risque de me mettre à grogner en montrant les dents. Surtout si quelqu'un s'aventure à la chantonner maintenant.

Mes dimanches matin avaient une saveur bien différente, autrefois. Je ne parle pas de l'époque de la ferme, bien entendu. Mais d'avec Luca. Ils n'étaient alors que luxe et volupté. Je les appréciais aussi à leur juste valeur entre ma mort et mon arrivée aux Trois Nuages. Ils avaient un parfum de privilège. Celui de pouvoir en profiter comme bon me semblait. De pouvoir les vivre, tout simplement. Je m'ennuyais parfois au plus haut point, quel que soit le jour de la semaine, mais au moins, j'étais assez vivante pour me morfondre. Et ça, ça n'a pas de prix.

Jamais je n'aurais pensé me retrouver à tartiner des feuilles en papier recyclé de crayons pastel, l'épaule collée à celle de Corentin. Un gamin de dix-sept ans, grand et beau comme un dieu, mais doté d'un QI d'huître. Le gosse chantonne la même note en permanence et bave par moments, ce qui gâche un brin son apparence, mais en dehors de cela il mériterait de faire la une de magazines de mode masculine. Je n'avais encore jamais vu un visage aussi bien proportionné, aussi symétrique. Pour l'avoir entraperçu torse nu après un accident de gobelet de jus de pomme, le reste vaut le détour également. Une enveloppe parfaite, mais rien que du vide à l'intérieur. Quel gâchis. Corentin n'a pas une once de méchanceté en lui, mais il fait partie de ceux incapables de gérer les gestes du quotidien sans assistance.

— Joliiie, grince-t-il en allongeant la dernière voyelle jusqu'à ce que je craque et relève la tête.

Il désigne ses gribouillis en bleu et vert, certains tracés en partie hors de sa feuille. Je n'ai absolument aucune idée de ce qu'il a voulu dessiner. Une maison, peut-être. Ou un chat.

— Oui, c'est magnifique, Corentin. Mais dis-moi, qu'est-ce que c'est, là ?

Je pointe du doigt deux cercles superposés et piquetés de traits aléatoires. Mon intérêt a pour effet d'illuminer son visage.

— C'est Maddy… Joliiiie !

Cet amas de lignes plus ou moins droites est donc censé me représenter. Magnifique. Impossible d'éclater de rire, pas en étant assise juste en face de Samia. Je prends sur moi, complimente mon triste ersatz de Joan Miró, une main posée sur son épaule. Le comble du bonheur pour Corentin. Un peu trop d'émotions, puisqu'il se met à baver de plus belle et se balancer d'avant en arrière, son sourire crispé et tout de travers, comme s'il ne comprenait pas le mauvais tour que lui joue son corps. Samia s'étire par-dessus la table et, d'un geste machinal conféré par sa longue expérience, elle lui essuie le menton, retient ses mains qui menacent de se transformer en centrifugeuses. Encore quelques paroles rassurantes, et Corentin retrouve une certaine stabilité. Un peu choquée par ce qui vient de se dérouler – par pitié, qu'on ne me demande pas de nettoyer de la bave de la bouche d'un ado et de ranger ensuite mon kleenex dans ma poche comme si de rien n'était –, je lâche d'une petite voix :

— Je… je ne voulais pas le perturber.

— Y a pas de mal, répond Samia, son attention

focalisée sur un amas d'oursins trop silencieux pour être honnêtes. Il est content.

Ouais. Presque trop à mon goût. Corentin revient s'appuyer contre mon bras, comme s'il pensait être une extension de mon corps, une sorte de jumeau siamois qu'on se serait résolu à ne pas séparer, faute de chances de survie en solitaire. Et tant pis pour l'autre qui s'en serait volontiers débarrassé. Je n'ose plus bouger d'un centimètre. Ni prononcer le moindre mot. J'ai eu ma dose de crises de bonheur pour la journée.

Je reste donc parfaitement immobile jusqu'à ce que Pedro débarque dans l'atelier pour annoncer que le déjeuner est servi. Ses instructions – rangez votre matériel avant de partir dans le calme, s'il vous plaît – sont noyées dans un concert de chaises tirées et repoussées dans la hâte, de boîtes de crayons s'écrasant au sol et de bavardages sans queue ni tête. Corentin m'embrasse sur la joue et s'enfuit avant que je ne puisse réagir.

— T'as un ticket, constate Samia, un sourire moqueur aux lèvres.

— Jalouse, va.

Elle semble sur le point de répliquer, heureuse de ces joutes caustiques entre filles, quand un petit bout se matérialise près de moi. Abel, le benjamin de l'institut, a cette faculté d'apparaître comme par magie – et souvent là où on ne l'attend pas. Il me fixe avec intensité, puis dépose avec précaution un dessin sur la table.

Après deux heures à subir les barbouillis de Corentin, mes yeux saignaient presque. L'œuvre d'Abel les soigne d'un coup. Il ne s'agit pourtant que d'une esquisse, celle d'un personnage féminin. Il en émane une véritable atmosphère, sombre et pesante. Les traits principaux ont été tracés au crayon gris, les ombres et les contours rehaussés de rouge vif. Les proportions, les reliefs, tout est parfait. Ce gamin a un don, un vrai, qu'il faut absolument cultiver et développer.

Je ne connais rien à l'éducation des enfants, d'accord. Pas besoin quand on s'y intéresse aussi peu, voire qu'on les fuie. Mais l'art… Tout le contraire s'applique en ce qui concerne l'art. C'est cette passion pour le beau qui m'a permis de tenir, autrefois. Après tant de gris, de terne et de sale en compagnie du Père et de la Mère, je ne rêvais qu'à ça. J'avais soif d'émotions et de couleurs vibrantes, et les grands peintres m'ont nourrie comme personne auparavant. Lors de mes rares moments de solitude, je me rassasiais de l'énergie des œuvres expressionnistes, des histoires racontées par les maîtres de l'abstrait ou des effets de lumière des impressionnistes. Cette flamme m'a menée de mon trou en rase campagne jusqu'à Paris, puis New York – et, assez ironiquement, tout droit dans les bras de Luca.

— C'est toi qui as dessiné ça ?

Abel me répond d'un froncement de sourcils, comme s'il appréciait peu que je mette en doute ses capacités. Rien d'autre. Avec la révélation soudaine de son talent, j'ai occulté le fait que le môme a mérité ses galons de pain de mie en tant qu'autiste. Une belle étiquette agrémentée d'une mention « non verbal ».

Il ne sait peut-être pas parler, mais en matière de combat de regard, il constitue un adversaire de taille. Je baisse les yeux en premier, balbutiant un bravo et un merci – après tout, il a choisi de m'apporter son dessin, à moi et à personne d'autre. Samia, qui a suivi la scène, le félicite à son tour et cherche à lui ébouriffer les cheveux. Mouvement de recul d'Abel, qui file sans demander son reste. Doué, mutique et allergique au contact. Il a tout pour devenir une icône. Une de ces stars énigmatiques que tout le monde s'efforcerait de décoder, et dont les œuvres s'arracheraient pour des sommes à sept chiffres.

Oui, je vais un peu vite en besogne. C'est comme ça, j'adore imaginer des choses, et pas uniquement des scénarios sordides. Et qui sait, si cette histoire suit son cours comme je l'espère, je pourrais peut-être devenir l'agent d'Abel. Madeleine Lemans, découvreuse de jeunes talents…

Le temps de recevoir mon plateau-déjeuner au réfectoire, je me rends compte que cette idée est pourrie. Abel finira vraisemblablement ses jours en institution, captif des murs invisibles érigés par son cerveau mal paramétré. Est-il seulement heureux, à l'intérieur de cette prison ?

— Quelque chose te tracasse, Maddy ?

Pedro m'observe sans doute depuis de longues minutes. Avec sa barbe constellée de miettes de pain, il serait une cible de choix pour un moineau de passage.

— Je me demandais s'ils étaient conscients de leurs handicaps, dis-je en désignant du menton les gamins que Samia aide à manger.

L'éducateur les examine un moment, songeur, puis hausse les épaules.

— Qu'est-ce que ça change ? On est toujours l'idiot de quelqu'un, au final. Peut-être nous considèrent-ils comme bizarres, à vouloir tout contrôler, à respecter les convenances. Alors qu'on pourrait tous se tartiner de compote de pommes, comme Corentin, et trouver ça génial.

Le beau Corentin est effectivement en train de vivre le meilleur de sa vie. Pedro ôte l'opercule de son dessert et lève un sourcil à mon intention – un chiche ? auquel je réponds par un geste d'invitation. Personnellement, en dehors de masques au concombre et de bains de champagne, je préfère laisser la nourriture à sa juste place.

Le repas terminé, je file du réfectoire en catimini, les doigts croisés pour que personne ne me calcule. Je ne survivrai pas à une deuxième tournée d'atelier créatif, et je risque fort de distribuer des coups de pelle à quiconque me proposerait d'aller jardiner. Tout se déroule à merveille jusqu'à ce que je grimpe la première volée de l'escalier menant à ma chambre. Un obstacle me barre le passage. Un petit garçon posé sur une marche, les mains rivées de part et d'autre de ses fesses. L'air résolu à ne pas bouger tant que…

— Hey, Abel ! tu ne devrais pas être là, poussin.

Ce rappel au règlement lui file deux ou trois millions d'années-lumière par-dessus la tête. Il fixe son regard magnétique sur moi, le visage inexpressif. N'importe où ailleurs et avec n'importe qui d'autre, j'aurais empoigné le récalcitrant par l'épaule et l'aurais ramené en zone autorisée. Là, surtout avec ce gamin et dans ce décor grandiloquent, je dois refréner un frisson. Tout cela ressemble trop à un *cross-over* entre *L'Exorciste* et *Amityville*.

— Regarde, j'allais justement ranger ton dessin chez moi.

La vérité, rien que la vérité. Je commence peut-être à me ramollir – le fait que je l'aie appelé poussin ou que je décide de m'asseoir à côté de lui semble l'indiquer –, mais je n'aurais tout simplement pas pu jeter cet étrange cadeau à la poubelle. Et pourtant, plus je le regarde, plus je me sens aspirée par son ambiance étouffante. Comme si la silhouette esquissée en gris et rouge cherchait à m'attirer à elle. Une main tendue, ses doigts autour de mon poignet comme des racines impossibles à trancher, une traction et hop ! je me retrouverais de l'autre côté, prisonnière du papier, compagne éternelle de cette inconnue. Je découvrirais peut-être son visage. Maigre consolation, mais au moins, je saurais si…

— Au fait, qui est-ce que tu as représenté ? Ta maman ?

— C'est la dame rouge.

À peine un souffle rauque, mais mon cœur s'emballe. Abel ponctue sa phrase en se pelotonnant contre moi. Tétanisée, je mets plusieurs secondes à réagir et tout ce que je parviens à faire, c'est passer un bras par-dessus ses épaules.

— Qu'est-ce que tu as dit ?

— Il est gentil, Corentin, hein ?

Sa réponse à contre-courant finit de me déconcerter. Il rétablit une certaine distance entre nous, soit pour me voir acquiescer, soit parce que ce contact était trop pénible à supporter.

— Il est gentil, et beau aussi. C'est dommage qu'il doive mourir tout bientôt.

Je ne sais pas ce qui me terrifie le plus. Le fait qu'un enfant muet se mette subitement à parler. Qu'il me choisisse, moi, pour ces débuts inouïs. La teneur de son message. Ou le ton détaché, presque indifférent, sur lequel il le débite.

— Que vas-tu donc inventer, Abel ? Il n'y a aucune raison qu'il arrive quelque chose à Corentin.

Un nouveau regard qui finit de glacer le sang dans mes veines.

— Je n'invente rien. Elle me l'a dit.

— Qui ?

Il pointe le doigt sur le dessin abandonné entre mes jambes.

— La dame rouge.

8

Le sourire compatissant sur ses lèvres, sa posture, mains jointes et tête penchée sur le côté, tout cela me donne envie de crier. Ou de la gifler. Belle dépense d'énergie de ma part, à peser mes mots, les aligner avec calme. J'ai vraiment développé un talent à part, depuis ma jeunesse. Un don qui m'a bien servi durant mes années avec Luca.

— On est tous passés par là, ma chérie, me dit Samia avec tendresse. On s'y attache, à ces mômes. Alors avec le temps, on s'imagine des choses.

— Je te jure qu'il m'a parlé.

— Maddy… C'est impossible. Abel n'a jamais prononcé le moindre mot, que ce soit ici ou dans une de ses familles d'accueil.

Si elle rajoute : « C'est dans ta tête », je ne réponds plus de rien.

— Et si… je ne sais pas, s'il avait eu une sorte de déclic, par exemple ?

— Quoi, ses constructions mentales auraient été soudainement chamboulées juste à ton contact ? Tu me fais une drôle de variante du syndrome du sauveur, là, Maddy.

J'ouvre la bouche pour répliquer – quelque chose de cinglant qui mettrait un terme à son étalage entre pitié et supériorité –, mais un claquement détourne mon attention. Emilio vient d'émerger de la cage d'escalier menant au sous-sol, un Corentin au regard rêveur sur ses talons. Il marque un petit recul, comme s'il était surpris de nous trouver là, Samia et moi, puis ferme la porte à clé. Une sécurité sans doute loin d'être superflue. Les caves représentent encore une *terra incognita* pour moi, mais j'imagine qu'il vaut mieux éviter que des pensionnaires puissent y accéder.

— Un souci, mesdames ?

— J'essayais de convaincre Maddy qu'Abel ne s'exprimait pas verbalement. Et qu'il était donc impossible qu'elle ait pu avoir une discussion avec lui.

Le directeur me gratifie d'unc moue dégoulinante de gentillesse. Le genre qu'il réserve normalement aux gosses après une bêtise sans gravité, et non pas à ses employés.

— Quel bonheur ce serait. Abel est un petit garçon très intelligent, et si attachant…

Il me tapote l'épaule, histoire de me consoler de mes faux espoirs. Toujours planté à côté de lui, Corentin se dandine d'un pied sur l'autre. Une envie pressante, peut-être. Son regard en revanche est rivé sur moi. Pas l'ombre d'un sourire, pas une de ces notes basses et continues en provenance du fond de sa gorge. Deux différences notables par rapport à son comportement habituel. Quelque chose se serre dans mon estomac. Persister dans mes affirmations, ajouter qu'Abel a prédit la mort prochaine de Corentin. Ou me conformer aux certitudes de mes collègues, rentrer dans le rang. Je n'ai aucune envie de passer pour une dingue. Mais encore moins d'admettre que j'aie pu halluciner. Je serre les dents, me préparant à repartir pour un round. À tout lâcher, cette fois.

Et là, je le vois. Ce signe, bref mais clair, à mon intention.

Corentin cesse de se balancer. Juste une seconde. Il fronce les sourcils et fait « non » de la tête. Quelques degrés à peine, gauche droite gauche. Le message n'aurait pas été plus limpide s'il avait hurlé à pleins poumons.

— OK. Laissez tomber. Je dois être fatiguée.

La moue un brin figée d'Emilio se transforme en sourire.

— Sans doute. Je sais que le rythme ici peut être éprouvant.

Il jette un coup d'œil à Samia qui acquiesce d'un air entendu.

— Et si on prenait un peu de bon temps cet après-midi ? propose-t-il. Il fait assez chaud pour aller au lac, non ?

— Oh, j'adorerais, et les enfants aussi.

Aucune idée de ce à quoi ils font référence, mais je me joins à leur enthousiasme. *Idem* pour Corentin qui recommence à émettre sa note préférée, quelque part au bas dc la gamme. Retour à son état normal, à fixer un point dans le vide, son beau visage rehaussé d'un sourire inexpressif. Samia passe un bras sous le sien et l'entraîne avec elle tout en pépiant à propos de cette sortie improvisée.

— Rendez-vous ici dans un quart d'heure. Et prends ton maillot de bain !

Une dernière tape sur l'épaule, et Emilio file aussi, son trousseau de clés tintant dans sa poche.

Je me retrouve seule dans le hall, ou presque, puisqu'une demi-douzaine de portraits me fixent sans s'en cacher. Ces messieurs en redingote, l'air sérieux, séparés de dames en rose et vert pastel figées dans des corsets étriqués.

— Vous avez remarqué, hein ?

Oui, j'en suis sûre. Eux aussi savent reconnaître une diversion. Ils ont dû en voir de nombreuses, depuis leurs postes d'observation privilégiés. Là, je mettrais ma main au feu que cela a un rapport avec la porte menant au sous-sol. Celle que le directeur a refermée avec soin.

À moins, bien sûr, que je n'aie vraiment perdu la raison. Je viens bien de demander leur avis à des personnages en peinture à l'huile. Pauvre Maddy Lemans, atteinte de démence dès son arrivée aux Trois Nuages. Pauvre moi. J'entends presque la Mère et le Père ricaner. Luca susurrer mon nom – l'autre, l'ancien, révolu et enterré.

Et quelque part en dessous, un son que je refrène chaque seconde. Des cris. Ceux d'Irina.

Sous le poids de leur rage, les souvenirs brisent une digue et s'engouffrent dans mon esprit.

Irina. Ses grands airs, son arrogance. Sa peau soyeuse d'une pâleur presque irisée.

La finesse de son cou entre les mains de Luca.

Ma culpabilité se résume dans les cinq lettres de son

prénom. Je savais déjà. Je refusais de l'admettre en mon for intérieur, mais je savais de quoi Luca était capable. Que ses trafics n'avaient pas pour objet que des armes, des billets blanchis ou des paquets de trip en poudre. Qu'ils concernaient aussi des êtres humains. J'avais conscience que ces filles ne disparaissaient pas comme ça, elles ne repartaient pas dans leur famille, on ne leur offrait pas de perspectives professionnelles dans une des entreprises lisses et légales de l'univers di Ferro. Si je ne les croisais plus, c'est parce qu'elles étaient mortes. Assassinées par Luca. Mon vampire adoré.

Qui s'en souciait, au fond ? Elles étaient invisibles. Belles, mais invisibles. La preuve : si je n'avais pas mis fin à ses agissements, Luca aurait pu continuer des années durant sans être dérangé.

Sauf que. Irina – ou plutôt sa mort – nous a fait comprendre quelque chose à tous les deux.

Luca pensait qu'elle avait encore renforcé notre connexion.

Et il avait raison.

Mais je ne devais pas pour autant tout accepter les yeux fermés. Tendre les poignets, sentir ces liens invisibles se serrer autour d'eux, me ramener sans fin vers mon maître.

Quant à moi, j'ai compris qu'en dépit de ma fascination proche de l'idolâtrie, je devais me défaire de Luca. Laisser cela derrière moi, tirer un trait sur le malsain et l'horreur comme sur les moments de plaisir, de lumière. Et sur moi-même, en quelque sorte.

Les portraits qui m'entourent me dévisagent avec mépris, maintenant que j'ai partagé ces pensées avec eux. Maintenant qu'ils savent pour Irina – et pour tout le reste.

Ils ont pu se rendre compte qu'au final, je ne suis pas si différente de Luca.

9

L'endroit m'apparaît d'emblée familier, et pour cause : je le vois chaque matin à mon réveil. C'est ce décor qui a servi de modèle à l'œuvre suspendue à côté de mon lit. C'est ce panorama qu'admire mon voyageur sans visage tandis que je rêve de Luca.

Le lac – techniquement, il s'agit d'un étang, mais qu'importe – dessine un cœur quasi parfait, en bleu transparent sur fond gris-vert. De taille modeste, il est bordé de douces pentes herbeuses, parsemées ici et là de rochers invitant à une pause. Une ligne de sapins souligne l'un de ses arrondis. Une centaine de mètres derrière eux, on devine une clôture grillagée, la même qu'à l'entrée du domaine des Trois Nuages. Sa superficie dépasse ce que je m'étais imaginé.

L'angoisse absurde de devoir jouer au gibier sur ces terres, pieds nus et terrifiée, afflue comme à mon arrivée ici. Je dois me répéter que rien de tel n'est susceptible de se produire. Que je suis en sécurité, loin de toute personne capable de me nuire. De toute manière, je suis morte, morte et enterrée ; alors, qui viendrait me pourchasser dans un endroit pareil ?

Une série de profondes inspirations et expirations et je peux profiter à nouveau de la vue. La lumière est juste splendide. L'eau scintille sous les touches délicates du soleil, les sommets au loin, certains couronnés de blanc, se déclinent en des dizaines de teintes, du jaune-vert au bleu-rose. Mes craintes stupides rangées dans un compartiment étiqueté « ne pas ouvrir » dans mon esprit, je me sens vibrer au diapason de ce qui m'entoure. Neuve. Unique, bien qu'insignifiante. Et étrangement vivante.

Une partie des troupes s'égaillent le long du sentier jusqu'à la berge. J'écoute d'une oreille distraite les recommandations scandées par Pedro et Emilio. Aucune chance que je trempe plus qu'un orteil dans l'eau cristalline. Les plaques de neige sur la pente ombragée participent à l'harmonie du tableau, mais elles sont également un très bon indicateur de la température.

La portière du minibus claque dans mon dos. Le directeur se charge d'aller chercher une nouvelle fournée de pensionnaires. Plus pratique d'effectuer des rotations motorisées plutôt que de surveiller un troupeau agité le long des trois kilomètres de trajet.

Enfin, il s'agit du discours officiel. Pour ma part, je ne sonnerais pas l'alarme si deux ou trois des monstres se perdaient en chemin. Pas pour Adrien, en tout cas. Sa serviette déployée sur l'herbe drue, mon *lover boy* entame une sorte de strip-tease à la chorégraphie désastreuse tout en me fixant du regard. Il termine son numéro sur un geste obscène, la main plaquée sur l'entrejambe. Va donc te baigner, coco. On verra ce qu'il restera à tripoter dans ton maillot de bain une fois dans l'eau glacée.

Les plus courageux se ruent dans les eaux peu profondes du lac en poussant des cris de guerre, d'autres s'aspergent mutuellement, immergés jusqu'aux chevilles. Pedro rejoint l'équipe des téméraires. La toison dense sur son torse, en parfaite continuité avec sa barbe, participe sans doute à conserver sa chaleur corporelle. Je préfère me tenir hors de portée de toute éclaboussure, et en retrait de l'excitation ambiante. Un petit tour du lac – vite accompli – puis direction la ligne d'épineux, qui m'offre l'endroit parfait. Adossée à un tronc odorant, je fais mine de surveiller les monstres, même si mon regard se perd plus loin, vers les crêtes et les falaises. Ou que mes paupières se ferment, alanguies par le soleil.

Mes pensées dérivent. De Luca au commandant Theven. De Theven à Abel. Sa dame rouge. Sa prophétie à propos de Corentin. La façon dont il s'est blotti contre moi, l'espace d'un instant, et les sentiments mitigés que ce geste a éveillés. Des souvenirs, mais pas que ça. Retour à Luca, son visage au-dessus du mien, son souffle sur ma peau humide de sueur. L'envie qui dévorait chaque fibre de mon corps. Les sens en déroute, ma raison, un champ de bataille, le Bien et le Mal dans un duel à mort. Un combat sans vainqueur. Enfin si. Un seul, toujours le même. Luca gagnait quoi qu'il arrive.

— *J'aimerais que tu portes notre enfant.*

Un coup de reins pour appuyer sa phrase. Pas un ordre, ni vraiment une proposition. En dedans, la panique. Je pensais m'être affranchie de la morale. Et pouvoir continuer comme ça, érigeant mes propres principes, les construisant ou les démolissant au gré de mes envies. La conscience légère, même si.

Mais placer un enfant au centre de ce tableau ?

— *Tu sais que je n'aime pas les mômes.*

Une nouvelle ondulation. Et le plaisir si proche. Le plus délicieux des supplices.

— *Ça changera. Tu apprendras.*

Je n'ai pas argumenté. Ni sur le moment, parce que j'en aurais été incapable, ni plus tard. En revanche, j'ai su. Il fallait que ça s'arrête. Il fallait que je l'arrête.

La sensation d'être observée, comme un picotement désagréable. Je tressaille, rouvre les yeux, me redresse. Et découvre Ariane, assise en tailleur non loin de moi. Elle manipule une longue herbe entre ses doigts. Je ne saurais dire si elle la tresse ou si elle la déchiquette en petits morceaux. Ce qui est sûr, c'est qu'elle me dévisage. J'espère ne pas avoir gémi, enfouie dans mon flash-back au goût d'interdit.

— Je ne t'avais pas entendue arriver.

Une amorce de dialogue. Pas que j'aie spécialement envie de papoter avec la jeune cuisinière. J'aimerais appuyer sur la touche retour rapide, retrouver ma solitude et l'étreinte de Luca, même chimérique.

— Je ne voulais pas vous déranger.

— Oh, s'il te plaît, cesse donc de me vouvoyer. Ça me donne l'impression d'être vieille.

Ses joues virent au rouge coquelicot, et elle bafouille une série de « non, enfin » et de justifications à demi audibles. L'embarrasser est presque trop facile. Une question trop personnelle, un commentaire hors de propos et hop ! elle se transforme en petite chose effarouchée. Cela pourrait m'amuser si son stress ne se doublait pas d'une logorrhée pénible à supporter. Je préviens cet assaut en m'appuyant contre l'écorce de mon hôte, le crâne vissé à son tronc, les yeux fermés.

Une, deux minutes et ça me démange de nouveau.

— Ariane.

— Oui ?

— Arrête de me fixer comme ça.

Son visage flambe. La brindille finit hachée menu entre ses doigts. Elle en arrache une nouvelle qui subit le même sort le temps qu'elle ose prononcer, cette fois sans me regarder :

— Désolée. C'est que vous m'impressionnez.

Bon Dieu, encore un peu et elle va se mettre à hyperventiler.

— Pourquoi je t'impressionnerais ?

— Je vous trouve tellement belle.

C'est mignon. Et saugrenu. Je me retiens de répondre qu'elle ne m'a pas vue à mon summum, avec mes longs cheveux miel, mes yeux débarrassés de ces maudites lentilles colorées. Vêtue d'une robe de grand couturier, de talons aiguilles. Et au bras de Luca di Ferro. Là, il y avait de quoi baver d'envie. Ou brûler de jalousie, au choix.

— Tu es adorable. Et très mignonne aussi, tu sais ?

Il ne lui manque qu'un peu – non, beaucoup – d'assurance, et de nombreuses personnes se retourneraient sur son passage, plutôt que de se borner à lui demander une deuxième portion de coquillettes au beurre.

— Je n'ai rien en commun avec vous.

Le ton agressif de sa réponse me surprend, mais je le mets sur le compte de sa timidité. Peut-être a-t-elle pris mon compliment comme une moquerie. Ce n'était pas le cas. Mais que pourrais-je dire pour argumenter ? Que Luca l'aurait volontiers couchée dans notre lit, et que je n'aurais pas protesté ? Je doute que cela détendrait l'atmosphère.

— Je suis sérieuse, Ariane. Je te trouve très jolie. Et je préférerais vraiment que tu me tutoies.

Plusieurs émotions défilent sur son visage, un drôle de carrousel dont la vitesse augmenterait, hors de contrôle. La gêne et la colère se succèdent, se mêlent à d'autres choses que je ne sais décoder. Au terme de ce combat intérieur, Ariane murmure tout bas, prière, secret ou promesse, puis elle se lève et s'éloigne, me laissant décontenancée. Bizarre, cette fille. À se demander si elle ne mériterait pas plutôt une place parmi les pensionnaires qu'au sein du staff.

Sur un soupir, j'étire mon dos malmené par mon siège pas si confortable que ça. Une douzaine de gamins continuent à s'ébattre dans l'eau heureusement peu profonde. Comme personne ne m'a enjoint de participer à la surveillance, je m'éloigne des rires et des cris, marche jusqu'à la clôture. Trois mètres de haut, rehaussée de barbelés. Est-elle là pour empêcher des intrus de s'introduire dans la propriété, ou les pensionnaires d'en sortir ? La deuxième option me met mal à l'aise. Certes, l'envie de fuguer peut titiller la plupart d'entre eux, mais cette mesure de sécurité me semble disproportionnée. Et je déteste tout ce qui s'apparente à des barreaux.

La clôture dans mon dos, je découvre un sentier qui grimpe en pente douce au-dessus de l'étang. À peine une trace imprimée dans l'herbe. Il me permet d'avoir une vue dégagée sur le plan d'eau et sa forme de cœur.

La plupart des jeunes sont regroupés autour de sa pointe. J'en remarque un, seul, assis dans l'arrondi d'un des lobes. Abel.

Un mauvais pressentiment projette son souffle dans ma nuque, hérissant mes poils au passage. Je hâte le pas sur la piste inégale pour rejoindre le garçon. Je transpire lorsque je m'accroupis à côté de lui, une sueur froide, désagréable. Toujours habillé des mêmes jean et tee-shirt qu'à midi, Abel demeure prostré, ses bras encerclant ses genoux relevés. Il pleure en silence.

— Qu'est-ce qui t'arrive, Abel ?

J'espère et redoute à parts égales une réponse de sa part. Mais rien ne vient. Des larmes continuent à s'échapper de ses longs cils, elles dégringolent sur ses joues, s'évertuent à y tracer des sillons irréguliers avant de s'écraser plus bas. Son visage ne laisse transparaître aucune émotion. Un détachement – non, une déconnexion troublante.

Je répète ma question sans plus de succès. Ses vêtements sont secs, tout comme ses chaussures, il ne s'agit donc pas d'une blague qui aurait mal tourné, bizutage ou autre. Le lac a peut-être réveillé des peurs ou de mauvais souvenirs en lui. Touchée malgré moi par son étrangeté, je décide de m'asseoir à ses côtés.

Et de diriger mon regard dans la même direction que lui. Vers le point qu'il semble fixer avec un mélange d'horreur et d'indifférence.

C'est là que je l'aperçois. Sur l'autre rive du lac, dans la partie ombragée. Tout proche de l'endroit où je me trouvais dix à quinze minutes plus tôt. Les bras en croix, il bouge au gré des vaguelettes paresseuses. Ses cheveux à l'arrière de son crâne, ses omoplates et son maillot de bain rouge vif émergent de l'eau à peine profonde d'une trentaine de centimètres.

Je cours alors que je n'ai pas eu conscience de m'être relevée. Je hurle à m'en déchirer les poumons, impossible que personne n'ait rien remarqué, ça ne peut pas arriver pour de vrai, juste un cauchemar trop réaliste, une mise en scène macabre pour m'effrayer, un rite de passage. Pourvu, pourvu que ce soit ça. Du mouvement sur le côté, la stupeur d'abord et enfin, comme au ralenti, une réaction, mais tard, un millier d'années trop tard. L'eau glaciale s'infiltre dans mes chaussures, elle s'enroule autour de mes chevilles en poignes plus solides que liquides, asperge alentour à chacune de mes foulées. Un caillou traître et je glisse, patauge, repars à quatre pattes. Je finis par l'attcindre en premier, le retourne, le tire et le hisse avec l'énergie du désespoir. Il s'est écoulé quoi, dix secondes depuis que je l'ai vu. Une broutille de rien du tout à la mesure d'une vie, une quantité négligeable.

Mais beaucoup trop pour sauver celle-là.

Celle de Corentin.

10

— La victime a été retrouvée de ce côté de l'étang. En altitude, la luminosité change beaucoup en fonction de l'heure…

L'index dressé vers le ciel, la major Dupuy esquisse le tracé du soleil de son lever à son coucher.

— Pile derrière la haie de sapins. À seize heures, cette zone devait déjà se trouver dans l'ombre. Partout ailleurs en revanche, le soleil restait éblouissant. Un mauvais jeu de lumière.

La gendarme termine son analyse sur un geste impuissant. La faute à pas de chance. Une seconde de silence en guise de recueillement, les yeux tournés vers l'étendue d'eau. Puis elle se retourne vers Romain. Les bras croisés dans le dos, bien droite dans son uniforme, comme sortie d'un manuel.

— Vous voulez bien reprendre le déroulé des faits ? demande-t-il.

Une brève crispation dans un coin de sa bouche. Romain a joué sa carte « 36 », espérant que le prestige auréolant les officiers issus du 36, rue du Bastion huilerait les rouages entre les gendarmes de la région et lui, étranger aussi bien aux lieux qu'à l'affaire. Mauvaise pioche. Seule la politesse obligeait Dupuy à lui répondre.

— Les jeunes sont arrivés ici en deux groupes, encadrés par les éducateurs et le directeur de l'établissement.

— Soit trois adultes pour combien d'enfants ?

— Dix-huit. Les autres sont restés à l'institut. Et il y avait encore deux adultes : une cuisinière et une prof. D'ailleurs, c'est elle qui a découvert la victime et tenté de la réanimer.

— Vraiment ?

L'exclamation lui a échappé. Il sait que Madeleine a donné l'alerte – s'il est de retour aux Trois Nuages, c'est parce qu'elle l'a appelé à la rescousse –, mais il se l'imagine mal administrer les premiers secours à qui que ce soit. Madeleine est plutôt de ceux qui s'écartent et regardent. Un pas en arrière, pas plus, histoire de ne pas perdre une miette du spectacle morbide.

— Tout à fait. Elle lui a prodigué un massage cardiaque de plus de quinze minutes.

L'attitude fière de la gendarme renforce son sous-entendu, entre solidarité féminine et admiration. Il faut une sacrée énergie et beaucoup de persévérance pour tenir le rythme d'un tel massage sur un quart d'heure. La performance impressionne même Romain. Lui-même n'a jamais eu à effectuer ces gestes sur autre chose qu'un mannequin dédié à la formation, mais il se souvient qu'après quatre ou cinq minutes, les muscles de ses bras criaient pitié.

— M. Lanni a essayé de la convaincre qu'il n'y avait

plus rien à faire, mais elle n'a pas voulu l'écouter. Il m'a dit que, sans l'intervention d'un des enfants présents, elle aurait sans doute continué jusqu'à notre arrivée.

— Une conduite modèle.

La major relève le menton, toise Romain à l'affût d'une trace de sarcasme.

— Cela l'a vraiment secouée, commandant. Elle est encore en état de sidération. C'est tout juste si elle parvient à répondre à nos questions par « oui » ou par « non ».

— Je me doute que tout cela doit être perturbant, coupe Romain. Et la victime ? Que pouvez-vous me dire sur elle ?

— Il s'agit d'un jeune garçon de dix-sept ans, Corentin Rufau. Un accident périnatal l'a laissé avec un retard mental grave et des crises d'épilepsie difficiles à gérer. Il vivait depuis deux ans aux Trois Nuages, mais ses parents lui avaient trouvé une place dans un atelier protégé pour la rentrée de septembre.

— Il savait nager ?

— Depuis ses cinq ans. Son père le surnommait « mon petit poisson ».

Romain opine du chef, pensif. Il se rapproche de la berge, s'accroupit pour ramasser un galet qu'il lance dans un geste horizontal. Un seul ricochet à la surface, et le caillou s'enfonce dans l'eau transparente. Il a perdu la main.

— Peu de chances donc pour qu'il ait paniqué avec aussi peu de fond.

— La piste d'un homicide peut également être écartée.

Romain dresse la tête vers la gendarme. Les bras désormais croisés sous la poitrine, elle lui adresse un sourire narquois.

— J'imagine que vous êtes là pour ça, non ?

Pas vraiment, mais impossible de lui parler de ses liens avec Madeleine. Il lui retourne son sourire en mode penaud.

— On ne peut rien vous cacher, major.

— Alors, oubliez cette éventualité. Il n'y avait aucune blessure défensive sur le corps de la victime. Personne ne se laisse enfoncer la tête dans l'eau sans réagir. Corentin mesurait plus d'un mètre quatre-vingts et aidait volontiers à déplacer des charges lourdes. Pas le genre de personne qu'on maintient d'une simple pression de la main.

Romain ne peut qu'acquiescer. Un agresseur occupé à noyer un gaillard d'un tel gabarit ne serait pas passé inaperçu. Une tâche de toute manière irréalisable pour les camarades de ce Corentin, pour la plupart dotés de physiques de crevettes.

— Vous avez conclu à un accident, si je comprends bien ?

La gendarme hausse les épaules et énonce d'un ton triste :

— Un malaise, une crise d'épilepsie, une rupture d'anévrisme… Tout est possible lorsqu'on présente déjà autant de pathologies. Nous en saurons plus si les parents demandent une autopsie. Ce qu'ils n'ont pas envisagé pour le moment.

Elle secoue la tête comme pour évacuer une idée désagréable, et Romain devine qu'elle s'imagine le jeune garçon allongé sur une table métallique, la nuque coincée dans un sabot et le torse fendu du haut en bas. Non. Il n'exigerait pas non plus qu'on découpe une personne aimée en morceaux dans de telles circonstances.

— La mère m'a glissé que ces dix-sept années avaient déjà été un douloureux miracle, poursuit Dupuy. Les médecins pensaient que Corentin ne survivrait pas à l'accouchement. Puis ils ont pronostiqué qu'il ne soufflerait pas sa première bougie. Qu'il ne marcherait jamais, etc. Sa courte vie a été une lutte permanente, pour lui, pour eux. Ils sont reconnaissants pour toutes ces victoires, pour le temps partagé. Mais ils étaient prêts depuis dix-sept ans à dire au revoir à leur fils.

Dans un élan d'empathie, Romain serre le bras de la gendarme. Elle lui fait un peu penser à Valentina. Moins versatile qu'elle peut-être, mais sans concessions.

— Merci pour ces informations, major.

— Ravie d'avoir pu vous aider à y voir plus clair.

Sur un dernier coup d'œil au lac et au panorama grandiose qui l'entoure, Romain tourne les talons. Dupuy lui emboîte le pas. Le retour jusqu'à l'institut, dans une voiture aux couleurs de la gendarmerie, se fait en silence.

Un silence qui colle à ses semelles tandis qu'il entre dans le manoir. Des groupes de jeunes dérivent dans le hall comme des fantômes, lèvres pincées et yeux rivés au sol. Les plus rebelles se risquent à le dévisager, mais sans oser prononcer ne serait-ce qu'une onomatopée. Romain prend congé de la major Dupuy – une poignée de main chaleureuse – et file en direction du bureau d'Emilio.

Il trouve sa porte entrouverte. L'oreille vissée à son téléphone, son ancien camarade le remarque et lui fait signe d'entrer. La conversation se termine sur une série de « oui » et de « d'accord » de ce côté de la ligne. Malgré ces assentiments, Emilio semble agacé lorsqu'il repose l'appareil. Son sourire refait toutefois vite surface, sincère bien que visiblement abattu. Il contourne son bureau, offre une accolade à Romain tout en le remerciant de s'être déplacé.

— Alors, qu'en penses-tu ?

— Que les choses soient claires : je ne suis pas ici pour enquêter. La brigade de gendarmes a fait du bon boulot. Je ne serais pas arrivé à d'autres conclusions.

Emilio se rassied lourdement dans son fauteuil et hoche la tête plusieurs fois d'affilée.

— Bien, c'est bien. Malgré tout…

Il passe une main sur son visage, termine en frottant sa bouche et son menton mal rasé. La culpabilité va sans doute lui offrir encore quelques belles nuits blanches.

— D'après ce que j'ai compris, il n'y avait rien à faire. Même si tu avais été plus proche, tu n'aurais pas pu le sauver.

— C'est ce qu'on m'a dit. Ça reste difficile. C'est le premier gosse qu'on perd. Il y a bien eu une tentative de suicide l'an dernier, mais cela s'est terminé sans mal.

Les yeux tournés vers des souvenirs dont Romain n'a pas connaissance, Emilio malaxe de nouveau son visage. Puis, comme s'il était parvenu à se débarrasser du négatif rien qu'en se frictionnant, il se redresse et repose son attention sur son interlocuteur.

— J'imagine que c'est Madeleine qui t'a prévenu?

— En effet. Comment va-t-elle?

— Pas très bien, de toute évidence. Elle a été exemplaire, tu sais, et franchement dit, assez incroyable. Tu aurais dû la voir tandis qu'elle essayait de réanimer Corentin. Et le regard qu'elle m'a lancé quand j'ai tenté de la convaincre que c'était fini.

Tiens, Madeleine aurait-elle un cœur, finalement? À défaut d'une âme?

Cette éventualité taraude Romain tandis que, ayant laissé Emilio à ses tristes occupations, il traverse de nouveau le hall d'entrée. Le décor qui lui avait semblé si noble et classieux lors de sa première visite a désormais des airs sinistres. Comme si la lumière n'arrivait plus à filtrer par les hautes fenêtres à croisillons, que l'affliction aspirait celle dispensée par le lustre, que même les portraits le fuyaient du regard.

Une ambiance lugubre, et cette apparition éthérée en haut du majestueux escalier. Madeleine, vêtue d'un simple tee-shirt blanc et d'un jean délavé, les cheveux humides et le visage au naturel, sans la moindre touche de maquillage. Plus belle que jamais. Elle l'observe qui grimpe les marches, tel un spectre occupé à hanter les lieux depuis des siècles, puis tourne les talons pour le précéder dans le couloir.

Oui, il aura peut-être fallu non seulement qu'elle disparaisse, mais qu'elle assiste, impuissante, à la mort d'un innocent pour développer enfin une forme de conscience. Peut-être.

En pénétrant dans son appartement, Romain formule un espoir plus modeste. Qu'elle lui parle sans masque ou faux-semblants. Et qui sait, qu'elle lâche ces larmes prouvant son humanité.

11

Assise sur le banc dans le renfoncement de la fenêtre, les genoux repliés contre la poitrine, Madeleine a le regard perdu vers l'extérieur. Comme si elle cherchait à voir au-delà de la portion de forêt, à traverser les frondaisons denses jusqu'à l'étang et son panorama dégagé. Comme si elle essayait de remonter le temps, de dévier son cours.

Donc, Madeleine est capable d'éprouver de la culpabilité. Du remords. Romain doit refréner une envie subite d'esquisser un pas de danse triomphale. À la place, il tire un fauteuil en face de sa protégée.

— Racontez-moi, Madeleine.

Elle presse ses phalanges repliées contre sa bouche, inspire. Romain s'attend à une phrase hachée, à une petite voix tremblotante. Pas à cette accusation taillée au scalpel.

— Vous raconter quoi ? Je vous l'ai dit au téléphone. Le gamin a été tué.

Grosse désillusion. Ce qu'il avait espéré être une prise de conscience s'avère en fait tout autre chose. De la paranoïa mâtinée de mauvaise foi et d'un besoin maladif d'être au centre de l'attention. Romain s'enfonce dans le fauteuil – plus profond et bas qu'il ne l'avait pensé –, cherche une pose pas trop inconfortable.

— Je veux que vous me sortiez de là, Theven.

— Doucement. Une chose après l'autre, d'accord ? Je me souviens de ce que vous m'avez dit, c'est pour cela que je suis venu ventre à terre depuis Paris. Mais j'ai pu me rendre sur les lieux de l'accident avec l'équipe de gendarmerie, depuis. Après avoir discuté avec eux, je peux vous assurer qu'il ne s'agissait que de ça. Un accident.

Un silence borné en guise de réponse. Elle semble réellement troublée. S'agit-il d'une énième manœuvre destinée à quitter cet endroit qui n'est pas conforme à ses désirs et exigences ? Ou y a-t-il quelque chose de concret, de tangible, dans son délire de persécution ?

— Admettons qu'il y ait bien eu meurtre, dit-il, conciliant. Qui aurait eu intérêt à tuer Corentin ?

Elle se tortille sur son siège, réarrange le coussin sous ses fesses, puis fixe le tableau placé de l'autre côté de la chambre, près du lit. Un peu comme si elle demandait à l'homme qui y est représenté l'autorisation de s'exprimer.

— Il se passe des choses étranges ici, lâche-t-elle, hésitante.

— Quoi par exemple ? De nouveaux soucis avec Ariane Deligny ?

— Je continue à croire qu'elle n'est pas nette.

— Précisez.

— Elle n'arrête pas de me dévisager avec un air

moqueur. Et hier, juste avant… Enfin, hier, elle m'a dit… qu'elle me trouvait belle.

Romain hausse les sourcils, attendant un complément d'explication qui ne vient pas.

— Vous l'êtes, Madeleine.

Il regrette aussitôt sa phrase, même s'il l'a lâchée comme on prononce une constatation froide et clinique. Et puis il remarque un détail.

— Vous ne portez plus vos lentilles ?

— J'en ai perdu une en me précipitant vers Corentin. Ariane, justement, s'en est aperçue, et l'a claironné bien fort. J'ai trouvé une explication bidon, une histoire de sensibilité au soleil, mais il me semblait ridicule de continuer à mettre ces horreurs maintenant que tout le monde sait que j'ai les yeux verts.

La poisse. Impossible de lui en vouloir dans ces circonstances, mais cela ne l'empêche pas de tordre la bouche de dépit. Elle est tellement plus reconnaissable, comme ça. Tellement plus éblouissante, également. Ça ne risque pas de calmer le béguin de la jeune cuisinière.

— Tant pis. Portez des lunettes teintées de temps à autre, histoire de rester crédible. Revenons-en à nos moutons : Ariane vous reluque avec un peu trop d'insistance. Vous la pensez coupable du meurtre de Corentin ?

— Je n'ai pas dit ça. Elle pèse à peine cinquante kilos, elle n'aurait jamais pu maîtriser ce grand nigaud.

— Alors, qui ?

— Je n'ai jamais prétendu savoir qui l'avait tué, ni comment, s'emporte-t-elle. Mais j'ai été témoin de choses… perturbantes. Votre copain Emilio, pour commencer. Vous étiez au courant qu'il emmène des pensionnaires à la cave, pour leur faire Dieu sait quoi ?

L'oreille dressée, Romain lui demande des précisions. Et reste sur sa faim. D'accord, elle a vu Emilio remonter du sous-sol en compagnie de Corentin et fermer une porte à clé. Le gamin n'avait pas l'air plus perturbé qu'à l'ordinaire. Rien qui puisse indiquer de mauvais traitements. Rien de probant.

— On m'a dit que Corentin mettait volontiers ses muscles à profit. Peut-être aidait-il simplement Emilio à installer des étagères…

— Ou alors, ce cher directeur lui faisait subir des tests, des électrochocs, ou je ne sais quoi d'autre.

— Enfin, Madeleine, on n'est plus dans les années trente !

— Et même de nos jours, des pédophiles parviennent à travailler au contact d'enfants. Peut-être que Corentin n'en pouvait plus, qu'il a préféré se suicider…

— Stop. Vous dépassez les bornes, avec ce genre d'accusations.

Les deux se toisent une poignée de secondes, puis Madeleine se lève. Les mains dans les cheveux, elle se met à faire les cent pas, en proie à un débat interne. Romain ne l'avait encore jamais vue exprimer autant d'émotions.

— Ce n'est pas tout, finit-elle par lâcher. Il y a ce môme, Abel. Le benjamin des résidents. Il savait qu'un drame allait survenir. Il savait que Corentin allait mourir.

— Comment ça ?

Elle hésite de nouveau, de plus en plus agitée. Puis

elle va chercher une feuille de papier qu'elle colle dans les mains de Romain. Il détaille la silhouette dépeinte avec une grande finesse dans des tons gris et rouges.

— Le dessin est de lui. Il représente la dame rouge qui aurait prédit la mort de Corentin.

Elle s'assied au bord de son lit, froissant à peine la courtepointe. Elle semble si désemparée. Fragile. Un adjectif que Romain n'aurait jamais pensé associer à cette femme d'ordinaire glaciale et impitoyable.

Mais son élan de sympathie est de courte durée. Non seulement il a conscience de ses talents de manipulatrice – Madeleine est passée maîtresse en la matière, et elle a essayé si souvent de le piloter à sa guise –, mais surtout, ce qu'elle vient de lui exposer est d'un ridicule complet.

— Donc, vous êtes coincée dans un manoir hanté par une dame rouge, en compagnie d'un directeur violent ou vicelard qui utilise ses élèves comme des cobayes, d'une amoureuse transie, d'un tueur invisible et d'un petit garçon doué de prescience. Tout cela ressemble à un joyeux mélange de pitchs de films d'horreur pour ados.

— Je savais que vous ne me croiriez pas, soupire-t-elle avec fatalité. C'est bien égal. Je veux partir d'ici, Theven. Trouvez-moi un autre endroit.

La patience dont Romain a fait preuve jusqu'ici – et pas simplement aujourd'hui, mais depuis sa première entrevue avec elle – s'effrite d'un coup. Elle se désagrège, nuage de poussière pris dans une tornade de colère. Il se lève brusquement, comble en deux pas la distance entre Madeleine et lui. Lui agrippe le menton d'une main pour la forcer à le regarder dans les yeux.

— Très bien, princesse. À mon tour de vous raconter une histoire. Savez-vous où j'étais quand vous m'avez appelé, hier ?

Elle secoue la tête de gauche à droite, un geste restreint par l'étau formé par ses doigts. Impossible de les desserrer.

— Je me trouvais sur une scène de crime. Un T2 à la limite de l'insalubrité dans une banlieue au nord de Paris. Celui d'un jeune type dont j'étais censé protéger l'anonymat. Sauf que la malchance s'en est mêlée. Un cafouillage au sein de la brigade chargée de l'affaire, une fuite, et son identité a été révélée au grand jour. De personne lambda à gibier traqué en moins d'une journée, cela juste parce qu'il a tenu à remplir son devoir de citoyen. Je n'ai pas pu lui apporter l'aide dont vous avez bénéficié. Ni à lui ni à sa famille.

Sa prise se resserre encore sur le visage de Madeleine. Elle reste pourtant parfaitement immobile. L'habitude, sans doute. Luca di Ferro n'était pas connu pour sa tendresse, même avec elle.

— Je vous ai parlé en regardant un bébé. Une petite fille de neuf mois, couchée dans son lit à barreaux. Quelque chose semblait posé par-dessus son pyjama rouge foncé. Je n'ai pas tout de suite compris ce dont il s'agissait. Puis j'ai vu que le col de son pyjama n'était pas rouge, mais vert clair. Et que ce truc sur elle n'était pas une peluche ou un hochet, mais un manche de couteau. Un putain de manche de couteau qui dépassait de son ventre.

Il la sent déglutir avec difficulté. Qu'elle partage donc un peu son envie de vomir.

— Les gars qui en voulaient à ce jeune père l'ont maintenu à genoux et forcé à regarder sa fille se faire embrocher, puis sa femme se faire violer. La pauvre n'a pas supporté, elle s'est défenestrée sitôt que le dernier de la bande en a eu terminé avec elle. Manque de chance, elle a survécu. Le cinquième étage, ce n'est apparemment pas assez haut pour briser une femme comme ça.

Le moment est venu. Des larmes dansent au fond des yeux émeraude de Madeleine, encore discrètes, mais bientôt elles glisseront le long de ses cils en aveu de faiblesse. De repentir. Elle compatira, sincèrement désolée de ce qui est arrivé à Noël – elle ne connaît pas ce nom, ce faux nom stupide, mais pas grave. Elle admettra qu'elle est chanceuse, qu'elle ne mérite pas le quart de ce que la société, la justice et Romain lui-même ont fait pour elle. Elle deviendra humaine, enfin. Romain reste immobile dans l'attente de tout cela.

Mais, toujours prise dans l'étau de sa main crispée, Madeleine finit par articuler comme si elle crachait :

— Lâchez-moi, Theven. Vous me faites mal.

Et Romain obéit.

12

Les brimades ont débuté deux semaines après le décès de Corentin.

Certaines peuvent être clairement attribuées à Adrien, mon tendre don Juan monomaniaque. C'est lui par exemple qui urine sur ou dans à peu près n'importe quoi dans les serres. C'est également à lui que je dois ces giclures de sperme sur la poignée de ma porte, tous les deux ou trois jours. Un pisseur doublé d'un éjaculateur précoce. J'éprouve de la pitié pour lui, pauvre dadais encore coincé dans sa période phallique, mais j'en ai assez de voir les racines de mes plantons délicats dépérir. Je ne parle même pas du nombre de kleenex sacrifiés pour pouvoir rentrer chez moi. L'agacement l'emporte haut la main sur mes sentiments plus aimables.

Le reste de ces petites persécutions, en revanche, ne sont pas de son fait. Trop raffinées ou ingénieuses pour son esprit limité. Celles-là me perturbent davantage. Une chance que je sois solide, sinon elles me donneraient l'impression de sombrer dans la folie. Une pente verglacée sans rien à quoi me raccrocher, une course mentale effrénée pour ne pas déraper, glisser vers le bas de cette pente, vers cet univers brumeux et opaque duquel s'élèvent des ricanements railleurs. Les voix de la Mère et du Père, reprises en écho par mille autres, amplifiées jusqu'à l'insupportable.

J'ignore qui orchestre ce harcèlement, mais il – ou elle – semble maître en la matière. De la belle ouvrage. Une broderie délicate, un point après l'autre. Même si je tiens bon, si je déchiquette des boucles ici et là avec le ciseau de mon indifférence, je redoute de découvrir le motif final de cette œuvre.

Tout a commencé avec un tee-shirt. Un vêtement masculin, taille XL, bleu marine. Je l'ai trouvé sur mon oreiller en rentrant « chez moi » après le dîner. Soigneusement repassé et plié. J'ai tout d'abord remarqué les traces d'usure sur le col, puis l'étiquette thermocollante apposée côté intérieur. Un rectangle orné d'un canard et, sur sa droite, comme sorti de son bec, un nom. Corentin Rufau.

Chaque pièce vestimentaire des pensionnaires des Trois Nuages, du manteau jusqu'à la chaussette célibataire, doit être étiquetée. La condition pour bénéficier des services des deux duos de petites mains œuvrant dans l'ombre de Crousti. Chaque jour de la semaine, elles accumulent des kilos et des kilos de linge qu'elles lavent, sèchent puis répartissent ensuite sur de longues tables, propres et embaumant le frais. Les gosses n'ont plus qu'à venir se servir et recommencer à se crotter de la tête aux pieds. Ils disposent d'une imagination sans bornes pour y parvenir. Une rare constante parmi ces personnalités aussi défaillantes que disparates.

Toujours est-il que, un : je n'ai pas recours à la lingerie commune. Pas plus que les autres employés de l'institut. Et deux : selon les dires d'Emilio, personne n'est censé détenir un double de ma clé.

Ce tee-shirt est donc entré par magie dans ma chambre. Quinze jours après que j'ai secoué la poitrine de son propriétaire avec l'énergie du désespoir, allant jusqu'à la cogner du poing. Deux jours après que ses parents sont passés récupérer ses affaires. Ils ont émis le vœu de me rencontrer pour me signifier leur gratitude. J'ai refusé. Leurs yeux larmoyants, leurs mains serrées autour des miennes, moites et fébriles, avec encore le goût de l'eau stagnante sur les lèvres de leur fils… Je ne me sentais pas capable de supporter. En plus, je n'étais pas sûre de ce qui les émouvait le plus, entre ma tentative de réanimation musclée et mon échec. De ce qui les réjouissait davantage. Alors non.

Ce ne sont donc pas eux qui m'ont confié ce tee-shirt en guise de souvenir. Ou qui ouvrent des robinets dans chaque pièce où je me rends, les bondes des lavabos bouchées. Ce ne sont pas eux qui s'amusent à escamoter certaines de mes affaires pour les faire réapparaître plus tard dans des endroits insolites, ou, plus simplement, là où je les ai déjà cherchées dix fois.

Comme à l'instant. Avec ces stupides lunettes de soleil qui viennent de se matérialiser dans un des tiroirs de mon bureau, tel un lapin au fond d'un chapeau haut de forme. Un coup tout vide, un peu de poudre de perlimpinpin et hop ! les voici, les voilà. Je tends une main pour les saisir, hésite un peu – et si mes doigts passaient au travers, fantôme ou hologramme ? Mais non, elles sont bien solides, la branche de gauche grippée, comme dans mon souvenir. Pas de rayure ni d'autre dommage. Peut-être leur a-t-on jeté un sort. Quelque chose d'invisible, capable de me ronger de l'intérieur ou de me couvrir de pustules…

— *I think it's the answer B.*

Le ton est si décidé que je porte une main à mon visage. Rien à signaler. Je percute d'un coup, la salle de classe, moi dans le rôle de prof d'anglais, les mômes affalés sur leurs pupitres dans des poses allant de blasées à mollassonnes. Cette phrase énergique n'a rien à voir avec le fil chaotique et un brin débile de mes pensées. Elle provient de Lola, ma jolie métisse balafrée. Mon élève préférée. Eh oui, je n'ai jamais prétendu être une enseignante modèle. Libre à moi de choisir un chouchou – Lola – et de multiples têtes de Turc – tous les autres oursins – parmi les monstres.

— *Yes, that's correct. Number four ? Someone ?*

Une sonnerie émanant du couloir sauve ces pauvres hères d'une indigestion de règles grammaticales et de leurs lots d'exceptions. Ils sortent de la salle de classe comme si je leur avais infligé un cours d'incantations sataniques en latin. Encore que. Peut-être auraient-ils plus d'intérêt pour ce genre de matières.

Mes lunettes de soleil n'ont pas bougé. Je les coince dans l'échancrure de mon chemisier, vérifie que leur poids ne transforme pas mon décolleté discret en une version plus tapageuse.

— Ah, tu les as retrouvées ?

Samia, qui investit la salle, désigne mes lunettes du menton. Ses mains sont occupées à retenir deux élèves. Estelle, une jeune fille rousse tout en longueur et aussi à l'ouest que pouvait l'être Corentin, tire sur la droite, apparemment très intéressée par ce qui se passe de l'autre côté des fenêtres. Pendu au bout de la gauche, le regard fixé sur un point invisible entre ses chaussures, Abel tente de passer inaperçu. Il m'a soigneusement évitée et ne m'a donc plus adressé la parole depuis... Depuis cette seule et unique fois, cette prophétie aux allures de mise en garde.

— Dans le bureau, oui. J'avais sans doute mal cherché.

J'ai bien essayé de partager mes soucis avec mes chers collègues. À commencer par le tee-shirt de Corentin. Puis le reste. Ils prétendent ne pas comprendre. Ne rien voir, ou savoir. Samia a été la première à prononcer les termes de stress post-traumatique. Elle a choisi son moment, au calme, a posé une main sur mon bras. La tragédie, le choc émotionnel, tout cela dans un environnement encore étranger, et surtout après ce que j'avais déjà subi avant d'arriver ici, bla-bla-bla... Normal que je disjoncte, que je perde la mémoire, que j'aie des absences, des humeurs. Les autres y sont allés de leur analyse psychologique à deux balles, de leurs conseils. Une pause, du sommeil, des oméga-3, une oreille attentive ou une épaule sur laquelle m'épancher, on m'a tout proposé ou presque.

S'ils savaient d'où je viens. Ce que j'ai réellement traversé.

J'ai vécu mille fois pire avec Luca. Et pourtant. Il me manque plus que jamais.

Samia me dit quelque chose que je n'enregistre pas, tout à mon manque viscéral de Luca. Je donnerais n'importe quoi pour qu'il soit là, derrière elle, appuyé au cadre de la porte. Qu'il me transperce de ce regard brûlant, envoûtant, celui auquel je ne savais répondre que d'une seule manière : avec une docilité proche de la soumission. Sous son pouvoir, mais volontaire.

— Ohé, Madeleine ? Tu m'aides ou tu restes plantée là ?

Dans son effervescence, Estelle a presque déboîté l'épaule de son éducatrice. Maintenant que Samia s'est placée en rempart entre elle et les fenêtres, son humeur a viré et elle cherche à la griffer au visage. Je me précipite à la rescousse, récupère un Abel mué en statue de sel. Pendant que Samia gère la tige rousse lunatique, j'installe mon petit devin à un pupitre, me penche pour que nos yeux se retrouvent au même niveau.

— Des nouvelles de la dame rouge ? dis-je en chuchotant.

Un soupçon de panique embrume son regard. Il hoche la tête de gauche à droite. Un mouvement infime, à peine deux ou trois millimètres d'amplitude.

— Non.

Et c'est tout. Samia a remporté le round final contre Estelle, désormais assise comme une élève modèle, un abécédaire destiné à des enfants de deux à trois ans entre les mains. Abel recommence à fixer un point invisible sur le sol. L'espace d'une seconde, j'envisage d'impliquer Samia dans cette ébauche de discussion. Lui demander si elle vient d'entendre, obliger Abel à répéter. Plaider, de nouveau, pour ma bonne foi, ma lucidité. Mais j'abandonne très vite cette idée. Enfin, pas assez vite, puisque Samia me détaille avec une moue pensive.

— Tu n'as pas l'air dans ton assiette, finit-elle par lâcher. Ça dure depuis trop longtemps, Maddy.

— Je vais très bien.

— Arrête avec tes âneries. On avait espéré que tu pourrais t'en sortir toute seule, mais… Tu as clairement besoin d'aide.

Mon estomac se serre en imaginant les membres de l'équipe parler de ma santé mentale dans mon dos. Manigancer d'autres choses, peut-être. Jusqu'ici, je pensais qu'une seule personne en voulait à ma raison. Et si tout cela n'était qu'un jeu, une expérience grandeur nature ? S'ils s'étaient tous ligués ? à prendre des paris sur le nombre de jours avant que je craque pour de bon ?

Et s'ils savaient qui j'étais ? La muse du vampire, revenue d'entre les morts, en détention provisoire dans ce purgatoire maudit qu'est l'institut des Trois Nuages ?

— Et qui pourrait m'aider, selon toi ?

Pas Theven, qui m'a clairement fait comprendre son avis sur ma personne. Il attendait des regrets de ma part. Pour Corentin. Pour le reste, surtout. Il rêvait que je change, que je devienne une autre. Une résurrection et un nouveau nom n'ont hélas pas suffi à effacer celle que j'étais. Pas entièrement. La seule chose qu'il m'arrive de regretter, c'est ma vie avec Luca. Cet amour unique, loin de tout standard. Impossible de lui expliquer ça.

Le commandant Theven me déteste, c'est désormais clair. J'éprouve une pointe de chagrin à cette idée. Pas plus. On ne peut pas plaire à tout le monde, je l'ai compris depuis un bon bout de temps.

— On en a beaucoup discuté avec Emilio. Tu savais qu'il a une formation d'hypnothérapeute ?

Un signe de tête négatif. Non, je l'ignorais.

— Ce genre de thérapie est encore méconnue et peut donc sembler effrayante, dit-elle d'un ton qui se veut rassurant. Mais elle permet de déconstruire certains modes de fonctionnement à la suite de traumatismes. Voire de régler des problèmes très anciens. Je pense que tu devrais lui en parler, envisager quelques séances.

Un frisson interminable s'étire d'une de mes vertèbres à la suivante, au ralenti. Je m'imagine accompagner le directeur au sous-sol, m'allonger dans une pièce aux murs matelassés. L'écouter compter à rebours – dix neuf huit, détends-toi Maddy, sept six cinq, ferme les yeux, quatre trois deux un – le laissant réinitialiser mon esprit. Un jouet entre ses mains, un zombie. Madeleine Lemans, telle qu'elle devrait être. Alors bon sang, je dois prendre sur moi pour respirer, rester là, calme, maîtresse de moi. Pour sourire à Samia, c'est gentil, merci, je vais y penser.

Au moment de quitter la classe, j'accroche le regard d'Abel. Je sens qu'il n'a pas perdu une seule miette de notre conversation. Le visage grave, il se relève de sa chaise, tel un garde du corps prêt à m'escorter. Une flaque sombre dégringole le long de son pantalon. Il vient de se faire pipi dessus. Comme si la perspective d'être hypnotisé par Emilio Lanni l'épouvantait autant que moi.

13

— Qu'aurais-tu à gagner ? À remuer le passé, dans une affaire qui ne te concerne pas directement ?

Romain laisse s'écouler quelques secondes, le menton posé dans le creux de la main, le bout des doigts tapotant sa bouche. Le regard rivé à celui de son supérieur hiérarchique. Il lui faut soupeser sa colère, en soustraire sa culpabilité, multiplier le résultat par une fraction de sa lassitude. Une équation mentale compliquée.

— Je suis sorti de mes gonds. J'ai dû me faire violence pour ne pas la gifler. Ce genre de comportement ne me ressemble pas.

— Et alors ? Ça arrive à tout le monde, Romain, et il y avait sans doute de quoi. Mais je ne peux pas confier ce dossier à quelqu'un d'autre, tu le sais.

— Ce n'est pas ce que je veux.

— Donc quoi ? Tu veux me faire payer pour le jeune du 93 ?

En partie. L'odeur du sang, celui de la toute petite fille de Noël, est encore trop prégnante. Elle s'accroche aux parois de ses narines jusqu'à ses sinus, comme les reproches mêlés de cris de désespoir de Noël résonnent à ses oreilles. Plutôt que de cracher ses accusations, Romain choisit un détour plus tempéré.

— Je pense avoir été un bon flic, du temps où je bossais pour la Crim…

— Nom de Dieu, Romain, ne me dis pas que tu songes à quitter le groupe !

Theven lève une main, attend que son chef se taise et se renfonce dans le dossier de son fauteuil en cuir.

— J'avais ce petit truc en plus, reprend-il en claquant des doigts. L'instinct. C'est peut-être présomptueux, mais je savais évaluer la bonne foi d'une personne rien qu'en discutant deux minutes avec elle.

Son supérieur secoue la tête, perplexe.

— Ça marchait avec tout le monde, au point que les collègues m'appelaient Radar. Mais avec elle… Je n'y arrive pas.

— Et donc, tu ressens le besoin de reprendre le dossier di Ferro dans sa totalité, pour parvenir à la décoder ?

— Juste de voir les enregistrements de ses auditions. Pour comprendre qui elle était vraiment.

— Tu ne pourras rien changer, tu en as conscience, Romain ? Les jugements ont été prononcés. Et cette fille est officiellement décédée. Cela te semble peut-être inéquitable au vu de ce qui est arrivé à ce jeune gars, mais la justice n'est pas en mesure de la faire ressusciter ni de l'inculper de quoi que ce soit.

Romain acquiesce. Il sait tout ça. Il sait à quel point la vie s'acharne sur certains, tout en tapissant le chemin d'autres de pétales de roses.

Une remarque mentale un brin mesquine. Il les

accumule, ces derniers temps. Surtout en pensant à Madeleine. Un signe flagrant de l'usure qu'il ressent. Peut-être l'heure de quitter le groupe est-elle venue. Pour reprendre d'autres fonctions. Pas plus gratifiantes, mais plus proches de l'idée qu'il se faisait du rôle de flic.

Deux minutes plus tard, il rejoint son propre bureau. Les codes pour accéder aux pièces du dossier di Ferro lui sont déjà parvenus. Des mails plus urgents squattent sa messagerie, mais Romain cède à la tentation. Quelques clics, un mot de passe, et il ouvre le premier élément, un fichier vidéo enregistré près de quatre ans auparavant.

Filmée de trois quarts face, Madeleine se tient bien droite sur sa chaise, les mains délicatement croisées sur sa jupe cigarette d'un élégant gris argenté. Elle dégage une classe naturelle presque intimidante. Le genre de personne qui vous fait baisser les yeux d'un simple regard, et qu'il est impossible de ne pas appeler Madame. Les officiers vérifient qu'elle a bien compris que l'entrevue serait enregistrée et cherchent à la mettre à l'aise. Son attitude corporelle ne change pas d'un iota.

— Pour commencer, pouvez-vous nous préciser pourquoi vous avez souhaité nous rencontrer ?

Madeleine s'assure de la bonne tenue d'une mèche de cheveux, la lissant de sa tempe jusqu'à la base de son chignon. Elle jette un coup d'œil en direction de la caméra, puis prend la parole d'une voix claire et ferme.

— Je suis ici pour faire une déposition contre Luca di Ferro, mon compagnon.

— Qu'avez-vous à lui reprocher ?

— *Les deux jeunes femmes retrouvées mortes dans cette usine désaffectée, près de Lille... C'est lui qui les a assassinées.*

Une pause, comme pour lui laisser la possibilité de se rétracter. Romain est à l'affût d'un détail, d'un signe de nervosité. Rien. En dehors de son pouce gauche qui caresse le dos de sa main droite, Madeleine reste parfaitement immobile. À croire que l'image a été figée.

— *Vous connaissez leurs noms ?*

— *Seulement leurs prénoms. La première s'appelait Silvja. La deuxième, Irina.*

Un infime mouvement relève son menton. Toujours avec la même assurance, elle ajoute :

— *Vous retrouverez mon ADN sur le corps de cette dernière.*

— *Comment pouvez-vous en être aussi sûre ?*

— *Parce que j'étais présente lors de son meurtre. Luca m'y a fait participer, en quelque sorte. Sous contrainte.*

Ce ton. Cette froideur, ce détachement. Comment peut-on confesser avoir assisté à de telles horreurs – pire, y avoir pris part – en ayant l'air de commander le plat du jour à la brasserie du coin ? Elle a spécifié « sous contrainte » comme elle aurait pu dire « cuit à point » à un serveur armé d'un stylo et d'un bloc-notes. Pour une fois, Valentina a eu tort. Peu de chances pour qu'il trouve Madeleine plus sympathique une fois le visionnage de ces interrogatoires terminé et digéré.

— *Il va falloir vous montrer plus précise, madame.*

— *Volontiers. Je suis prête à tout vous révéler dans les moindres détails, à vous aider jusqu'à ce que Luca soit jugé et emprisonné. Mais avant tout, je veux passer un accord.*

Les deux officiers s'agitent sur leurs chaises, visiblement décontenancés.

— *Quel genre d'accord?*

— *Ma coopération totale contre un statut de témoin protégé. Et la suppression de toutes charges potentielles à mon encontre, bien entendu.*

Romain en a assez entendu. Il claque le rabat de son ordinateur, muselant Madeleine et son auditoire. Les poursuites n'ont pas été abandonnées comme elle l'espérait, mais la peine appliquée a été ridicule. Quelques mois de détention au vert, sous surveillance électronique. Une retraite grand luxe. Romain a même été amené à jouer au baby-sitter.

Un sombre courant de frustration continue à se déverser dans ses veines, sous son épiderme. En dépit de l'heure et du travail qui l'attend, il fourre l'engin dans une sacoche puis quitte son bureau. Il retournera au fichier plus tard, s'il retrouve une once de patience.

Il n'emprunte le ponton du *Gemini* qu'en début de soirée. Un entre-deux à base de marche au hasard dans la ville lui a été nécessaire. Il s'est toujours promis de ne pas ramener ses tracas et fantômes à la maison. Ou en tout cas de ne pas les inviter à table, entre Issam et lui.

La péniche embaume le romarin et d'autres types d'épices méditerranéennes à son arrivée. En dépit de ses origines, Issam voue un culte à la cuisine italienne. Au regret de Romain, qui rêve parfois de déguster des dolmas ou des kebbés maison. Penché sur le plan de travail, Issam a passé son tablier favori sur son habituel combo chino beige-chemise blanche. Romain lève les yeux au ciel par automatisme devant cette horreur d'un ridicule complet. La silhouette esquissée sur le tablier, torse velu, grosse bedaine et caleçon à rayures, est aux antipodes de celle de son homme. Il soupçonne d'ailleurs Issam de le porter juste pour l'agacer – et éveiller son sens de l'autodérision par la même occasion.

Un baiser, quelques mots échangés jusqu'à ce que les oignons émincés commencent à lui piquer les yeux. Romain bat en retraite sur le pont, une bouteille de bière légère dans une main, son ordinateur dans l'autre. Ses écouteurs vissés dans ses oreilles, il reprend l'audition où il l'avait laissée. Et assiste en voyeur aux premières négociations entre Madeleine et les forces de l'ordre. Elles se terminent avec une prise d'ADN en bonne et due forme. Romain referme son ordinateur – avec plus de délicatesse cette fois – et dépose sa bouteille vide sur le plancher. Il se laisse aller en arrière dans son siège, profitant du calme – sur cette portion de bord de Seine, il est presque possible d'oublier l'effervescence de la capitale – jusqu'à ce qu'Issam le rejoigne, chargé de deux assiettes de pâtes fraîches à la tomate.

— Je te sens préoccupé, dit-il après quelques bouchées. Encore ta princesse ?

Romain produit une moue crispée tout en mastiquant. Comme le résultat ne doit guère être probant, il se hâte de déglutir.

— Je me suis montré dur avec elle. Injuste… Enfin, pas vraiment. Peut-être. Je ne sais pas.

— Le commandant Romain Theven, fin limier aux certitudes implacables et toujours correctes, ricane

Issam. Si tous les flics du pays te ressemblent, je ne peux que me sentir en sécurité.

— J'aimerais t'y voir. Elle est juste impossible.

Romain s'égare un instant dans ses pensées. La voix de son compagnon le fait revenir sur le pont du *Gemini* et à son dîner. Il a à peine entamé son assiette.

— Il y avait cette femme, dans mon village natal, commence Issam. Elle logeait dans une vieille maison excentrée. Les gens la disaient méchante, voire un peu sorcière.

— Et alors ?

— Ils avaient raison.

Une main plaquée sur la bouche, pour éviter que son contenu ne ressorte sous l'effet de son rire.

— Pas de « l'habit ne fait pas le moine », de « il ne faut jamais se fier aux apparences », ou d'autre morale de cette teneur ? Mon amour, tu es désastreux quand il s'agit de raconter des fables.

— Tu n'as simplement pas compris la conclusion de celle-là. Parfois, il vaut mieux en rester à sa première impression. Ta princesse n'est peut-être pas digne de bienveillance.

Dieu, qu'il aime cet homme et la sagesse contenue derrière ses beaux yeux noirs. Abandonnant ses couverts, il saisit sa main, l'embrasse une fois sur le dos, une fois sur la paume.

— Et si nous échangions nos jobs ?

— Hors de question. Tu serais capable de couler ma société en moins de vingt-quatre heures.

Une réponse un brin cynique et doublée d'un sous-entendu à sa situation délicate de chef d'entreprise.

Les temps sont difficiles, et Issam s'accroche de son mieux pour traverser la tempête et accoster à bon port, de préférence avec tous ses employés à bord. Sa fierté l'empêche de se plaindre. Il n'égrène que des allusions ici et là, en rapport avec des décisions politiques ou des fracas économiques à travers le globe. Romain regrette souvent qu'il ne partage pas davantage ses soucis. Tout comme il regrette de ne pas pouvoir visionner les témoignages de Madeleine avec lui. De ne pas pouvoir tout lui dévoiler, y compris les détails les plus sordides. Son avis serait si précieux.

Mais il est des choses qu'on doit gérer seul. Pour le meilleur parfois, mais souvent pour le pire.

14

Le soleil des dernières semaines a cédé sa place à une météo capricieuse, parfaitement en accord avec le nom de l'institut. Depuis plusieurs jours, les nuages bas et noirs succèdent à des traînées grises ou des cumulus à l'aspect de barbe à papa moelleuse.

Aujourd'hui, l'atmosphère hésite entre deux teintes. Dans un coin du ring, gris souris, blanc éclatant de l'autre. Une bise fraîche souffle sitôt que l'un des deux adversaires semble sur le point de l'emporter. C'est le cas, juste là, et je resserre les pans de mon gilet avant de croiser les bras. Emilio n'est pas dupe. Il sait très bien que je ne frissonne pas qu'à cause de la température ou des courants d'air.

— Qu'est-ce qui t'inquiète, Maddy?

C'est lui qui a proposé de nous installer sur un banc dans le parc, à un jet de pierre de l'entrée du manoir. Un endroit agréable, loin des oreilles indiscrètes. Le parfum des roses choyées par Crousti nous parvient à chaque souffle de vent. J'aimerais qu'il s'envole jusqu'à la fenêtre de ma chambre laissée ouverte. Que mon inconnu sans visage puisse en profiter, lui aussi.

— La manière dont je vais réagir, j'imagine.

Sans parler des choses que je serais à même de révéler. Et si, une fois sous hypnose, je ne répondais plus au nom de Madeleine ? Si des automatismes de mon ancienne vie me revenaient, ruinant tout le travail accompli depuis mon arrivée ici, trois mois auparavant ?

— J'ai l'impression que tu te fais une fausse idée de l'hypnothérapie. Ça n'a rien à voir avec du vaudou, tu sais.

Il accompagne cette affirmation d'une série de gestes dignes d'un marabout sous acide. L'effet comique, avec ses grosses mains et ses yeux exorbités, m'arrache un sourire.

— Je ne vais pas te transformer en zombie docile. Aucun hypnothérapeute n'en serait capable, crois-moi. Cette méthode permet juste de tendre vers un meilleur équilibre physiologique, qu'il soit physique ou émotionnel. Vu ton état de stress depuis la disparition de Corentin, cela ne peut que t'être bénéfique.

— Je déteste l'idée de perdre le contrôle de moi-même.

— À aucun moment tu ne te trouveras sous emprise. Tu resteras seule maîtresse à bord, promis. On essaye ?

Je me tourne si vivement vers lui que mon gilet s'entrouvre. Une bourrasque en profite pour me congeler la poitrine.

— Quoi, tu veux faire ça ici ?

— Pourquoi pas ?

— Tu… tu ne pratiques pas dans ton bureau ou… au sous-sol ?

Le visage d'Emilio s'étire dans une expression de profonde incompréhension.

— Non, je cherche en général des cadres plus agréables qu'une pièce en désordre ou sans lumière naturelle…

— Alors que fabriquais-tu en bas avec Corentin, ce jour-là ?

Voilà, j'ai enfin osé poser cette question. À voix haute, et en le regardant dans les yeux. Il fronce les sourcils, toujours confus, puis saisit à quoi je fais référence.

— Oh, grands dieux, rien à voir avec l'hypnose. Je menais une petite expérience éducative avec lui. Une façon de le préparer au mieux à son entrée à l'atelier protégé. Ça m'attriste tellement qu'il n'ait pas eu la chance de connaître cette nouvelle étape…

Il laisse filer une dizaine de secondes en silence, les yeux dirigés au-delà des nuages. Son hommage muet terminé, il reprend à mon intention et de manière plus factuelle :

— Laisse-moi t'expliquer ce qui va se passer. Un, la phase d'induction. Il s'agit d'atteindre un état de conscience modifié. Pour cela, je vais te parler avec ma voix de serpent du *Livre de la jungle*, mais il faut que tu acceptes de lâcher prise tant soit peu. Ça te semble possible ?

Je hoche la tête, franchement sur la réserve. Emilio entérine ce quart de demi-oui avec une moue moqueuse.

— Merci pour ton enthousiasme. Étape numéro deux : le travail. Là, c'est à toi de jouer. Je vais t'inviter à t'imaginer dans un endroit où tu te sens bien, en sécurité. Une sorte de refuge de ton choix, dans lequel tu pourras te retirer mentalement lors de crises d'angoisse ou de coups de stress intense. Nous n'irons pas plus loin aujourd'hui. Sitôt que tu te sentiras prête à revenir à la réalité, nous passerons à la phase trois : le retour à l'état d'éveil habituel.

— Et je resterai consciente tout le temps ?

— Absolument. Le but est de te faire trouver un état d'apaisement, mais surtout que tu le conserves après la séance. Une fois cela intégré, nous pourrons travailler sur des points plus précis, comme un traumatisme ancien ou une source de stress particulière. Si tu le souhaites, bien entendu, ajoute-t-il.

Son sourire, la bienveillance dans son regard. Je repense à la réaction d'Abel, son air paniqué, son pantalon imbibé d'urine. Un rapport avec l'allusion de Samia sur l'hypnose ? Ou un simple dysfonctionnement, un parmi tant d'autres chez ce gamin qui coche de nombreuses cases des manuels de psychiatrie ? Ma paranoïa se sent un peu esseulée dans le camp de l'accusation. Mon bon sens se dandine entre les deux bancs, partagé. Figé dans des automatismes de méfiance, mais désireux de croire Emilio. Tout le monde n'est pas aussi tordu que moi, sur cette planète. Pour embrasser un sacerdoce pareil, celui de secourir des mômes à la dérive, Emilio doit avoir un bon fond. Une belle âme.

— D'accord. Je veux bien essayer.

Mon boss lance un « Alléluia ! », les bras levés vers le ciel. Comme si une puissance divine m'avait aidée dans mon choix. La bonne blague. Si Dieu – ou quel que soit le nom qu'on lui donne – existait, j'aurais été foudroyée depuis un bail.

Bien calée contre le dossier du banc, les mains posées sur mes cuisses, paumes vers le haut, je me concentre sur sa voix. Ses phrases apaisantes n'ont rien des formules idiotes reprises dans nombre de plaisanteries à propos de l'hypnose. Inutile de me dire que mes paupières sont lourdes ; elles se ferment d'elles-mêmes. J'aperçois encore Crousti et sa brouette chargée de sacs d'engrais pour rosiers entre deux papillonnements et zou, extinction des feux.

Le noir, riche et relevé d'une pointe de panique. À la fois proche et lointaine, la voix d'Emilio m'encourage à me représenter un lieu doté d'une résonance positive. Je m'imagine d'abord le lac en forme de cœur, mais le corps de Corentin y apparaît, son maillot de bain rouge visible comme une bouée flottant à la surface. La forêt et ses arbres centenaires se transforment en terrain de chasse dans lequel j'endosse le rôle de gibier. J'essaye de visualiser d'autres endroits mais chaque tentative est de plus en plus agitée. Le pas lourd du Père résonne devant la porte de ma chambre d'enfant, les murs gondolent sous la chaleur de l'incendie. Les draps dans lesquels je suis blottie avec Luca se poissent de sang issu de ma propre carotide. Dans mon appartement miniature aux Trois Nuages, l'inconnu du tableau se tourne vers moi et m'expose son visage exempt de traits et de reliefs. Un vide qui m'absorbe tout entière.

Mon esprit s'affole, virevolte comme une girouette dans l'espoir de trouver un endroit où rien ne pourrait m'atteindre. Une place pour moi, même exiguë et sans éclat. Un terrier de lapin, une des planques de Theven…

— Tout va bien, Maddy. Prends ton temps.

Son conseil, ou le fait d'avoir évoqué Theven. Je me remémore ce long voyage avec lui, dans sa voiture poussive. Le parfum de son after-shave. L'autoradio en sourdine, sa conduite régulière, toujours dans les limites autorisées par le Code de la route. Je faisais chemin vers l'inconnu, mais paradoxalement, je me suis rarement sentie autant en sécurité.

J'ai trouvé mon refuge.

Sans savoir où je me suis ancrée, Emilio me laisse profiter quelques minutes. Au début, je me contente de regarder la route défiler. La bande blanche à ma droite, le paysage changeant, les banlieues grises, les étendues en touches de jaune et vert, les collines qui ondulent, évoluent en montagnes. Et puis – tant qu'à faire, et puisqu'il s'agit d'une chimère – je penche la tête jusqu'à ce que ma tempe effleure l'épaule de Theven. Il ne me chasse pas. Je ferme les yeux, à deux doigts de ronronner de contentement. La prochaine fois, je lui raconterai mes tracas. Mon commandant adoré trouvera des solutions à tout. Il me dira de l'appeler Romain, plus de chichis entre nous, Maddy, depuis le temps qu'on se côtoie. Et il continuera de rouler, inlassable et protecteur. Il m'emmènera jusqu'au bout du monde, si nécessaire.

— … un, zéro. Tu peux revenir, à présent.

La redescente est brutale. J'ouvre les yeux d'un coup, l'air bloqué dans mes poumons et prise d'un vertige qui manque de me faire dégringoler du banc.

Un peu comme si j'avais sauté de la voiture de Theven lancée à 130 kilomètres-heure. Prévenant, Emilio me stabilise de ses larges paluches, la mine à la fois réjouie et rassurante. Je lui rends son sourire, encore hésitante, avant de me figer.

— Combien de temps... ?

Les sacs d'engrais que Crousti déplaçait tout à l'heure traînent à côté des massifs, éventrés et vidés. Les rosiers ont subi une taille minutieuse, le gazon alentour a été nettoyé de tout pétale sec.

— Je dirais une trentaine de minutes. Normal pour une première séance.

Je secoue la tête, perdue dans mes calculs mentaux. J'aurais estimé la longueur de mon voyage onirique avec Theven à cinq ou dix minutes maximum. Mais le travail abattu par Crousti nécessite sans doute une heure de temps, surtout quand, comme lui, on s'applique à sectionner les tiges pile au-dessus d'un rameau de feuilles et qu'on présente ses excuses à chaque rose étêtée.

La différence entre mon évaluation et la durée avancée par Emilio me tétanise. Une demi-heure. Trente minutes, mille huit cents secondes envolées, effacées à jamais de ma mémoire. Comme si elles n'avaient jamais existé.

Emilio semble mettre ma pâleur sur le compte d'une simple désorientation temporaire. Il m'offre son bras jusqu'à l'entrée du manoir, discourant sur les mérites de cette thérapie, me proposant une nouvelle séance d'initiation à la fin de la semaine, avant de passer à un travail plus approfondi. Hormis une ou deux réponses évasives, je demeure silencieuse, l'esprit focalisé sur cette portion de temps envolée.

Qu'a-t-il bien pu se produire durant cette période ? Et pourquoi ne suis-je pas capable de m'en souvenir ?

15

— *Dans quelles circonstances avez-vous fait la connaissance de Luca di Ferro ?*

Autre salle d'interrogatoire, autre angle de prise de vues. Madeleine apparaît cette fois de profil. Le champ inclut un avocat installé à sa gauche et les deux officiers qui leur font face. Madeleine décroise les jambes, les recroise de l'autre côté. Elle semble tout à fait à l'aise, malgré sa posture rigide, le dos si droit qu'elle a l'air enfermée dans un corset orthopédique. Seule sa tenue est un peu plus décontractée. Pantalon large en toile de lin, sandales légères, tunique brodée. Une image de riche héritière qui aurait abandonné son yacht à Saint-Tropez le temps de venir témoigner à propos d'une chicanerie sans gravité. Alors qu'en fait, elle joue gros, très gros. Son avenir. Sa vie, également. On ne trahit pas des personnes comme Luca di Ferro sans conséquences.

— *Nous nous sommes rencontrés à la galerie Thompson, à New York. J'y travaillais depuis six mois environ.*

— *En quelle qualité ?*

— J'ai suivi un cursus d'histoire de l'art en auditrice libre. Il semble que j'apprenne vite, puisque mes connaissances ont convaincu Heather Thompson, la propriétaire, de m'engager comme assistante.

— Je vois. Votre savoir étendu a également charmé M. di Ferro ?

Madeleine sourit avec élégance – et une pointe de sarcasme. Son petit geste de la main à hauteur de poitrine pourrait sembler spontané et sans signification particulière, mais dans son langage corporel, il enjoint à son interlocuteur de relever le regard jusqu'à son visage, malgré sa fascination évidente pour son décolleté. Le message ne passe hélas pas.

— En quelque sorte. Je lui ai présenté les œuvres de l'exposition temporaire, qui, sur le moment, n'avaient pas l'air de l'enthousiasmer. Il se contentait de m'écouter avec attention, s'approchant parfois d'une toile pour scruter un détail. À la moitié de la visite, Heather m'a remplacée. Elle avait compris que Luca était un poisson qu'il fallait à tout prix ferrer. Certains clients préféraient avoir affaire à elle plutôt qu'à une de ses assistantes. Je les ai donc laissés en tête à tête.

Elle marque une pause, un peu comme si elle revivait la scène avec nostalgie.

— Je les observais qui discutaient à l'autre bout de la galerie, frustrée de ne pas pouvoir les entendre. Luca ne cessait de lancer des regards appuyés dans ma direction. Cela a duré moins de cinq minutes. Il est parti, et Heather m'a rejointe. Elle a commencé par tourner autour du pot, mal à l'aise, puis a craché le morceau. Luca offrait de faire l'acquisition de l'ensemble des

œuvres exposées. À une condition. Que je passe la soirée avec lui.

L'attitude des deux officiers ne laisse planer aucune ambiguïté. Madeleine s'en amuse.

— *Lâchez-vous et dites-le tout haut : il m'a achetée comme on achète une pute. Mais vous savez quoi ?* ajoute-t-elle, le regard de nouveau tourné vers des souvenirs personnels. *J'ai adoré cette soirée. J'ai découvert un homme raffiné, cultivé, d'une richesse indécente et capable de me faire jouir trois fois d'affilée sans ligne de coke ou pilule bleue. Tout le monde n'a pas cette chance.*

Romain reconnaît bien là Madeleine. Toujours provocante. Toujours à marcher sur le fil, comme si la vie n'était qu'un jeu à pile ou face, un poker menteur. Les trois hommes autour de la table devaient se sentir à l'étroit dans leurs caleçons. L'officier qui menait la discussion visiblement au bord de l'apoplexie, son collègue attrape la balle au bond – non sans se dandiner sur sa chaise.

— *Quand avez-vous compris que M. di Ferro trempait dans des affaires louches ?*

— *Dès ce premier rendez-vous. Ses méthodes, le respect mêlé de crainte qu'il suscitait... On ne prend pas autant d'espace en vendant des lave-linge.*

— *Et ensuite ?*

— *Ensuite, nous ne nous sommes plus quittés. Je pourrais avoir un café ?*

Sur un soupir, Romain délaisse le fichier vidéo et referme l'arborescence listant toutes les pièces du dossier. Les enquêteurs ont œuvré comme des fourmis avant même d'inculper Luca di Ferro. Mais sans Madeleine pour consolider chaque accusation, le vampire n'aurait jamais été inquiété. Il aurait sans doute continué à essaimer des corps en toute impunité – cela en plus de ses nombreuses activités litigieuses. Des trafics tous plus sordides les uns que les autres. Drogue. Armes. Êtres humains.

Valentina avait raison sur un point : il a fallu une sacrée dose de courage à Madeleine pour oser témoigner contre lui. Pour organiser ces entrevues avec les forces de l'ordre en fonction de son agenda. Les dates des interrogatoires correspondent chaque fois à un déplacement à l'étranger, ou un rendez-vous à l'autre bout du pays. Des moments où Madeleine était censée rester sagement dans son sillage, à écumer boutiques de luxe et centres de soins esthétiques. Dans l'une des vidéos, elle lime et repeint elle-même ses ongles. Un alibi en rouge carmin.

Et les mensonges au quotidien. Romain peut à peine s'imaginer la difficulté de vivre en permanence dans un faux-semblant. De se laisser toucher, caresser, posséder, par un homme que l'on en est venue à haïr assez fort pour le vendre aux flics. Continuer à sourire. À rire, à jouir.

L'aimait-elle encore, à la fin ?

Ou était-elle le seul et vrai monstre de l'histoire, capable de manipuler tout le monde, Luca di Ferro compris ?

Un nouveau soupir. Romain étire sa nuque sur la gauche jusqu'à ce que ses vertèbres craquent, recommence de l'autre côté. Cet enregistrement ne l'a pas plus avancé sur son travail d'analyse à propos de Madeleine. Mais il lui a fait découvrir un point commun amusant : lui aussi a rencontré l'homme de sa vie dans une galerie d'art – un endroit plus modeste, dans le quartier du Marais, et non sur la très chic Cinquième Avenue de New York. Un ancien collègue, toujours actif à la Crim, y exposait quelques œuvres. Le fruit d'un travail cathartique, un à-côté nécessaire pour beaucoup de flics. Romain s'y était rendu par sympathie, mais les émotions tracées à grands coups de pinceau rageurs sur les toiles l'avaient laissé muet. Une chance qu'Issam ait fait le premier pas.

Eux aussi ont terminé la nuit dans le même lit. Il ne se permettrait donc pas de juger Madeleine sur cet aspect de sa vie intime, même si le récit de sa rencontre avec di Ferro ressemble à un scénario de *soft porn* pour quadras esseulées. Certaines évidences vous sautent aux yeux, vous désinhibant au passage. L'avis des autres, le qu'en-dira-t-on, tout cela froissé en une boule compacte et jeté sur le bas-côté, sans un regard en arrière. Romain a su d'emblée qu'il ne se trompait pas, avec Issam. Une certitude. Et pour autant qu'il sache, ce sentiment est réciproque.

Une légère palpitation cardiaque, résultante de ces souvenirs entre désir brut et nostalgie. Romain pêche son mobile sous les éléments d'un dossier, éparpillés sur son bureau. Le *Gemini* s'affiche en fond d'écran, une photo prise à la tombée du jour, alors que les photophores décorant le pont venaient de s'allumer. Une belle image. Mais Romain préfère ce qui y est invisible. Le foyer derrière ces murs originaux. La vie et l'amour qui l'animent. Lui seul sait qu'à l'instant précis où il a pris ce cliché Issam s'affairait dans la cuisine. Qu'ensuite ils avaient passé la soirée côte à côte, à regarder les étoiles. Main dans la main, et presque sans rien dire. Tous les silences ne sont pas désagréables. Certains sont aussi doux que des cocons de soie, aussi chauds que le ventre d'une mère aimante.

Il déverrouille l'écran presque à contrecœur, et le souvenir s'évapore. Son homme traverse une période compliquée. Les soucis professionnels, les assauts répétés de son père qui espère toujours le voir se marier et fonder une famille. Pourquoi est-il si difficile d'être soi-même ?

Issam ne répond pas à son appel. Il hésite à laisser un message sur sa boîte vocale, renonce après le bip criard. À la place, il lui envoie une série de cœurs multicolores. Un peu kitsch, voire beaucoup, mais ça devrait le faire sourire. C'est déjà ça.

16

La sueur dégouline dans mon dos, sous mon tee-shirt en fibres légères. Des gouttes tombent des pointes de mes cheveux, d'autres rampent sur ma poitrine, entre mes seins. Je ralentis la cadence, trot, marche rapide puis lente, jusqu'à l'arrêt. Les arbres autour de moi sont si hauts qu'ils me donnent le tournis, à parader avec leurs cimes inatteignables. Les couleurs, les lumières, les parfums du sous-bois, tout est merveilleux. Sauf que… Difficile de profiter de l'instant présent, vu les circonstances.

Je n'ai aucune idée de l'endroit où je me trouve.

Je sais juste que je suis sur le domaine des Trois Nuages. En train de faire mon jogging matinal. J'ai pris cette habitude après ma première séance d'hypnose avec Emilio, une sorte de bonne résolution, une de plus. Viser des bénéfices sur tous les plans, un esprit sain dans un corps sain, pour autant que cela est possible dans mon cas. Depuis, réveil aux aurores, une série de saluts au soleil au pied de mon lit, mes deux sacro-saints expressos et hop ! au grand air pour cinq kilomètres de course. Si avec tout cela je ne parviens toujours pas à voir la vie en rose, je me considérerai comme une cause perdue.

Je tourne encore une fois sur moi-même, à la recherche d'un détail familier. Un tronc à la forme particulière, un signe de passage, branche cassée ou traces de pas. N'importe quoi susceptible de m'aider à comprendre comment j'ai atterri dans les profondeurs de la forêt, alors que je me contente habituellement de suivre la route. Un peu comme le sexe, l'activité sportive libère des endorphines dans le cerveau. Le mien doit être sacrément avide de ces molécules pour s'oublier à ce point-là.

Des racines sinuent entre mes pieds, elles s'enchevêtrent, vicieuses, comme si elles manigançaient pour me pousser à la chute, pour s'enrouler autour de mes chevilles et me garder prisonnière pour l'éternité. Pour déjouer leurs plans, je choisis une direction au hasard. Rester immobile ne m'apportera rien de bon.

L'odeur d'humus se fait plus prégnante. Quelque chose se fraye un passage entre deux fourrés, une tentative pour échapper au groupe de corbeaux qui dialoguent plus haut, invisibles dans les branchages. Je reprends un rythme plus soutenu – je finirai bien par déboucher quelque part, et ça ira plus vite au trot et en ligne droite, si possible. Un glouglou non loin, une grenouille, une autre dans un écho parfait.

Et le sol se dérobe sous mon pied gauche.

Je manque de m'affaler, me stabilise au prix d'une figure peu gracieuse. Mes baskets pleines d'eau vaseuse, je me dégage de la bande de mousse traîtresse qui délimite une sorte de mare, entre étang et marécage.

Splendide. Je contemple un moment le carnage, les orteils rétractés, dégoûtée par la sensation de ce liquide froid et visqueux s'infiltrant dans mes chaussettes. Quelque chose cède en moi, ça craque d'un coup, la rage, la colère, cet endroit que je supporte de moins en moins, ces gosses détestables, cette torture psychologique sournoise que quelqu'un – mais qui, bordel ? – me fait subir, et maintenant ça, cette absence, un début d'Alzheimer précoce, qui sait, ou peut-être suis-je vraiment en train de perdre la boule, de devenir folle, bonne à enfermer. J'en ai tout l'air, à crier comme ça, les poings serrés, à vider mes poumons comme on purge une plaie. Ça ne me ressemble pas, mais les arbres se moquent de me voir péter un plomb, bien égal pour eux si je reste maîtresse de moi-même ou non, alors autant en profiter. Tout lâcher, jusqu'à me morfondre dans ma peur, ma fragilité et ma solitude…

Et là, je m'en souviens. Mon refuge. Je m'assieds à même le sol, me serre dans mes propres bras. J'efface tout ce qui m'entoure, fini la forêt, je suis installée dans la voiture de Theven, ma ceinture bouclée, et l'autoradio diffuse tout bas un vieux hit de pop britannique.

— Maddy ? Ohé, c'est vous ?

Bien sûr que c'est moi, quelle question ! Il n'y a personne en dehors de nous dans ce tas de ferraille. Je me tourne vers le commandant, mais ses contours s'estompent, *idem* pour le tableau de bord et l'habitacle. Ils s'évaporent, petites particules emportées par le souffle de mon imagination, aussitôt remplacées par le décor plus tangible de la forêt. Et par la silhouette d'Ours, le cuisinier, chaussé de bottes en caoutchouc qui lui arrivent à mi-mollet. Un détail bien visible, puisqu'il porte un short en lycra bleu, un de ceux, ultra-courts, qui faisaient fureur dans la mode sportive des années quatre-vingt.

— J'vous ai entendue crier… Vous êtes blessée ?

Tout à mon admiration pour sa tenue aussi *vintage* que peu adaptée à sa morphologie, je mets du temps à percuter. Ah, oui, ça. Avouer de but en blanc que j'ai fait une petite crise d'angoisse me semble délicat. L'ancien moi a repris ses fonctions, avec ses automatismes : pas question d'admettre mes faiblesses. Allons-y pour quelque chose de probable, vu mon état.

— Rien de grave. Je me suis tordu la cheville.

À son tour de reluquer mes jambes. Son examen dure assez longtemps pour me mettre mal à l'aise. Puis, sans préavis, il s'avance de son pas encore alourdi par ses bottes, se penche sur moi. J'esquisse un geste de défense ridicule, puisque inefficace et inutile. Ours – ou Urs, je ne sais toujours pas – ne le remarque même pas. Il me soulève comme si je ne pesais rien, passe un bras autour de ma taille et tourne les talons. Les miens frôlent à peine le sol.

— Allez, j'vous raccompagne, grommelle-t-il. Je reviendrai plus tard.

— Pour quoi faire ?

Je l'imaginerais volontiers chasser à mains nues ou enterrer des corps ici et là, en toute discrétion. Mais il désigne les alentours d'un geste de sa main libre et lâche comme s'il s'agissait d'une évidence :

— Cueillir de l'ail des ours. Y en a plein dans le coin.

Maintenant qu'il en parle, je remarque son parfum,

encore léger à cette heure. Au milieu de la journée, avec le soleil, l'air doit en être saturé. Drôle d'idée, quand même, de s'enfoncer aussi profond dans la forêt pour en trouver.

Sauf que nous ne sommes pas au milieu de nulle part, puisqu'en moins de cinq minutes nous débouchons sur le parc entourant le manoir. Je ne sais toujours pas comment j'ai réussi à me perdre, et je me sens encore plus stupide d'y être parvenue à deux jets de pierre de mon chez-moi.

Je dois assurer à plusieurs reprises à Ours que je suis capable de marcher et souris de le voir rester à deux centimètres, prêt à me récupérer si je venais à défaillir. Il m'escorte jusqu'à l'entrée, me fait promettre encore une fois que tout va bien avant de repartir pour sa cueillette. Autant de prévenance et de délicatesse dans un corps pareil, mi-homme, mi-grizzly, ça me bluffe.

Le trajet a permis à mes baskets de s'essorer. Mes pas ne produisent plus cet affreux bruit de succion, seules mes semelles laissent encore de légères traces humides dans le hall. Elles s'estomperont vite. Par habitude, je me dirige vers l'escalier qui mène à ma chambre. Un pied sur la première marche, je me fige, le regard rivé sur le tissu de mes chaussures et leurs lacets gangrenés d'auréoles brunes et verdâtres.

Que je me perde est une chose. Mais l'absence qui a conduit à cette mésaventure… Je me concentre, une main enfoncée dans mes cheveux raidis par ma sueur désormais sèche. Je revois parfaitement le début de ma course. Mon trajet sur ou parallèle à la route, selon le terrain. Je me souviens de l'arbre sur lequel est fixé un nichoir à oiseau, une jolie pièce en forme de chalet, murs jaune poussin et toit mauve.

Et ensuite, plus rien. Interruption dans la diffusion, veuillez nous excuser pour le désagrément. Ou redémarrez votre box, sait-on jamais, le bug provient peut-être de là.

Oui, la source du problème est peut-être ancrée dans une partie obscure de mon cerveau. Un endroit auquel Emilio a accès. Après la première séance avec lui, et malgré mes sentiments mitigés, j'ai renouvelé l'expérience. À quatre reprises, et sans plus jamais avoir la sensation que le moindre laps de temps m'avait été volé. On peut tous se tromper, et c'est ce qui m'était arrivé, voilà ce que j'ai fini par conclure.

Mais il paraît qu'il faut se fier aux premières impressions.

Je repose mon pied par terre, vérifie que personne ne s'apprête à traverser le hall. Mes semelles couinent un peu tandis que je me dirige à petits pas vers la porte, celle que je n'ai jamais osé toucher. Celle qui mène au sous-sol, lieu des manigances du directeur. Celle qu'il ferme soigneusement à clé.

J'appuie sur la poignée, et elle s'enfonce sous ma pression. La porte n'est pas verrouillée. Un nouveau regard à la ronde, le temps de tâtonner à la recherche d'un interrupteur. Une ampoule nue s'éclaire, révélant une volée de marches étroites ; une autre lui répond, plus bas. Je m'engouffre dans le passage, refermant derrière moi. Le cœur à un rythme bien plus élevé que si je sprintais à travers champs. Les jambes tout aussi molles.

Tout ça pour rien. Parce que, en bas, point de labo

médicalisé digne du docteur Frankenstein, de système d'électrochocs ou de cage métallique assez grande pour y loger un adolescent. Ni de siège muni de sangles placé devant un écran sur lequel défileraient vingt-quatre images ultra-violentes à la seconde. Deux tables semblables à celles des salles de classe sont collées l'une à l'autre au milieu de la pièce. Des étagères occupent un pan de mur, la plupart de leurs casiers vides. D'autres contiennent des jouets. Des contrefaçons d'emballages de produits alimentaires, destinés aux enfants. Des carottes et des tomates en tissu rembourré, des paquets de farine, de corn-flakes, des bouteilles d'huile et des pots de confiture en plastique.

Une sorte de stand de marchand en modèle réduit. De quoi préparer un gamin à travailler sur un marché. Ou dans un atelier protégé, à confectionner les commandes de clients.

J'éclate de rire. Ma paranoïa me mène vraiment par le bout du nez. À force de côtoyer des monstres, j'ai fini par me persuader qu'ils étaient partout. Que chaque être humain est capable du pire. Alors qu'en fait la plupart des personnes naissent avec un bon fond.

Je suis détraquée. Mauvaise. La faute au Père et à la Mère, à la génétique ou à leur éducation, qu'importe. Luca l'était également, sans conteste. Mais il faut que j'accepte l'idée que les autres sont différents. Meilleurs. Et que, grâce à eux, je pourrai peut-être me réparer.

17

Elle s'est glissée à sa table sur un bonjour timide. Malgré ses cheveux rouge pétard, Valentina Gallo aura toujours un peu l'air d'une gamine craintive arpentant le réfectoire de son lycée en quête d'une présence amicale. Vêtue en tenue de ville, jean bleu foncé et chemisier blanc boutonné jusqu'au cou, elle est encore plus passe-partout. Presque invisible.

Elle ouvre sa boîte en plastique, enfonce une fourchette dans son contenu disparate. Fusilli, petits pois, morceaux de poulet ou de tofu, peut-être. Connaissant sa faculté à mordre, Romain l'imagine toutefois mal en végétarienne.

— Alors ? demande-t-elle la bouche pleine. Tu t'y es intéressé, au final ?

— À quoi ?

Romain voit très bien à quoi – ou plutôt à qui – elle fait allusion. Mais elle n'a pas à savoir la place qu'occupe Madeleine dans ses pensées.

— La muse du vampire.

— Ah, ça, fait-il avec un petit geste blasé de la main. Figure-toi que oui. Ta position m'a intriguée, et j'ai voulu me faire mon propre avis.

Surtout, ne pas échafauder des plans de reconversion dans le cinéma. Il fait un piètre comédien. Valentina l'encourage quand même à poursuivre d'un moulinet de sa fourchette en l'air.

— J'ai donc regardé quelques-unes de ses auditions, lors de mes temps morts.

— Et… ?

— Et… je n'arrive pas à trancher. Elle semble beaucoup trop intelligente pour son rôle de victime. Trop froide, aussi. De là à savoir si elle était une psychopathe de la même trempe que di Ferro…

L'irruption de quatre gaillards dans la cafétéria interrompt son argumentaire. Des membres du groupe de Valentina, à les entendre échanger à mi-mot à propos d'une intervention programmée pour le lendemain. La capitaine Gallo engloutit le reste de son déjeuner en un temps record, puis se lève pour les suivre. Juste avant de s'en aller, elle se penche sur Romain, les mains en appui sur le bord de la table. Sa queue-de-cheval balaye l'air entre eux comme pour l'avertir d'un danger potentiel.

— On n'avance pas sans certitudes. Personne ne peut construire tes opinions à ta place.

Et sans un mot de plus, elle trottine vers ses collègues. À nouveau seul, Romain revisse ses écouteurs dans ses oreilles, taquine son mobile pour qu'il revienne à la vie et lance la musique. Bono reprend *With or Without You* là où il l'avait laissé, sa voix traînant d'une manière délicieusement douloureuse à la fin de ses phrases. Romain profite de ce vieux titre qu'il aime toujours autant, puis quitte la salle de pause à son tour, son sandwich à demi entamé et mal remballé à la main.

Sitôt dans son bureau, il se connecte au réseau et entre ses identifiants pour accéder aux fichiers concernant l'affaire di Ferro. Il remarque qu'un enregistrement daté du 21 septembre recense le plus grand nombre de vues. Le visionner perturberait l'ordre chronologique auquel il s'était tenu jusque-là, mais la curiosité l'emporte.

Il arrache un morceau de son pain aux graines-hummus-légumes grillés, clique sur « Play ». Et se retrouve face à une version de Madeleine qu'il n'a jamais eu l'occasion de rencontrer. Elle se tient courbée sur sa chaise, les cheveux en désordre, les mains enfoncées dans les manches d'un sweat à capuche trois fois trop grand pour elle. Un vêtement d'homme, celui de Luca di Ferro, sans doute. Elle serre un sac à main contre son ventre. Une pièce de couturier en cuir beige. Une bricole à dix mille euros au bas mot, qui détonne avec son allure débraillée.

Une policière en uniforme lui indique qu'un officier va bientôt arriver, lui demande si elle veut boire un verre d'eau. Madeleine répond en secouant la tête de gauche à droite. Sitôt seule dans la salle d'interrogatoire, elle s'avachit davantage. Son genou droit se met à s'agiter nerveusement. À plusieurs reprises, elle essuie son nez de sa manche, renifle, recommence. Cette femme n'a rien à voir avec la Madeleine que Romain connaît. Elle semble dévastée.

On devine qu'une porte s'ouvre à l'extrémité du champ. Le changement est aussi rapide que radical. Madeleine se redresse d'un coup et s'immobilise pour faire face à l'officier qui tire une chaise et s'installe de son côté de la table.

— Désolé de vous avoir fait attendre, je…

— Où est votre collègue ?

L'homme tique de s'être fait rembarrer dès la première phrase.

— Il ne pourra pas se joindre à nous. Nous avons d'autres chats à fouetter et cette entrevue n'était pas planifiée.

— Il m'était impossible de vous avertir.

Elle lance un coup d'œil en direction de la caméra et semble constater qu'elle tournait déjà. Mais peut-être cela fait-il partie de son numéro. Passer pour plus faible et tourmentée qu'elle ne l'est en réalité.

— Je mène ce double jeu depuis quatre mois, entame-t-elle. Nous étions convenus que si je me sentais en danger, vous mettriez en place une protection.

— En effet. Mais il nous faudrait encore un peu de temps afin de collecter des preuves…

— Non. Le moment est venu.

Elle s'est exprimée d'une voix presque douce et pourtant le flic n'a pas cherché à terminer sa phrase. Madeleine le regarde droit dans les yeux, deux ou trois secondes, puis elle dégage ses mains de son sweat pour les plonger dans son sac.

Romain remarque que ses doigts sont maculés de sang. Juste avant que son interlocuteur s'en rende compte lui-même.

Juste avant qu'elle tire un couteau de son sac.

Elle le dépose sur la table comme s'il s'agissait d'une offrande. L'officier réagit au quart de tour. Il se lève si vite que sa chaise bascule en arrière, dégaine son Sig Sauer et le pointe sur Madeleine, qui a repris sa posture rigide.

— Bordel de merde, c'est quoi, ça ? Et qui vous a laissée entrer avec ce truc ?

Son regard vacille entre sa cible et la lame de quinze centimètres, elle aussi tachée de sang qui vire au marron.

— Je ne pouvais plus continuer comme ça.

Elle relève le menton et ajoute d'un ton capable de réfrigérer le Sahara :

— J'ai rempli ma part du marché. À vous d'honorer vos promesses.

18

Du monde, partout. Ça se croise, ça se bouscule, des coups d'épaule, de sac à main ou de mallette dans les côtes et pas un regard, pas un mot d'excuses. Les costards-cravates, les jambes qui émergent de jupes plus ou moins courtes, les gamins traînés à bout de bras, leurs crèmes glacées dégoulinant sur l'asphalte surchauffé des trottoirs, les rayons des boutiques pris d'assaut par des hordes de furies échevelées.

Je suffoque.

Je pensais que je m'en sortirais mieux. Pas sans mal, mais mieux. Après tout, il s'agit de ma troisième escapade hors du territoire des Trois Nuages. La première fois, je suis restée accrochée au bras de Samia, les yeux rivés au sol. Trop peur qu'on me reconnaisse, qu'on me traîne sur la place publique, clouée au pilori ou lynchée sous les vivats de la foule en liesse. Autant dire que je n'ai guère apprécié cette sortie.

Je me suis préparée pour ma deuxième tentative. En répétant comme un mantra que la muse du vampire était morte et que personne – absolument personne – n'allait associer mon visage avec cette femme oubliée de tous.

De fait. Il aurait déjà fallu que quelqu'un me regarde en face. Béni soit l'anonymat des grandes villes.

Là, j'ai peut-être vu trop gros. En me pensant capable de m'affranchir d'un chaperon. En acceptant de jouer ce rôle pour une des pensionnaires. Ma petite préférée, mais quand même.

Seuls une partie des gamins inscrits aux Trois Nuages rejoignent leurs parents pour les vacances d'été. Pour les autres – la majorité –, la routine se poursuit, immuable. Une peine incompressible, que leur faute soit d'avoir volé, agressé, ou simplement d'être trop différent pour intégrer la société et ses standards.

L'idée est venue des éducateurs. Offrir une parenthèse à ces mômes, leur donner l'impression – même juste temporairement – d'être en vacances. Depuis le début de la semaine, le manoir frétille au rythme des excursions. La plupart se font en petits groupes. Randonnées, visites de parcs zoologiques ou de musées. Et, pour les plus chanceux, une virée personnalisée.

— Alors ? Vous en dites quoi ?

Lola vient d'émerger d'une cabine d'essayage. Elle tourne sur elle-même, une main posée sur sa hanche laissée nue par une robe à l'architecture tarabiscotée et minimaliste.

— Ça dépend. Si tu veux voir le directeur s'étrangler avec son café matinal, elle est parfaite. Mais tu ne la porteras qu'une seule fois. Ce plaisir de courte durée vaut-il vraiment cent cinquante euros ?

Elle s'esclaffe, ondule devant le miroir. Provocante en diable. Sur une moue, elle pêche l'étiquette dans son décolleté.

— Cent trente, en fait.

Son regard dérive vers la caisse, puis vers la sortie de la boutique. Je sais qu'elle analyse le nombre d'employés, la distance à parcourir jusqu'à la porte. Le meilleur moyen de franchir le portique de sécurité.

— Oublie. Malgré le peu de tissu, ils ont réussi à coller un antivol. Tu ne passeras jamais.

Une phrase peu conventionnelle dans la bouche d'une adulte – qui plus est d'une personne censée veiller à son éducation. Elle l'accueille avec un léger mouvement de surprise, puis un sourire mutin se dessine sur ses lèvres. Elle penche la tête sur le côté et me considère longuement, comme si elle me redécouvrait sous un nouveau jour.

— J'ai l'impression qu'il vous est aussi arrivé d'être une vilaine fille, dit-elle avec un air de connivence.

Un frisson, le temps de repousser l'envie de grincer des dents. Elle est tellement en deçà de la réalité.

— Tu n'as pas idée. Mais je suis rentrée dans le rang, et tu vas en faire autant. Allez, file te changer.

— Seulement si on va boire un verre.

— Inutile de te mettre au chantage, Lola. Je rêve de toute façon d'une table en terrasse.

La gamine émet un bruit entre cri de victoire et gloussement amusé et elle disparaît dans la cabine d'essayage. Me voilà officiellement devenue la meilleure copine d'une ado rebelle. Merveilleux, non ?

Quinze minutes plus tard, nous jetons notre dévolu sur deux chaises en osier, placées face à face sous un parasol à rayures jaunes et blanches. Il faut presque autant de temps à la serveuse pour nous localiser et se décider à venir jusqu'à nous, son plateau vide coincé sur la hanche.

— Je vais prendre un Moscow mule, annonce Lola.

Le nez plongé dans la carte, je corrige :

— Donnez-lui un panaché. Et un verre de sauvignon blanc pour moi, s'il vous plaît.

— Une vraie bière, au moins.

— Si tu continues, je te commande une menthe à l'eau. Plate, l'eau.

— Le panaché, ce sera parfait, merci.

Cet échange du tac au tac a sorti la serveuse de sa léthargie. Elle me considère avec une pointe d'admiration, puis s'adresse à Lola.

— Elle est plutôt cool, ta mère.

J'ouvre la bouche pour la détromper, mais ma délinquante en herbe me précède.

— Oh, c'est pas ma mère, dit-elle avec un naturel déconcertant. C'est une éduc qui travaille avec le bureau du proc pour déterminer si je peux obtenir une réduction de peine.

La tirade prend la jeune femme au dépourvu. Elle lâche un « Oh », un « ah » et un « d'accord », puis tourne les talons comme si son avenir dépendait de la vitesse à laquelle elle apportera nos consommations. J'avise Lola, toujours en mode candide, à battre des cils sur ses grands yeux noirs.

— Impressionnant. Tu as déjà pensé à faire du théâtre ?

— J'ai eu l'occasion de jouer dans deux pièces, dans le centre pour mineurs où je me trouvais, avant. J'aime beaucoup ça. Devenir quelqu'un d'autre…

Elle prononce ces derniers mots en me fixant droit dans les yeux.

Elle sait. Elle sait qui tu es, ou plutôt qui tu étais. Voilà ce que répète mon esprit à toute allure. Mais Lola met fin à ce contact visuel pour sourire à la serveuse, nos verres en équilibre instable sur son plateau. Un transfert empressé, un pseudo-sourire empreint de gêne et elle s'éloigne le plus possible de cette petite terreur et de son étrange nounou.

Lola lui adresse un signe de la main moqueur, puis lève sa bière-limonade. Je l'imite, et nous buvons une première gorgée après avoir entrechoqué nos verres. Le vin est à température idéale, ses arômes se délient au contact de mon palais et viennent ronronner comme des chats autour de mes papilles.

— Des rumeurs courent parmi les élèves, à l'institut. Des rumeurs sur vous.

Lola s'est penchée par-dessus la table pour me confier ça d'une voix mystérieuse. Je prends une nouvelle gorgée de sauvignon. Une portion mesurée, malgré mon envie soudaine d'écluser le verre cul sec.

— J'espère bien. Si aucun d'entre vous n'a échafaudé d'histoire à propos de moi, c'est que je dois sembler franchement inintéressante. Elles disent quoi, en substance, ces rumeurs ?

— Que vous avez balancé votre mec aux flics parce qu'il était violent, lâche-t-elle d'une voix encore plus basse. Et que vous vous cachez de lui depuis.

— C'est vrai.

Ses yeux pétillent d'excitation, comme si j'étais une sorte de rock star, de légende au passé tumultueux. Presque. Je ne sais pas chanter.

— Il vous battait ?

Pire. Je n'aurais peut-être pas dû commencer une telle confession. Mais il faut profiter de tous les moments où l'on peut dire la vérité pour rendre les mensonges plus réalistes.

— Ces choses font partie de ma vie privée, Lola.

— Vous l'aimiez ? contre-t-elle sans se laisser démonter.

— Oui. Il était mon âme sœur.

— Vous l'aimez toujours ?

Bien sûr. Mais cette vérité-là, elle n'a pas à l'entendre. Pas comme ça. Pas de la bouche de Madeleine Lemans. Que sait-elle de ce genre de passion dévorante ? Peu de personnes ont la chance – ou le malheur, puisqu'elles finissent en général dans la douleur – d'en expérimenter une.

— En quelque sorte. Cela s'appelle l'emprise, Lola. Cette influence constante sur l'autre, cette… domination, c'est moche. Ça ne devrait pas exister.

Ces mots m'écorchent de l'intérieur. Luca est la plus belle chose qui me soit arrivée. Et la pire. Sans lui, ma vie serait restée terne, sans reliefs. Mais les reliefs peuvent devenir aussi acérés que des lames de rasoir.

Lola produit une moue assez peu convaincue. Elle hoche malgré tout la tête, en accord avec mon discours. Je pense qu'elle va lâcher l'affaire, passer à un autre sujet. Des ragots à propos des poils d'Ours qui se retrouvent parfois dans les assiettes, des tics de langage de Stef, des tee-shirts improbables de Pedro. Ou des révélations sur Adrien et ceux qui l'assistent dans ses manœuvres de déstabilisation. Quelque chose de léger, qui me permettrait de siroter mon verre de blanc entre deux exclamations amusées.

Mais une étincelle vicieuse crépite au fond de ses iris d'un noir profond.

— Et vous avez fait quoi avant de partir ? Vous l'avez saigné ?

Je reste pétrifiée. Stupéfiée par la perversité qui transparaît dans ses paroles, dans son sourire. Assaillie par un souvenir que je tente tant bien que mal d'effacer de ma mémoire.

— Je le savais, lance-t-elle, triomphante.

Elle reprend son verre et le fait tinter contre le mien. Et boit pour me féliciter d'avoir, autrefois, voulu éliminer l'homme de ma vie.

19

La discussion s'enflamme. Issam gesticule de sa main libre, marche nerveusement sur quelques mètres, s'arrête, revient en arrière. Les vitres étouffent le son de sa voix, mais Romain ne comprendrait pas mieux ce qui se joue s'il se tenait à ses côtés. Il perçoit très bien son ton, entre dépit et agacement. Et la langue dans laquelle Issam s'exprime. Sa langue maternelle. Un coup de fil avec ses parents, donc, et toute l'amertume qui l'accompagne.

Issam finit par raccrocher. Il reste là, bras ballants, le regard perdu dans le vide. La colère envers ces gens qu'il n'a jamais eu l'occasion de rencontrer mijote toujours à petit feu chez Romain. À cet instant, elle bouillonne plus fort, comme si une main invisible venait de monter le thermostat d'un cran. Il s'oblige à inspirer et expirer lentement trois fois de suite, puis va rejoindre son homme sur le pont. Une tentative d'étreinte, malgré les grappes de promeneurs qui s'égrènent le long du quai et lorgnent parfois sans vergogne dans leur direction. Romain n'est pourtant pas le plus démonstratif des deux. Et de toute évidence, pas le plus doué lorsqu'il s'agit de choisir le bon moment, puisque Issam se dégage de ses bras.

— Tu veux en parler ? tente-t-il malgré tout.

— Sans façon.

Ses yeux balayent le sol, comme s'il s'appliquait à ne pas le regarder en face. La colère de Romain éclate en bulles acides le long de son œsophage. Maudites religions, maudites coutumes datées en chiffres de larmes et de sang. Comment peut-on être aussi insensible au bien-être de son propre enfant ?

— Je vais prendre l'air, ajoute Issam.

Il dégringole le ponton et se fond dans le flux des badauds. Romain le suit du regard jusqu'à ce qu'il disparaisse, aspiré par la ville.

Ce dimanche n'a pas la saveur espérée. L'accumulation de soucis professionnels a contraint Issam à annuler une escapade au vert prévue de longue date. Et voilà que sa famille en rajoute une couche. Romain comprend qu'il ait besoin de décompresser. Il préférerait juste qu'il le fasse dans ses bras.

Une brutale envie de griller trois ou quatre cigarettes à la chaîne s'empare de lui. Il n'a pourtant plus fumé depuis des années. Depuis qu'Issam a remplacé la nicotine. Le remède à tous ses manques.

Romain se sent soudain stupide, seul sur le pont du *Gemini*. Désœuvré. Le dîner est prêt, il y mettait la dernière touche en attendant qu'Issam termine sa conversation. Son appétit a déserté lui aussi. Retour dans la cuisine, quelques gestes mécaniques pour retirer les casseroles des plaques de cuisson, placer ce qui doit l'être au réfrigérateur. Ils mangeront plus tard, au retour d'Issam. Ou pas du tout.

Une bourrasque secoue les deux lauriers-roses maigrichons, de part et d'autre de la fenêtre. Il faudrait les rempoter, leur offrir un peu de terre fraîche. En l'état, Romain craint qu'ils ne passent pas l'été. Mais ce n'est pas pour autant qu'il se sent l'âme d'un jardinier. Il ignore les arbustes et lance un coup d'œil plus haut, vers les nuages qui s'amoncellent, gris ardoise et menaçants. Issam ira sans doute se réfugier dans un café. Quoiqu'il soit capable de marcher sous l'orage, tout droit jusqu'à ce que la pluie dilue ses doutes et tracas.

Romain, lui, échoue dans le coin salon, son ordinateur à bout de bras. Il a accordé peu de temps à Madeleine, ces derniers jours. L'esprit trop accaparé par d'autres dossiers, d'autres clients à mettre à l'abri. Et, en toute honnêteté, encore perturbé par cette image, celle de Madeleine, les mains rouges de sang. Son détachement, comme si elle assistait à la scène en spectatrice. Un comportement digne d'une sociopathe – ou d'une personne sous le coup d'un stress post-traumatique, Romain ne parvient toujours pas à trancher.

Une fois dans la banque de données, il remonte dans le temps, avant cette fameuse scène du 21 septembre. Il n'espère plus comprendre la psyché de Madeleine. En revanche, il aimerait savoir ce qui s'est passé, et à quoi elle a échappé en témoignant contre son amant.

Il ouvre plusieurs fichiers, les fait défiler en accéléré, jusqu'à tomber sur la discussion qui l'intéresse. Elle a été enregistrée quatre semaines après sa première déposition.

— Revenons-en aux victimes. Silvja Kupjek et Irina... Irina Nosenko.

Le flic lance un coup d'œil à Madeleine par-dessus ses lunettes de lecture. Tirée comme d'habitude à quatre épingles, elle attend la suite, impassible.

— *Une des traces d'ADN trouvées sur le corps de Mlle Nosenko concorde avec le prélèvement que vous nous avez autorisés à effectuer*, continue l'officier avec cette fois un regard pour son avocat.

Le silence, de nouveau. L'homme toussote pour se donner une contenance, cherche un soutien vers son collègue, qui reprend le flambeau.

— *Pourriez-vous nous expliquer les circonstances du décès de Mlle Nosenko ?*

— *Luca lui a porté deux coups de couteau. Le premier à la gorge, le second à la poitrine.*

— *Vous avez donc assisté à son meurtre.*

— *Oui. Luca me montrait la meilleure manière de procéder. Pour atteindre le cœur.*

Cette affirmation cueille les trois hommes présents à froid. Même l'avocat sursaute. Il se penche vers Madeleine et lui murmure quelque chose à l'oreille. Elle se contente de hausser les épaules, un mouvement infime, indifférent. Les officiers attendent la fin de ce conciliabule, puis prennent une seconde supplémentaire pour encaisser.

— *D'accord. Et où a eu lieu cette... leçon d'anatomie à l'arme blanche ?*

— *Dans notre maison de Deauville. Et plus précisément dans notre lit.*

Le flic balance ses lunettes sur la table et se masse l'arête du nez.

— *Maître, conseillez à votre cliente de se montrer*

moins inconvenante dans ce genre de cas, ou je risque d'appeler le procureur pour réviser notre accord.

— *C'est impossible, commandant, vous le savez très bien.*

L'avocat semble tout autant dépité par cette triste réalité. Il avertit malgré tout Madeleine du regard. Le moment de revenir sur les faits est venu, et elle a tout intérêt à instiller un minimum d'empathie pour les victimes dans son récit.

— *Luca possède plusieurs clubs en France, en Belgique et en Grande-Bretagne. Des boîtes de nuit branchées, mais aussi des salons de massage.*

— *Des bordels.*

— *Si vous préférez ce terme.*

— *J'aime bien appeler un chat un chat. Ça ne vous a pas gênée d'apprendre que votre petit ami était un proxénète ?*

— *Il ne s'agit que d'une de ses nombreuses activités. Les filles que j'ai pu rencontrer n'ont été forcées en rien. Je me doute aujourd'hui que ce n'est pas le cas pour toutes, et que certains de ses lupanars ne sont certainement pas aussi reluisants. Je peux même imaginer que certaines de ces filles venues d'Europe de l'Est font l'objet de trafics. Mais celles avec qui j'ai pu parler se montrent satisfaites de leurs conditions de travail. Il arrive d'ailleurs qu'au bout d'un certain temps, elles obtiennent des postes pour lesquels vendre son corps ne fait pas partie du cahier des charges. Beaucoup d'employées au sein des entreprises di Ferro sont d'anciennes prostituées.*

— *Quelle grandeur d'âme*, raille le flic. *Si je vous*

suis bien, ces deux jeunes femmes étaient des professionnelles. Comment ont-elles atterri dans votre lit ?

Madeleine se crispe, comme si elle ne supportait pas qu'on insulte Luca, même indirectement. Elle reprend bien vite contenance.

— *Luca les avait choisies pour moi.*

— *Choisies ?*

— *Un peu comme un cadeau. Pour des soirées particulières.*

Un sourire moqueur relève ses lèvres.

— *Il faut vous détendre, commandant. Si vous êtes aussi prude que ça, je tâcherai d'être moins... explicite. De ne pas aller dans les détails.*

— *Ne jouez pas avec moi. Vous ne pouvez que perdre.*

Un combat silencieux s'installe. Madeleine a l'élégance de briser le contact visuel en premier. Son sérieux empreint de froideur retrouvé, elle explique par le menu comment le vampire sélectionnait des filles pour des soirées de luxure à trois. Toutes belles, blondes et très ressemblantes à Madeleine. On sent une nostalgie gourmande dans ses mots. Mais peu à peu, ces regrets disparaissent.

— *Il a dû y en avoir quatre ou cinq avant Silvja. Je ne me suis jamais étonnée de ne plus les revoir après nos ébats. J'imaginais que Luca leur avait fait une offre d'emploi plus intéressante, ailleurs. Qu'il les éloignait pour éviter les ragots. Inutile de faire remarquer à quel point j'étais naïve. Je l'ai compris depuis.*

— *Vous pensez qu'il les a tuées, elles aussi ?*

— *C'est possible. Toujours est-il que Silvja semblait avoir disparu de la surface de la planète après notre nuit ensemble. J'ai commencé à avoir des doutes. C'est pour cela que j'ai demandé à Luca qu'Irina soit la suivante.*

— Je peine à vous comprendre. Vous soupçonniez qu'il leur arrivait du mal et...

— Je n'aimais pas cette fille, coupe-t-elle. Son arrogance. Sa beauté. Sa façon de se comporter avec Luca, comme s'il lui appartenait. J'en étais jalouse. Je lui ai demandé de la choisir, dans l'espoir qu'elle disparaîtrait elle aussi. Qu'importe la manière.

— Et... ?

— Il l'a fait venir chez nous, comme les autres. Mais dès qu'elle a passé la porte, j'ai su que les choses allaient m'échapper. Que je n'aurais aucun contrôle, cette fois. Luca m'avait cernée. On ne jouait plus. Et cette nuit-là...

Sa voix se brise. Elle baisse la tête, le temps de vérifier la bonne tenue de son chignon, puis continue.

— Il nous est arrivé d'aller loin dans nos pratiques sexuelles. Très loin. Mais c'était sans mesure avec ce qui s'est déroulé cette nuit-là. Ça n'avait rien à voir avec du sexe. C'était sauvage. Luca... Il l'a violée et battue avec une violence inouïe. Il n'a pas cessé de me fixer droit dans les yeux en souriant. Pas une seconde. Même quand il lui a ouvert la gorge.

L'avocat tressaute sur sa chaise comme s'il se retenait de vomir son dernier repas et la bile laissée par les précédents. Les deux officiers ne valent guère mieux. Main plaquée sur la bouche, ils n'osent pas interrompre ce flot d'horreurs. Le regard tourné vers l'intérieur, Madeleine revit la scène et la souligne de gestes à demi esquissés.

— Il m'a obligée à remonter sur le matelas alors qu'elle se vidait de son sang. Pour que je ne me cantonne pas à un rôle de spectatrice. Il m'a forcée à entourer le manche du couteau de mes mains, puis les a serrées avec les siennes. Irina me regardait, mais pas pour implorer ma pitié. Même à ce moment-là, elle me crachait son mépris au visage. Alors, quand Luca a appuyé la lame contre sa poitrine en me chuchotant des indications, je n'ai pas cherché à résister. Je n'aurais pas pu, de toute manière. Dans cet état d'excitation, il aurait été impossible de lui faire entendre raison.

— Nom de Dieu. Vous vous rendez compte de ce que vous dites ?

Extraite avec brutalité de ses souvenirs, Madeleine relève le menton et vrille ses iris émeraude dans ceux sans éclat du flic chargé de l'interrogatoire.

— Parfaitement, oui. J'ai participé au meurtre d'Irina... Et j'en ai retiré une certaine forme de plaisir, je l'avoue.

En quelques mots, elle mate son interlocuteur qui faisait mine de se lever.

— Mais je ferai tout ce qui est en mon pouvoir pour que cela ne se reproduise plus jamais.

L'autre se renfonce dans sa chaise. Sa lutte intérieure s'affiche en trois dimensions sur son visage. L'envie de sauter par-dessus la table et de boucler une fois pour toutes la jolie petite gueule qui le nargue. Le sens du devoir et ce que ce témoin, tout infect soit-il, est susceptible d'apporter à la justice. Madeleine ajoute du poids de ce côté de la balance.

— L'ironie de cette histoire, c'est que cet épisode

nous a encore rapprochés, Luca et moi. Désormais, il me confie tout, ou presque. Sur l'organisation de ce réseau de drogue qui arrose tout le nord de la France. Sur les livraisons régulières de caisses remplies d'armes automatiques vers la Biélorussie. Je peux le faire tomber pour tellement de choses. Lui et certains de ses associés. Voilà pourquoi nous avons un accord, commandant...

Un sachet en plastique sur lequel s'étale le logo d'un restaurant chinois se matérialise devant Romain. Son sursaut manque d'éjecter son ordinateur de ses genoux. Il se hâte de rabattre l'écran, sa main libre plaquée sur sa poitrine.

— Bon Dieu, Issam ! Si tu veux m'éliminer, choisis un moyen plus rapide qu'un infarctus.

Son homme a attrapé une serviette-éponge et s'emploie à frotter ses cheveux dégoulinants. Romain ne l'a pas entendu rentrer. Il n'a pas remarqué non plus que les nuages avaient crevé sous le poids de l'averse. Des gouttes de pluie grosses comme des billes martèlent pourtant les vitres et le toit de la péniche.

— Cesse d'en référer à Dieu, ni toi ni moi n'y croyons. Et que veux-tu, rien ne semble capable de t'atteindre quand tu es avec ta Madeleine...

Il s'assied en face de lui, extrait deux emballages en carton et des baguettes jetables du sachet. Le parfum de sauce teriyaki réveille l'appétit de Romain en moins de temps qu'il ne faut pour le dire. Cela malgré le témoignage qu'il vient d'écouter. Et malgré un petit quelque chose qui le perturbe intérieurement.

Il percute alors qu'il chasse les derniers bouts de

nouilles sautées au fond de sa boîte, l'estomac ravi et les pieds emmêlés à ceux d'Issam. Son âme sœur, présence essentielle à son équilibre. Le seul à qui il puisse se confier à propos de son travail.

Mais sans jamais partager des informations compromettantes. Des détails comme un prénom. C'est pour cette raison qu'il crée des pseudonymes pour chacun de ses clients.

Pour Issam, Madeleine a toujours été « la princesse ».

Alors comment peut-il connaître son prénom ?

20

Les autres ne comprennent rien.

Les adultes sont les pires. Obtus, tellement coincés dans leurs certitudes, dans leurs perceptions du vrai et du faux. Ils s'imaginent tous qu'Abel ne sait pas parler. Ils utilisent de jolis mots pour ça. Troubles du spectre autistique, développement restreint des capacités cognitives et sociales, communication non verbale… Des termes prononcés sur un ton gêné, un coup d'œil humide dans sa direction, une caresse dans ses cheveux, comme s'il était un animal. Une bestiole déficiente, dont on n'espère pas grand-chose, mais docile et attachante malgré tout.

En brave toutou, Abel ne mord pas. En revanche, il sait parfaitement parler.

Pour s'habituer au son de sa voix, il s'exerce seul, le soir. Caché sous sa couette, il récite des poèmes qu'il invente, ou lit tout haut des chapitres entiers dans des livres pris au hasard. Il l'aime bien, sa voix. Elle le berce mieux que celle d'une mère fredonnant une chanson douce.

Il aime les livres, aussi. Il les trouve reposants. Un

début, une fin, des histoires qui s'écoulent en général de manière linéaire.

Alors que, pour Abel, tout est fragmenté. La faute à ces visions qui l'assaillent à toute heure du jour ou de la nuit. Des flashs parfois emplis de douceur, mais le plus souvent chargés de violence.

Il en a pris conscience très jeune : les autres ne fonctionnent pas comme lui. Leurs vies ressemblent à des livres, avec un début, un milieu et une fin. Ils ne sont pas agressés par des prémonitions décousues et chaotiques, sans chronologie précise.

Quelle chance.

Abel a essayé d'en parler à ses parents du moment. De leur expliquer, plein d'espoir, avec ses mots à lui. Ça lui a valu d'autres visites chez des spécialistes, d'autres regards en coin, d'autres gentilles tapes au sommet du crâne. Et un séjour dans un hôpital psy avant d'atterrir dans une nouvelle famille d'accueil.

On ne l'y reprendra plus.

Le garçon cligne des yeux, soudainement ébloui. L'instant d'avant, il était couché dans son lit, sa veilleuse en forme d'ourson rigolo sur sa table de chevet pour toute source de lumière. Et voilà qu'il se retrouve assis dans une pièce éclairée par des néons blafards. Angoissé à l'idée de devoir de nouveau faire face à la dame rouge, il plaque ses mains sur son visage. Il se tasse sur sa chaise inconfortable et se concentre sur les bruits alentour. Un cliquetis sur un clavier d'ordinateur, une radio en sourdine, plus loin. Et une voix féminine, légèrement éraillée, dictant des chiffres.

— C'est bien le numéro que tu m'as donné, n'est-ce pas, Abel ?

La curiosité l'emporte. Il écarte les doigts de manière à guigner entre eux. Une femme apparaît dans les espaces libres de son champ de vision. Son polo bleu marine lui rappelle les uniformes des gendarmes venus aux Trois Nuages, après la mort de Corentin.

Elle répète une nouvelle fois la série à voix haute, puis lui tend une feuille blanche sur laquelle ces mêmes chiffres sont écrits. Le garçon a aussitôt conscience qu'ils sont importants. Il se concentre pour les retenir. Il est doué quand il s'agit d'apprendre quelque chose par cœur.

La gendarme a l'air gentille. Elle attend visiblement une réponse de sa part, alors il hoche la tête. Elle imite son geste, et un sourire triste se dessine sur ses lèvres.

— J'aimerais tellement comprendre comment c'est possible…

Elle a murmuré ça pour elle-même. Abel hésite à ouvrir la bouche, répliquer que lui aussi voudrait bien comprendre. Peut-être qu'elle l'écouterait. Mais trop tard, de toute manière. Il est de retour dans son lit.

À la lueur de sa veilleuse, il se faufile hors des couvertures jusqu'à la petite table qu'il utilise surtout pour dessiner. Il choisit une page à la fin d'un joli carnet offert par Samia. Soigneusement, il y inscrit les dix chiffres l'un après l'autre. Il finira bien par savoir à quoi ils correspondent.

21

Assis sur un siège en plastique riveté au sol, dans une pièce bardée de caméras de vidéosurveillance, Romain rumine encore et toujours les mêmes pensées. Elles l'ont pourtant déjà gardé éveillé une bonne partie de la nuit.

Issam, Madeleine, Valentina et di Ferro se croisent dans ce maelstrom opaque. Son esprit dessine des scénarios improbables, rembobine, efface et en imprime de nouveaux, non moins abracadabrants.

Alors, autant aller à la source. Voilà pourquoi il patiente dans cette antichambre du centre pénitentiaire de Vendin-le-Vieil. Dans l'espoir d'en repartir avec des réponses honnêtes. En avoir le cœur net, enfin.

Une sonnerie crépitante et un claquement de verrou automatique précèdent l'ouverture de la porte grillagée. Un gardien en polo bleu marine barré d'une mention « administration pénitentiaire », trousseau de clés et talkie-walkie à la ceinture, l'invite à le suivre. Ses semelles couinent sur le revêtement de sol, peint comme les parois dans un blanc éclatant. Romain se sent vite ébloui, et les quelques notes de couleurs vives, vert pomme ou orange, selon les corridors qu'ils enfilent, le font davantage plisser des yeux. Son guide l'abandonne devant un autre poste de contrôle. Une minute d'attente, et un de ses collègues prend le relais jusqu'au quartier de sécurité renforcée. Un silence pesant plane entre ces murs aseptisés. À croire qu'il n'y a personne derrière les portes disséminées de part et d'autre du couloir. Si seulement.

Un dernier sas, et le gars s'efface pour le laisser entrer dans une pièce réservée aux visites. La décoration est somme toute confortable. Deux canapés en similicuir sont séparés par une table basse. Un tapis aux motifs géométriques masque le linoléum d'un beige fade. Un ensemble de chaises hautes complète le tableau. Elles sont poussées contre une table de bistrot, elle-même collée à une vitre en plexiglas donnant sur une portion de pelouse un peu jaunie et, quelques encablures plus loin, l'imposant mur d'enceinte et ses miradors. Sans cette vue, on pourrait presque oublier que la pièce se situe dans l'un des centres de détention recensant les prisonniers les plus difficiles du pays.

De nouveaux chocs métalliques ne tardent pas à retentir depuis le fond du couloir, suivis par des bruits de pas. Trois foulées distinctes. Romain ne s'est pas encore installé. Il hésite. La table haute implique une certaine proximité, les sofas une trop grande décontraction. Il préférait avoir l'ascendant sur son interlocuteur, même simplement en matière de posture. Tant qu'à faire, il choisit de l'accueillir debout.

Deux gardes escortent le prisonnier jusqu'au pas de la porte. Ils s'assurent que tout est en ordre, puis battent en retraite sur un « Nous restons à l'extérieur, monsieur ». Romain comprend que cette phrase ne lui était pas adressée. Non, cette belle prévenance était destinée à Luca di Ferro. Lui n'a récolté qu'un regard suspicieux.

Un large sourire aux lèvres, le vampire s'avance vers lui, main tendue. En pantalon de ville et chemise bleu clair, rasé de près, il ne ressemble en rien à un détenu à perpétuité. Plutôt à un représentant de commerce. Romain se présente et serre la main offerte, moitié par réflexe, moitié par politesse. Il n'a aucune raison de se montrer grossier. Ses opinions, il les a laissées avec son flingue et son téléphone à l'entrée.

— Je crois que nous n'avons jamais été en contact. Qu'est-ce qui me vaut le plaisir de votre visite ?

Tout en parlant, di Ferro regarde à la ronde, jette son dévolu sur un des canapés et s'y installe, une jambe repliée sur l'autre, ses bras écartés en appui sur le dossier. Comme s'il était dans un de ses clubs, profitant des déhanchements lascifs d'une danseuse en tenue minimaliste tout en écoutant un de ses associés d'une oreille distraite.

— Je voulais vous rencontrer pour éclaircir certains points.

— À quel sujet ?

— À propos d'Irina Nosenko.

Aucune réaction de surprise. Il le sonde un instant, puis répond avec un sourire désarmant :

— J'ai déjà été jugé pour ça, commandant. À deux reprises. Hélas pour moi, tout ce petit monde est tombé d'accord.

La sentence à perpétuité, assortie de vingt-deux ans de sûreté et confirmée par le tribunal d'appel, ne semble guère l'atteindre.

— Je suis au courant. Mais j'aimerais comprendre vos motivations.

Son sourire s'accentue, révélant ses dents bien alignées et parfaitement blanches. Pas étonnant qu'on l'ait surnommé le vampire. Ce type a un quelque chose de surnaturel, dans sa beauté comme dans son comportement.

— Il semble que je sois un psychopathe, mais ça, vous le savez sans doute aussi.

— Dites-moi pourquoi. Pourquoi vous les avez assassinées, elle et Silvja Kupjek. Pourquoi toute cette sauvagerie.

Sur un soupir grisé, il bascule la tête en arrière. Sa langue se promène sur ses lèvres, gourmande. Lorsqu'il refait face à Romain, son regard dissimule à grand-peine une étincelle perverse. Ce regard-là suffirait à lui seul à convaincre un jury de l'enfermer à double tour et de jeter la clé.

— Vous m'avez l'air de quelqu'un de gentil, commandant. Ce sentiment de puissance, la jouissance qu'on éprouve… Vous ne comprendriez pas.

— Essayez quand même.

— Non. Ça serait du temps perdu. Et de toute manière, vous n'êtes pas vraiment là pour parler de ces filles, n'est-ce pas ?

Il change de position pour se pencher vers Romain, les coudes sur ses genoux. Ses doigts remuent dans le vide, suivant un rythme qu'il est le seul à percevoir.

— Que voulez-vous dire ?

— Vous êtes venu pour elle.

Le cœur de Romain marque un raté, mais il parvient à dissimuler son trouble. Il l'espère, du moins.

— Pour qui ?

— S'il vous plaît, commandant. Inutile de jouer à ça avec moi. Appelez-la comme il vous chante. Les médias lui avaient trouvé un joli nom…

— Votre muse est morte, si c'est à elle que vous faites référence.

Un petit rire amusé le secoue, et il se renfonce dans le canapé, les bras en croix.

— Je vois. Elle a profité d'un statut de repentie et vous avez été chargé de sa réinsertion, c'est cela ?

Romain sent la situation lui échapper comme la peau lisse et glissante d'un poisson entre ses doigts. Il remue la tête, les sourcils froncés, ouvre la bouche pour répliquer, mais di Ferro le prend de vitesse.

— Si encore vous aviez inventé autre chose. Un accident fatal, une vengeance de la part d'un de mes concurrents… Tout mais pas cette histoire de train. Voyez-vous, commandant, dit-il en se levant, on parle d'une personne capable de ça.

À peine debout, il extrait le bas de sa chemise de son pantalon, la tire vers le haut pour dévoiler son abdomen. Une vilaine cicatrice en forme d'accent circonflexe surplombe son nombril.

— Sa réponse à ma proposition d'avoir un enfant,

de fonder une famille. Du travail bâclé, réalisé sous le coup de l'émotion, précise-t-il sur le ton de la confidence. Je lui avais pourtant montré comment s'y prendre.

Il laisse Romain admirer l'œuvre de sa compagne. Ce geste qui a failli le mettre définitivement hors d'état de nuire. Si Madeleine était allée jusqu'au bout, elle se serait épargné bien des tracas. Elle en aurait également épargné à Romain.

— Vous saisissez mieux de quel genre de femme il s'agit ? demande di Ferro une fois ses vêtements de nouveau en ordre. Elle ne se serait jamais suicidée. Ou, si elle s'y était résolue en dernière extrémité, elle aurait monté une mise en scène pleine d'éclat.

Satisfait de sa démonstration, il dévisage Romain en silence. Une poignée de secondes s'écoulent, chacune plus oppressante que la précédente. Romain ne voit plus l'utilité de nier l'évidence. S'il continue de formuler ses phrases au conditionnel, c'est juste pour la forme. Et la survie de son amour-propre.

— Et si elle était vraiment en vie… Vous n'auriez pas envie de la retrouver ?

— Pour quoi faire ? lâche le vampire en haussant les épaules. Ce que nous avons vécu ensemble était unique, commandant. Mais c'est du passé.

— Vous pourriez renouer. Votre… affection est peut-être encore réciproque.

— Je n'en doute pas une seconde. Mais je préfère qu'elle vive sa vie, plutôt que se morfondre dans ce coin pourri pour profiter d'une stupide visite hebdomadaire. Mon existence n'est pas ennuyeuse au point d'exiger ça d'elle. Je reçois assez d'attention de la part d'admiratrices. Certaines jeunes femmes débordent d'imagination et d'audace.

Romain balaye cette allusion lubrique et le regard qui l'accompagne d'un geste de la main.

— Vous ne lui en voulez pas du tout ?

— Pour ça ? demande-t-il, l'index pointé vers son ventre.

— Pour vous avoir trahi.

Romain a droit à un regard compatissant, le genre qu'on décoche à un élève un peu lent.

— Elle ne m'a pas trahi, commandant. Ni en m'assenant ce coup de couteau ni en me dénonçant à la police. En fait, elle m'est toujours restée fidèle. Et surtout, elle est restée fidèle à elle-même.

— Dites plutôt qu'elle est demeurée telle que vous l'avez façonnée.

Un éclat de rire semblable à des aboiements secs lui fait renverser la tête en arrière. L'étincelle malsaine habite de nouveau ses yeux, et elle perdure une fois son hilarité calmée.

— Parce que vous me pensez mauvais au point de transformer par simple contact n'importe quelle jeune femme innocente en diablesse ? Détrompez-vous, commandant. Ma muse avait cela en elle. Comme nombre d'autres, d'ailleurs. Ce délicieux attrait pour la perversion, il était inscrit dans ses gènes.

Peu convaincu, Romain ne peut s'empêcher de faire la moue. Son interlocuteur s'en amuse et le sermonne gentiment :

— Ne croyez pas tout ce qui sort de sa jolie bouche,

mon ami. Mais si vous voulez une preuve de ce que j'avance, demandez-lui donc ce qui est advenu de sa famille. Et d'où elle tire son aversion pour les enfants. Vous risquez d'être surpris.

22

Ça a recommencé.

À plusieurs reprises. Certaines fois, la déconnexion dure à peine deux ou trois secondes. Ça me permet de donner le change, de faire comme si. Les témoins de ces défaillances me prennent pour une rêveuse, la tête dans la lune. Et moi, j'essaye de me convaincre qu'il s'agit d'un malencontreux effet secondaire, un cadeau à retardement offert en catimini par les jolies poudres scintillantes ayant visité mes narines, mes sinus et d'autres recoins de mon crâne – et, visiblement, rongé quelques neurones à la fin de leur voyage. Je n'ai heureusement jamais consommé de manière régulière. Juste pour pimenter quelques folles soirées en compagnie de Luca.

Cette explication somme toute plausible vaut pour ces courtes absences. Mais pas pour celle dont je viens d'émerger. J'ai dû parcourir quatre ou cinq kilomètres durant mon black-out. Au petit trot, sur ce terrain, cela équivaut à trente minutes environ. Il vaudrait peut-être mieux que j'abandonne la course à pied, si cela me met dans un tel état méditatif. Ou que je crée une secte. Voyage astral garanti en compagnie du gourou Maddy, pour la modique somme de mille balles par mois et une paire de baskets. Je vais y réfléchir.

Avant cela, j'aimerais savoir pourquoi mon subconscient m'a dirigée jusqu'ici. À travers l'entrelacs de buissons dans lequel je progresse tant bien que mal, je distingue le miroitement des rayons du soleil sur des eaux claires. Celles du lac. Plus aucune sortie n'y a été organisée depuis la mort de Corentin. Les gamins ne l'ont pas réclamé, de toute manière. Une preuve de respect intuitive et générale envers leur camarade disparu. Je n'y suis pas non plus retournée, même seule. L'endroit est pourtant magnifique. Je me souviens encore à quel point il m'avait apaisée. Du moins jusqu'à ce que…

Le sentier que j'ai emprunté est tortueux au possible. Mon subconscient abrite une part sournoise, pour m'obliger à me frotter à des ronces et à sauter entre deux cailloux traîtres, plutôt que de suivre le chemin bien délimité, une dizaine de mètres en contrebas. Je vais pour le rejoindre, mais reste figée au moment de m'extraire pour de bon de ce fouillis végétal.

Je ne suis pas seule.

J'aperçois d'abord une silhouette masculine, postée sous un arbre surplombant le lac. Celui au bas duquel j'avais fait une sieste, ce jour-là. De toute évidence, l'homme n'a pas envie d'être remarqué. Caché dans l'ombre, il se dandine d'un pied sur l'autre. C'est à ce mouvement un brin lourdaud que je le reconnais. Je me tords le cou pour suivre son regard et comprendre ce qu'il épie avec autant d'application. Et oscille entre hilarité et indignation.

Planqué derrière son tronc, Crousti reluque Ariane. La douce, timide et parfois bizarre Ariane, qui barbote dans le lac en tenue d'Ève.

— Coquine…, je souffle entre mes dents.

L'homme à tout faire des Trois Nuages savoure manifestement le spectacle. Une fois n'est pas coutume, je suis cent pour cent raccord avec lui. L'eau forme une pellicule scintillante sur le corps d'Ariane. Elle fait ressortir ses formes en courbes douces et illumine sa peau claire. Oui, sans hésitation, elle aurait plu à Luca. Un peu trop, peut-être. Des images à haute teneur en luxure défilent dans mon imaginaire, un flot que je peine à endiguer. Surprendre la naïade et son admirateur secret aurait été amusant, mais je préfère battre en retraite avant de me ruer vers le lac, me débarrasser de mes vêtements et faire des propositions indécentes à Ariane. Ça serait sans doute de trop pour Crousti et son *self-control*.

Je retourne à l'institut au petit trot, et sans que mon esprit joue à l'école buissonnière. Un bon point pour lui. Le hasard me jette pratiquement dans les bras d'Emilio lorsque je passe la porte d'entrée. J'en profite donc pour lui faire part de mes inquiétudes, griffures de ronces sur les mollets à l'appui. Il m'écoute avec attention et bienveillance. C'est la troisième fois que je m'ouvre à lui à propos de ces maudites absences, ces parenthèses de vide qui me perturbent tant, quelle que soit leur durée. Et pour la troisième fois, Emilio me tient un discours rassurant, presque identique au mot près. La course à pied, comme d'autres activités pratiquées à un rythme régulier, peut induire ce genre d'état proche de la transe.

Des zones de mon cerveau se mettent en pause, sans doute pour panser quelques plaies, digérer des traumatismes et se reconstruire. Ces phénomènes finiront par disparaître. En bref, je ne dois pas m'inquiéter.

Facile à dire. Ce n'est pas lui qui se transforme en somnambule, de jour comme de nuit. Et si mon subconscient décidait soudain de tester mes compétences en escalade en m'envoyant gambader sur le toit du manoir ? Ou pire, s'il s'avisait de combler mon manque de contact charnel en me guidant jusqu'à la porte de Pedro – ou d'Ours ? Je m'imagine me réveiller dans les bras du cuisinier velu et ricane malgré moi. Je pense être claire dans ma tête au sujet de mes attirances. Je l'espère, en tout cas.

Une cacophonie en provenance des salles de classe indique la fin d'un cours. Emilio m'abandonne pour rapatrier quelques pains de mie dans leurs quartiers. Les plus dégourdis me croisent dans un concert de rires nerveux et de hululements mal contenus. L'un des mômes se mue en statue de sel, comme s'il s'était retrouvé face à une gorgone. Je ne pensais pas avoir de tels pouvoirs sur Abel.

— Salut bonhomme. Qu'est-ce qui t'arrive ?

Je me rapproche en douceur, les mains bien en évidence. J'ai l'air d'une médiatrice face à une personne instable sur le point de sauter d'un pont ou de tirer sur le déclencheur d'une ceinture d'explosifs. Des tremblements naissent dans la portion de ses jambes maigrelettes qui émerge de son bermuda, et se propagent en vagues successives.

— Abel ? Tout va bien, poussin ?

Je m'accroupis pour me retrouver à sa hauteur, hésitant à le prendre dans mes bras. Mais au moment où je me décide, un frisson dégringole le long de mon échine, comme si j'avais hérité de ceux d'Abel.

Son regard a changé. Je ne saurais expliquer pourquoi ni comment, mais il ne semble plus lui appartenir. Il renferme une maturité démesurée pour un gosse de huit ans. J'ai un mouvement de recul involontaire et manque de tomber à la renverse. Surtout quand Abel – ou l'adulte qui habite son corps à cet instant précis – ouvre la bouche pour m'ordonner :

— Pars. Va-t'en d'ici tant qu'il en est encore temps.

23

Le trajet lui a semblé dix fois plus long qu'il ne l'était en réalité. Romain a rejoué chaque réplique de son entrevue avec di Ferro, pestant contre sa mémoire faillible lorsqu'il ne se souvenait plus exactement d'une intonation ou d'un choix de vocabulaire. Un sentiment d'échec en a profité pour prendre ses aises, fleurissant comme une orchidée vénéneuse dans sa poitrine. Des coups d'épine à chacune de ses respirations. Il avait fallu à peine deux minutes au vampire pour deviner le but de sa visite. Tu parles de dossiers confidentiels, de département à l'organisation parallèle. À croire qu'il avait eu accès à son CV avant de le rejoindre. Vu la déférence avec laquelle les matons le traitent, c'était peut-être le cas.

Romain s'est rarement senti aussi stupide. Un débutant, remis à sa place avec élégance par un monstre en chemise impeccable. Di Ferro a-t-il fait part de ses soupçons – non, de ses certitudes – à un de ses proches quant au décès de Madeleine ? Il a assuré à Romain ne pas vouloir la retrouver, mais un de ses anciens sbires en mal de reconnaissance pourrait essayer de s'en charger pour lui. L'issue de telles retrouvailles ne serait sans doute pas favorable.

Il ne reste plus qu'à espérer que rien n'ait fuité sur l'endroit où se trouve Madeleine. Pour cela, et même si cette étape sera douloureuse, Romain se doit de vérifier un point.

En affrontant l'homme de sa vie.

La pluie qui l'a accompagné sur les derniers kilomètres s'est réduite à une bruine tiédasse qui lui colle au front sitôt qu'il sort de sa voiture. Romain se hâte jusqu'à l'entrée du bâtiment de verre, salue d'un signe de la main le jeune gars à l'accueil. Il n'a jamais compris à quoi ce type passait ses journées, sinon à se morfondre en attendant un potentiel appel téléphonique à transférer.

Les locaux de Sagitta, la société d'Issam spécialisée dans les systèmes GPS, occupent près de trois mille mètres carrés répartis sur deux étages. La décoration, avec ses bureaux ouverts et ses coins *lounge* très tendance, est digne des mastodontes d'Internet venus des États-Unis. Tables hautes flanquées de sièges colorés, panneaux en bois sur lesquels cascadent des plantes vertes, petites alcôves discrètes… Romain s'y verrait mieux passer un dimanche pluvieux, allongé sur un des canapés moelleux, plutôt que d'enchaîner séances, *workshops* et autres réunions aux noms exotiques.

L'agencement semble toutefois motiver ses collaborateurs, puisqu'il ne croise que des mines concentrées jusqu'au bureau d'Issam. Là encore, transparence et ouverture règnent. Ni murs ni pan de verre, son espace personnel n'est délimité par aucune cloison. Son visage bleui par la réverbération de son écran, Issam malaxe sa lèvre inférieure entre son pouce et son index, les sourcils froncés. Une manie plutôt mignonne, signe d'une intense réflexion.

— Arrête, ça va creuser ta ride du lion, taquine Romain.

Issam quitte son écran et cligne des yeux à deux reprises, comme s'il ne croyait pas ce qu'il voyait.

— Qu'est-ce que tu fais là ?

Charmant accueil. Romain en a connu de plus agréables.

— Il faut qu'on parle.

De nouveaux battements de paupières. Personne n'entend volontiers ce genre de phrase, surtout venant de sa moitié. Romain ne s'évaporant pas en fumée comme un mauvais rêve, Issam consulte sa montre.

— J'ai un *call* avec des fournisseurs canadiens dans quinze minutes.

— Ça devrait suffire. On peut se trouver un endroit plus… privé ?

Issam se lève au ralenti, repousse sa chaise, puis lui fait signe de le suivre. Une hésitation dans le hall d'entrée – cafétéria au deuxième ou parking – puis il sort du bâtiment et marche jusqu'à une rangée d'arbres rabougris.

— Alors ? Que se passe-t-il ?

— Madeleine, répond Romain.

Il hausse les mains, paumes vers le ciel, pour signifier son incompréhension.

— Quoi, Madeleine ?

— Je n'ai jamais prononcé ce nom devant toi, Issam. Je l'appelle « la princesse ».

Le visage d'Issam s'éclaire soudain. Il laisse échapper un rire soulagé, puis se rapproche de Romain.

— Ah, il est question de ça ? Bon sang, tu m'as fait peur, mon cœur. J'ai cru que tu venais rompre.

Il cherche à le prendre dans ses bras, mais Romain recule. Un reste tenace de vieilles habitudes, un automatisme dont il ne parvient pas toujours à s'affranchir – et qui froisse Issam, il s'en rend bien compte. Il continue malgré tout.

— Explique-moi comment tu connais ce nom.

Issam digère vite ce pas en arrière et ce qu'il implique. Un sourire fleurit sur ses lèvres.

— Tu parles dans ton sommeil, dit-il avec tendresse. Je n'ai jamais osé te le dire, de peur que ça te fasse flipper. De toute évidence, j'avais raison.

— Comment ça ? contre Romain, perturbé par cet aveu. Je dis quoi, exactement ?

— Rassure-toi, la plupart du temps, c'est indistinct. Ou sans queue ni tête, comme quand tu répètes trois fois « gauche droite » ou que tu scandes « pistaches, lames de rasoir », assis dans le lit.

Il s'amuse de la teneur de ces monologues absurdes avant de préciser :

— Pour ce qui t'inquiète… Il y a quelques nuits, tu m'as soudain attrapé l'avant-bras, tu t'es penché sur moi et tu as grondé quelque chose du style : « Arrêtez de jouer à la princesse, Madeleine. » Je ne me souviens plus exactement quand c'était. Tout ce que je sais, c'est que tu t'étais absenté à cause d'elle la veille. Et que j'ai eu un mal de chien à te convaincre de me lâcher.

Romain prend quelques secondes pour encaisser. Un

tel contrôle, une telle discipline pour ne rien révéler de ses secrets professionnels, tout ça pour se mettre à les seriner sur l'oreiller… En voilà une belle abdication inconsciente.

Une petite voix lui intime d'en rester là. D'accepter l'étreinte d'Issam, de lui présenter des excuses pour son arrivée fracassante, pour ses divagations nocturnes. Effacer l'ardoise avec son homme, puis continuer dans cette voie en se rendant au bureau. Chercher une éventuelle taupe du côté de ses collègues. Ou mieux : demander à être dessaisi du dossier de Madeleine. D'être muté, tant qu'à faire. La retraite n'est pas si loin. Il pourrait terminer sa carrière tranquillement, à trier des procès-verbaux dans un bled paumé.

Mais il étouffe cette petite voix. D'autres ombres planent au-dessus de lui et d'Issam. Il veut les évacuer, quitte à attiser le feu qu'il aurait pu éteindre d'un seul geste.

— Est-ce que tu sais où je me suis rendu, ce jour-là ?

— Comment aurais-je pu le savoir ?

— Tu conçois des traceurs miniaturisés, Issam.

Cette fois, le visage de son homme se ferme comme une paire de volets qu'on claque. Il accuse le coup et rétorque d'une voix glaciale :

— Tu me soupçonnes de t'espionner, Romain ? d'être à la solde de criminels ? Une mafia des Balkans, ou l'État islamique, tant qu'on y est, voyons grand ! Un Arabe comme moi, qui trafique avec des puces GPS, on ne sait jamais, après tout !

Son emportement est légitime. Le délit de faciès est une chose qu'il a expérimentée si souvent. Dans sa jeunesse comme aujourd'hui, dans la rue, à l'aéroport, lors de négociations avec des partenaires financiers. Et maintenant, avec l'homme qui partage son lit, la personne censée le soutenir quoi qu'il arrive.

— Je suis désolé de te poser de telles questions, mais avec mon métier…

— Oh, s'il te plaît, ne te cache pas derrière ton job.

— … j'y suis obligé, Issam, termine-t-il sans relever son interruption désabusée.

Issam le regarde avec froideur, le menton haut et les bras fermement croisés sur la poitrine.

— Bien, finit-il par lâcher. Crache le morceau. Avec qui pourrais-je avoir des connivences ?

— Le nom de Luca di Ferro te dit quelque chose ?

Une expression de surprise anime les traits d'Issam. De la surprise, aussitôt suivie de dégoût. Pas d'inquiétude ou d'angoisse. Lorsqu'il reprend la parole, c'est à mi-voix et penché en avant.

— Sérieusement ? Selon toi, je serais en contact avec ce monstre ? Sais-tu seulement combien de jeunes Syriennes ont transité dans ses réseaux ? Une de mes petites-cousines en faisait partie ! Comment peux-tu t'imaginer une chose pareille, Romain ?

Il a terminé sa tirade le visage à cinq centimètres du sien. Romain ferme les yeux. Il s'est rarement senti aussi minable. Même pas capable de s'excuser correctement, puisque tout ce qui sort de sa gorge est un « désolé » pathétique. Il perçoit qu'Issam se redresse, qu'il tente de calmer sa respiration hachée par la colère.

— J'espère bien que tu es désolé. Sur ce, je vais retourner bosser. Les Canadiens m'attendent.

Ses talons crissent sur le gravier. Romain rouvre les yeux juste à temps pour le voir lui faire face une dernière fois.

— Trouve-toi un endroit où dormir ce soir, ce sera mieux. Et profite de ta nuit pour travailler tes excuses.

Plus d'autre regard en arrière. Romain chancelle jusqu'à un des arbres, pose une main tremblante sur son tronc humide. L'écorche rêche s'imprime dans sa paume, et soudain, il réalise qu'il est resté en apnée depuis sa pitoyable tentative de défense. Une inspiration qui lui brûle les poumons, un haut-le-cœur. Il s'arque contre l'arbre maigrichon, prêt à sentir son estomac se révulser, mais rien ne vient.

Les pires tempêtes sont celles qui font rage à l'intérieur.

Le volant de sa voiture fait les frais de son désarroi. La minute d'autoflagellation passée, il démarre le moteur et roule vers la sortie du parking. Où aller ? Il a bien quelques amis qui l'accueilleraient sans souci, mais leur expliquer pourquoi il se retrouve à la rue lui semble au-dessus de ses forces. Pas facile d'avouer qu'on a été un abruti sur toute la ligne.

Un coup de klaxon le fait sursauter. Il n'a toujours pas dépassé les triangles du « Cédez le passage ». Avec un signe de la main, il s'engage dans le trafic, direction le 17e arrondissement. Direction le Bastion. Personne ne viendra lui chercher des poux dans son bureau, même s'il y passe la nuit.

Armé d'un sandwich et d'une bouteille de soda, il s'enferme dans son antre et rouvre le dossier qu'il avait soigneusement compilé pour Madeleine. Les mentions sur sa famille sont rares. Romain ne s'y est jamais attardé. À sa décharge, il n'avait aucune raison de le faire.

Cette famille n'existe plus.

En creusant un peu, Romain tombe sur un entrefilet dans un quotidien local, catégorie faits divers. Photo à l'appui, le journaliste revient sur un terrible incendie ayant ravagé une ferme et une partie des serres attenantes. Un drame qui a coûté la vie au couple de maraîchers responsable de l'exploitation. Les parents de Madeleine.

Orpheline, Madeleine n'avait ni oncle ni tante. Plus aucun proche. Le dernier rameau tordu de son arbre généalogique. Romain s'en était assuré lorsqu'on lui avait confié le dossier, puis était passé à d'autres aspects de sa trajectoire. Mais cette fois, il continue à gratter autour de cet événement tragique.

Il comprend tout d'abord que Madeleine connaissait déjà son vampire à la mort de ses parents.

Puis il découvre un autre élément. Quelque chose qui pourrait éclairer bien des points obscurs… et en remettre d'autres en question.

24

Avant-hier, Abel m'intimait de quitter les Trois Nuages en des termes qui m'évoquent une période sombre de mon passé.

Et hier, Adrien a disparu.

Vingt sur vingt en ce qui concerne le *timing*, puisque l'annonce de sa disparition a relégué mes manquements et ma sale gueule au deuxième plan – les avertissements cryptiques proférés par un gosse possédé et les absences à répétition brouillent mon teint de pêche. Mais en dehors de ça, cet événement me chiffonne. Je rêve souvent de suspendre cet imbécile au lustre du hall d'entrée, tête en bas comme les gargouilles, et de l'oublier là l'espace de quelques heures. Toutefois, selon ses antécédents, il est fort probable qu'il ait fugué pour rejoindre ses parents. Pour la quatrième fois en moins d'une année. L'imaginer retourner volontairement à ses tortionnaires me hérisse le poil et me tord l'estomac. Des souvenirs impliquant la Mère et le Père bataillent pour franchir les digues de ma mémoire, des vagues poisseuses que j'ai du mal à contenir. Pour les contrer, je fais appel à une autre image, comme un talisman, un crucifix devant un démon. L'image de la ferme familiale en proie aux flammes. Je les réduis en cendres, encore et encore.

Dès qu'Adrien sera de retour, et qu'importe dans quel état physique et mental il se trouvera, j'aurai une petite conversation avec lui. En tête à tête. Pas de techniques de fertilisation des sols ni de verbes irréguliers au programme. Je prévois de lui apprendre comment couper le cordon, une bonne fois pour toutes. Ces liens ne se laissent pas rompre aussi facilement ; parfois, un peu d'aide est nécessaire. J'ai pu compter sur celle de Luca, et je lui en suis reconnaissante. Je le serai jusqu'à mon dernier souffle.

Cette évasion – compte tenu de la clôture qui encercle les Trois Nuages, le terme ne me semble pas galvaudé – rend les autres pensionnaires nerveux. La nouvelle s'est répandue comme une traînée de poudre au sein de l'établissement. Ses effets se ressentent chez tous les gamins, du plus indiscipliné des oursins jusqu'aux pains de mie les plus sensibles. Ils affectent également le personnel, dont moi. Avec Samia et Pedro employés à enchaîner les coups de téléphone, je me retrouve à gérer deux fois plus de monstres qu'en temps normal. La composition de la classe réunie devant moi n'obéit à aucune logique. Je me contente de les occuper, regrettant qu'Abel ne fasse pas partie du lot. J'ai hâte que Stef et Jean-Marc, les autres instits, reviennent de leur battue improvisée.

— Tu veux bien lâcher ça, cocotte ? Allez, donne-le-moi, s'il te plaît.

Je parviens à ôter une paire de ciseaux des mains

d'Estelle. Avec leurs pointes arrondies, je la voyais mal poignarder son voisin – même si j'aurais applaudi à ce geste, tant le gosse, Niels, me tape sur le système avec ses cris intempestifs –, mais elle serait capable de se les enfoncer dans le gosier, juste pour le fun. L'objet placé hors d'atteinte, je remarque l'attitude renfermée de Lola, assise deux rangs plus loin. Le dos courbé au-dessus de son pupitre, elle trace une sorte de tourbillon au stylo-bille sur un bloc-notes. Le vortex se mue en trou noir au fil des passages de la mine qu'elle appuie assez fort pour transpercer plusieurs couches du papier à carreaux.

— Ça va aller, Lola. On va le retrouver.

Ses doigts se crispent encore davantage sur son stylo, comme si elle voulait me le planter dans le ventre. Des restes de vernis vert pomme, vieux de plusieurs jours et écaillé aux extrémités, ne dissimulent plus grand-chose de ses ongles mâchouillés jusqu'à la chair. Avec lenteur, comme si elle cherchait à se contenir, elle relève la tête vers moi.

— J'espère bien.

Il y a de l'agressivité dans sa voix. Je ne saurais dire si elle est dirigée contre moi, contre l'équipe du pensionnat dans son ensemble, ou contre Adrien. Cette fugue pourrait lui valoir un statut de rebelle indomptable, de héros. Mais elle peut aussi bien le faire passer pour un ingrat, peu reconnaissant de la chance qui lui est donnée ici. Vu son attitude irritée, je suppose que Lola penche plutôt dans cette direction. Elle-même semble faire tout son possible au quotidien pour se racheter et gagner le droit de se réinsérer.

Niels recommence à hululer. Je ne savais pas que des cordes vocales humaines pouvaient produire de tels sons, à la fois rauques et aigus. En tout cas pas sans l'influence d'une douleur insupportable. Or, le môme ne souffre pas. Encore que. J'ignore ce qui se passe dans son corps, pour qu'il se tienne ainsi recroquevillé, les pieds tirés vers le haut comme s'il voulait éviter tout contact avec le sol. Ses nerfs flambent peut-être à l'unisson, résultante d'une connexion foireuse entre des lignes de neurones sclérosés. Ou alors, il se croit entouré d'alligators en quête d'un goûter.

Au fond, qu'importe l'origine de son stress. Comme je n'arrive pas à capter son attention, je finis par approcher une chaise vide de lui. Cuisse contre cuisse, je passe un bras par-dessus ses épaules, l'attire à moi. J'accompagne son mouvement de balancier tout en réduisant son amplitude à chaque aller et retour. J'ignore si ma manière d'agir est adéquate ou si, au contraire, elle est dangereusement contre-productive. Mais non, tout va bien, puisque Niels se relâche dans mon étreinte. Un dernier *ahouhou* digne d'un louveteau blessé et ses muscles se détendent enfin. Ses pieds regagnent le sol, sa tête s'enfonce davantage dans le creux de mon cou. Il bave contre mon décolleté, bordel, mais on s'en fiche, j'ai remporté cette partie.

L'instinct. Un instinct protecteur, un élan que je ne me serais jamais imaginé éprouver pour un enfant étranger, et surtout pas pour une de ces mauvaises graines. Là, entourée de ces gosses cabossés ou défectueux, je me sens tout à coup à ma place. Conforme à ce nouveau rôle. Une fille bien, cette Madeleine Lemans.

Saura-t-elle compenser les horreurs de ma première vie ?

Trois coups portés contre la porte ouverte me tirent de ma rêverie. Jean-Marc se tient sur le seuil, ses cheveux clairsemés plaqués sur son crâne et son front rouge écrevisse.

— Changement d'équipe. On a ratissé la partie sud, aucune trace.

Il entre d'un pas chancelant – pas pour rien qu'il n'assure pas les cours de sport – et se laisse tomber sur la chaise que j'occupais tout à l'heure, face aux élèves. Je me détache de Niels, contrecarrant ses regains de lamentations. Je devais faire un doudou agréable.

— Est-ce qu'on peut vous accompagner, m'dame ?

La question émane de Nathanaël, oursin et bon camarade d'Adrien – même parcours de violence, même comportement borderline, la vulgarité à mon égard en moins.

— C'est vrai, m'dame Maddy, on pourrait vous aider. On sert à rien, ici.

Dixit Julia, petite trisomique aux yeux globuleux derrière d'énormes lunettes et à l'éternel sourire XXL. Ses propos sont repris et appuyés par Lola. Les autres gamins se taisent, soit parce qu'ils n'ont pas capté l'affaire, soit parce qu'ils n'ont rien à cirer du destin d'Adrien. J'évalue ces trois volontaires du regard, interroge Jean-Marc qui me répond d'un haussement d'épaules. Fais comme tu veux, ma grande.

— Je n'y vois pas d'objection.

Avec ses jambes toutes courtes et sa démarche de canard, Julie ne sera guère utile s'il s'agit de battre les fourrés, mais lui donner un rôle dans les recherches, même minime, boostera sa confiance en elle. Et un adulte devra garder un œil sur Nathanaël. Il ne manquerait plus qu'un deuxième pensionnaire s'évapore dans la nature.

Bon sang. Je ne l'avouerais jamais à voix haute, pas même sous la contrainte, mais je crois que je commence à les apprécier, ces petits monstres.

Mes chers collègues accueillent l'initiative de mes trois recrues de façon mitigée. Ils renvoient le mètre cinquante et le chromosome supplémentaire de Julia dans le bureau avec Samia, mais enrôlent volontiers les deux autres. Pedro décide de former un binôme avec Nathanaël, qui semble réellement soucieux pour son ami. J'hérite pour ma part de Lola, d'humeur aussi taciturne que résolue. Elle démarre en direction du nord avant que les membres de l'équipe aient pu se concerter.

Notre chemin longe la route par laquelle je suis arrivée ici, quatre mois auparavant. J'aurais pu quitter les Trois Nuages à de nombreuses reprises, pour quelques jours de congé. Mais où aller ? Et pour quoi faire ? J'ai préféré rester dans cet étrange cocon formé par l'institut. *A posteriori*, il s'agissait peut-être d'une erreur. On se trouve toujours plus intelligente lorsqu'on regarde en arrière.

La forêt nous engloutit les uns après les autres et seuls nos appels nous permettent d'estimer à quelle distance se situe notre voisin de battue. Je crie le nom d'Adrien à intervalles réguliers – en fait, sitôt que le silence devient trop pesant. Au mieux de leur forme en cette fin de mois de juillet, les hêtres font les fiers, leurs branchages dirigés vers le ciel bleu. J'aperçois Lola en pointillé, lorsqu'elle passe entre deux troncs bordés de mousse moelleuse, d'un vert presque fluorescent.

Peu à peu, mes pensées s'égaillent et vagabondent, elles sautent d'une branche à l'autre, rebondissent sur des feuilles délicates, tourbillonnent dans les rais de lumière. J'oublie l'étrange mise en garde d'Abel et tout ce qui dansait dans son regard sans âge. J'oublie les brimades dont j'ai fait l'objet, j'oublie Corentin, son maillot de bain rouge flottant à la surface de l'étang, j'oublie Adrien, sa colère rentrée et sa hargne. J'oublie que le garçon a peut-être réussi à grimper dans un bus, direction Toulouse, puis un train pour Lyon, afin de retrouver ses géniteurs qui le feront une nouvelle fois chuter plus bas que terre. Ou que, faute d'argent, il a pu se décider à lever le pouce au bord d'une nationale, malgré les risques que cela implique. Encore que. En matière de danger, les retrouvailles qu'il espère valent plus ou moins une mauvaise rencontre dans la cabine d'un camion-remorque.

Mais il se peut aussi qu'il soit ici, dans l'enceinte de l'institut. Un coup de sang, un tour en forêt pour se calmer, une cheville foulée… Ou un simple besoin de s'isoler. Peut-être patiente-t-il quelque part, adossé à un tronc, à griller des cigarettes à la chaîne ou à se tripoter.

Ces possibilités m'effleurent à peine, mes sens trop à l'affût du moindre effluve, du moindre chant d'oiseau ou bruit dans les branchages, pour y prêter attention. L'étang et la vue unique sur les montagnes m'avaient apporté une impression de plénitude, mais ici, mes pieds enracinés dans le sol de la forêt, je me sens en paix.

C'est là tout le problème. L'univers tend vers l'équilibre, mais il est sans cesse taquiné par cette salope d'entropie. La paix, le calme, ça l'irrite, alors elle donne un coup de pied dans la fourmilière, juste comme ça. En bonne sournoise. Juste pour le plaisir de nous observer, paniqués, à courir dans tous les sens, à vouloir réparer ce qui est brisé à jamais.

Et ça ne manque pas.

Un cri, quelque part sur ma gauche. Je tourne la tête dans cette direction, aperçois Lola qui vient de se figer, en équilibre instable sur une souche à moitié pourrie. Le cri se répète, encore plus aigu, encore plus déchirant. Je sprinte jusqu'à Lola, attrape son poignet et l'entraîne derrière moi. Trente, cinquante mètres de course à tout casser. Un vrai marathon pour mon cœur qui ne cesse de scander «pas ça, par pitié, pas encore» à chaque battement.

Les cris se sont mués en pleurs, et ils sortent de la gorge de Nathanaël. Encerclé par les bras de Pedro, le gamin se débat comme si on l'avait raccordé à une ligne de courant électrique et qu'il se mange des milliers de volts. Je ne comprends pas tout de suite la raison d'une telle crise.

J'avance encore. Dépasse une rangée de sapins. Et là, je le vois.

Adrien. Suspendu par les bras à une branche haute, dans une pose quasi christique. Son menton effleure sa poitrine, sa tête placéc légèrement de côté.

Par réflexe, je tente de tirer Lola derrière moi. De la protéger de ce spectacle abominable. Rien à faire. La jeune fille est paralysée, les yeux rivés à son camarade, à cet ange déchu offert en pâture aux corbeaux.

Alors je le regarde plus en détail, moi aussi. Le réseau de cordes ayant servi à le hisser en l'air est complexe, mais diablement efficace. Ses pieds nus effleurent à peine le sol. Je crois d'abord qu'il porte un tee-shirt rouge foncé sans manches, mais il n'est vêtu que d'un caleçon à la teinte indéfinissable. Ce rouge, il provient du sang qui s'est écoulé de sa jugulaire, tranchée avec un couteau dont la lame repose désormais entre deux de ses côtes, la pointe dirigée vers le cœur.

Exactement comme Luca m'a appris à le faire.

25

La pression sur ses tempes ne lui apporte aucune réelle détente. Son sang continue à battre rageusement sous la pulpe de ses doigts, charriant toxines et autres éléments nécessaires à concocter une migraine de première classe. Dehors, le jour peine à s'imposer. Une petite brise agite les branchages d'un buisson fleuri. Le crissement de ses feuilles contre les vitres confère une ambiance de décor de film d'horreur bon marché à la salle de classe, cela malgré la lumière crue des néons.

— Laissez-moi résumer ce merdier, Madeleine.

Les huit heures de route entre Paris et l'institut ont mis à mal la capacité de synthèse de Romain. Il s'était pourtant promis de ne plus jamais effectuer ce trajet. Les points hebdomadaires par téléphone auraient dû suffire, pour assurer le suivi. C'était sans compter sur ce coup de fil inattendu de la part de Madeleine. Et cette phrase, prononcée d'une voix blanche, en guise de salutations.

Il y en a eu un autre.

La tension nerveuse s'ajoute à sa fatigue. Romain est debout depuis presque vingt-quatre heures, et ses dernières nuits ont été agitées. À ce stade-là, tact et patience ne font plus partie du catalogue de ses qualités.

— Un gamin qui se branlait devant votre porte pour vous harceler est retrouvé mort. Mais pas n'importe comment, non. Il a été poignardé de la même manière que les victimes de votre charmant vampire. Et vous…

Il désigne Madeleine d'un geste vertical. Malgré la température agréable, elle serre les bras contre elle, ses mains glissées dans les manches d'un chandail trop large. Cette posture lui rappelle celle qu'elle avait adoptée, seule dans une salle d'interrogatoire. Juste avant de sortir un couteau de son joli sac à main griffé.

— Et vous, vous espérez que je vous sorte de ce merdier. Non, pardon : vous l'exigez. Comme ça, sans discussion préalable. Je suis flic, Madeleine. Pas magicien, et encore moins votre laquais.

— Vous l'avez dit vous-même, commandant, réplique-t-elle avec un calme que dément sa mâchoire crispée. Le mode opératoire est identique. Quelqu'un au sein de l'institut sait donc qui je suis.

— Ou alors, c'est vous qui avez liquidé ce môme ! Proprement, comme on vous l'a appris !

La gifle l'atteint à la fin de sa dernière syllabe. Il ne l'avait pas vue venir. La main encore en l'air, Madeleine le dévisage comme si elle était surprise de sa propre audace.

Il a dépassé les bornes, d'accord. Il regrette ses paroles, mais ne s'excusera pas pour autant. Il devine que Madeleine ne demandera pas non plus pardon pour son geste. Un partout, balle au centre. Romain se met hors de portée en s'appuyant contre le pupitre du professeur. Madeleine, elle, ne bouge pas d'un pouce.

— J'ai souvent eu envie de tuer ce petit crétin. Mais franchement, Theven. Si j'étais passée à l'acte, vous pensez que j'aurais été assez stupide pour reproduire les pratiques de Luca ? argumente-t-elle. Et même si c'était le cas, comment aurais-je réussi à le suspendre à cet arbre, toute seule ? Il n'était pas très épais, mais il devait quand même me dépasser en poids.

Arrivé au beau milieu de la nuit, Romain n'a pas pu se rendre sur la scène de crime. Les gendarmes – les mêmes que ceux présents lors du décès du premier pensionnaire, mais dont le niveau de stress est passé de jaune à rouge pétant – lui ont toutefois permis de jeter un œil aux clichés de la scientifique. Le gamin a été hissé en position debout grâce à un ingénieux système de poulies. N'importe qui avec quelques connaissances en physique et un peu de détermination pouvait y parvenir. Pas besoin de muscles surdimensionnés, mais d'une certaine force de persuasion, puisque, à en croire les premières constatations, ce ficelage a eu lieu avant le coup de couteau fatal. Ses poignets n'étant entamés que sous les cordes, le garçon ne s'est même pas débattu.

Le – ou la – coupable est donc avant tout un maître dans la manipulation. À ce titre, Madeleine répond parfaitement au profil. Quand on sait échapper aux mailles du filet de la justice à la suite d'un aveu de complicité de meurtre, tout devient possible.

Romain en a la certitude désormais. Cette femme est une sociopathe. Reste à déterminer la profondeur de ses déviances.

Une nouvelle tentative de pression sur les tempes, tout aussi infructueuse que la précédente. Romain quitte son appui et recommence à faire les cent pas. Il a l'impression de s'enfoncer dans des sables mouvants. Il pourra se débattre autant qu'il le voudra, la masse gluante autour de lui continuera à l'engloutir. Et, bien en sécurité sur la terre ferme, Madeleine profitera du spectacle. Il l'imagine qui lui fait un petit signe d'une main, l'autre lestée d'un verre à cocktail bardé de tranches d'ananas et de cerises confites. Cette image lui fournit un coup de fouet salvateur.

— Me pensez-vous à la solde de di Ferro, Madeleine ?

Cette question à brûle-pourpoint la surprend. Elle le considère une seconde en silence, puis, d'un ton qui se veut persuasif :

— Je n'ai jamais rien insinué de tel, commandant.

— Voilà qui me rassure. J'ai tout vérifié, des évidences jusqu'au plus infime détail avant de vous placer ici. Personne ne connaît votre identité.

— Mais Adrien…

— Adrien a reçu deux coups qui rappellent les méthodes du vampire, je vous l'accorde. Mais son cadavre a été laissé bien en évidence. Une mise en scène absente des meurtres de di Ferro. Ses victimes ont été abandonnées comme de vulgaires déchets et n'ont été retrouvées que grâce à un heureux concours de circonstances.

— Vous pensez que celui qui s'en est pris à Adrien n'a rien à voir avec Luca… ou moi ?

— C'est l'hypothèse la plus plausible. Et celle qui me vexe le moins, je dois l'avouer.

Savoir Madeleine compromise impliquerait qu'il aurait bâclé son travail. Ou pire, que quelqu'un aurait fouillé dans ses dossiers et vendu des informations cruciales au plus offrant. Un collègue, un autre flic du 36 assez doué pour hacker son ordinateur. Ou Issam. Romain n'a plus osé aborder le sujet après leur discussion à son bureau. Il a préféré se cacher la tête dans le sable, en bonne autruche. Agir comme si de rien n'était, comme s'il n'avait jamais rien entendu. Il sait pourtant que, même emprisonnés, des hommes comme Luca di Ferro restent influents. De tels réseaux ne s'effondrent pas aussi facilement, et certains membres demeurent loyaux à leurs fondateurs, coûte que coûte. De là à imaginer que l'homme de sa vie collabore avec une organisation de ce genre… Non, il préfère ne plus l'envisager.

Madeleine s'écroule sur une chaise.

— Alors, vous allez me laisser ici.

Une constatation teintée de regrets. Une preuve de plus de son côté machiavélique, sans doute. Est-elle capable d'aller jusqu'à assassiner un enfant pour quitter cet endroit ? Romain se force à mettre cette éventualité de côté. Il se doit de continuer à la considérer comme innocente. Rester neutre et professionnel jusqu'au bout.

— Vous exfiltrer ne servirait qu'à diriger les regards sur vous, Madeleine. Et je ne peux pas vous réinventer une vie tous les six mois.

— Les gendarmes vont interroger tout le monde. Passer au crible aussi bien mon emploi du temps des derniers jours que mon parcours avant les Trois Nuages…

— Ils fouilleront dans le passé de Madeleine Lemans, oui. Ça tombe bien : elle n'a rien à se reprocher. Ils ne trouveront aucune faille, croyez-moi. Vous n'avez pas de souci à vous faire.

Sauf si, bien entendu, vous êtes responsable de ce meurtre. Madeleine relève la tête comme si elle avait entendu cette dernière phrase, que Romain n'a pourtant pas formulée. Elle la digère en un clin d'œil, reprend sa posture habituelle, le menton bien haut et le regard assuré. Romain n'ajoute rien. Les choses sont claires entre eux.

Il prend congé d'un hochement de tête, referme la porte derrière lui. Deux gendarmes en uniforme patientent dans le couloir. La major Dupuy, qui l'a accompagné jusqu'à l'étang où le jeune Corentin s'est noyé, et son supérieur.

— Elle est tout à vous, annonce Romain avec un signe du pouce vers la salle de classe.

— Vous la jugez en état de nous parler?

— Elle s'est calmée, oui.

Pour repousser sa déposition, Romain a dû broder sur son prétendu traumatisme et la peur de l'homme auquel elle cherche à échapper. Une chance qu'il ait également fignolé cette autre identité fictive.

— Ça fait beaucoup pour une seule personne, compatit Dupuy.

Romain acquiesce, songeur. Qu'ils la mettent donc sur le gril. Lui ne sait plus à quoi s'en tenir. Le contrecoup, cumul de stress, mensonges, fatigue et échanges sur le fil du rasoir, le rattrape d'un coup. Un vertige l'oblige à se stabiliser d'une main contre un mur. Il laisse passer la vague, puis rassure les gendarmes.

— Un coup de mou. Je vais essayer de trouver un

endroit où me reposer. Vous avez mon numéro, n'hésitez pas à m'appeler si je peux me rendre utile.

Le soleil pointe alors qu'il traverse le hall. Ses rayons viennent illuminer les visages sévères encadrés çà et là, donnant à Romain l'impression d'être jugé par une cour d'assises. Il les défie du regard, l'un après l'autre. Sa conscience est tranquille. Il n'a à rougir d'aucune de ses décisions.

Tout à son introspection teintée de lassitude, il ne remarque pas Emilio. Le directeur se hâte pourtant vers lui. Il ralentit lorsqu'il arrive à son niveau, puis se risque à poser une main sur son épaule.

— Désolé, Romain, je…

— Non, c'est moi. Écoute, je suis crevé. Est-ce que je pourrais m'allonger quelque part ? Rien qu'une heure ou deux ?

— Ça… Je ne pense pas que ça sera possible.

— Pas besoin de préparer une chambre avec lit à baldaquin, tique-t-il. Je me contenterai d'un bout de moquette.

— Non, tu ne comprends pas.

Son inquiétude saute tout d'un coup à la figure de Romain. Il hésite, comme gêné, puis précise :

— Quelqu'un manque à l'appel.

26

Crousti – de son vrai nom Christophe Maury – compte parmi les plus anciens employés des Trois Nuages. Il s'occupait déjà de l'entretien du manoir avant sa réhabilitation en institut. C'est dire s'il connaît bien les lieux.

Pourtant, il reste introuvable.

L'homme âgé de quarante-neuf ans a eu quelques problèmes psychologiques dans sa jeunesse. Un désordre bipolaire qui l'a conduit plusieurs fois à l'hôpital psychiatrique, avant d'être enfin correctement pris en charge et traité. Depuis, aucune rechute, aucune décompensation. M. Maury s'est montré d'une stabilité remarquable au sein des Trois Nuages. Emilio et les autres membres du staff le décrivent comme un homme taciturne, un peu lent à la détente, mais bosseur et consciencieux.

— Il a de la famille ? demande l'un des gendarmes.

Penché sur la serrure de l'atelier de l'homme à tout faire, un énorme trousseau de clés à la main, Emilio répond avec un temps de retard.

— Pas dans les environs. Crousti vit ici à l'année. Il quitte l'institut pour les vacances de Noël, qu'il passe chez ses parents en Haute-Savoie. Bon sang, je ne trouve pas la bonne ! peste-t-il.

D'un geste brusque, il dégage la clé coincée dans le canon de la serrure, puis lève le trousseau à hauteur d'yeux. Romain cherche à le calmer d'une main posée sur son épaule.

— Donne.

La lumière du jour naissant ne suffit pas à y voir assez clair. Il fait signe à la major Dupuy de braquer sa lampe-torche sur la collection disparate, puis tente sa chance. La porte se déverrouille au quatrième essai.

Selon les explications du directeur, l'antre de Crousti est composé de deux parties. La première est un cabanon en bois, un espace supplémentaire accolé à l'atelier d'origine, une pièce borgne logée dans une des extrémités du manoir. On y retrouve l'outillage nécessaire aux travaux quotidiens. Les objets les plus dangereux sont consignés dans la deuxième partie, protégés par une nouvelle porte close.

Sans se concerter, Romain et Dupuy pénètrent dans le cabanon, laissant les autres derrière eux. Le faisceau de la torche balaye les parois comme pour un inventaire. Barils de produits désherbants ou antinuisibles, pains de savon noir, tas de chiffons, pelotes de ficelle, vis et clous classés par taille et soigneusement rangés sur des étagères. Après une minute ou deux, la gendarme se tourne vers Romain, sa torche pointée comme un index accusateur sur une longueur de cordage abandonnée – ou dissimulée – derrière un bocal en verre contenant des boulons.

— Oui, ça pourrait correspondre.

La corde ressemble comme deux gouttes d'eau à celle utilisée pour le supplice d'Adrien. Mais cela ne constitue pas une preuve de culpabilité. Pas plus que la remarquable absence du maître des lieux. Romain avance encore un peu dans la semi-obscurité, concentré sur un seul de ses sens. L'odorat.

— Vous sentez ça?

La major le rejoint en deux enjambées. Sa torche valse le long des parois, des boîtes en carton disposées sous l'établi, puis file en direction de la porte du fond.

— Merde, souffle-t-elle.

Un hurlement lui répond depuis l'autre partie de l'atelier. Une plainte inarticulée qui hérisse les poils de la nuque de Romain. Ce cri, c'est l'expression d'une douleur pure.

Gendarme et flic s'élancent comme un seul homme sur le battant. Un mince filet de fumée s'échappe de l'interstice au bas de la pièce en bois. L'odeur se fait plus prégnante. Comprenant qu'il ne trouvera pas la bonne clé à temps, Romain balance le trousseau et entreprend de défoncer la porte à coups de pied. De l'autre côté, les cris gagnent encore en intensité. Personne ne devrait être amené à hurler de la sorte. Pas même en enfer.

Sa gorge commence à piquer, mais il continue à cogner de toutes ses forces contre le panneau qui ploie à chaque heurt. Dans son dos, Dupuy fouille frénétiquement les étagères, à la recherche d'un pied de biche, d'une hache, ou n'importe quoi susceptible d'accélérer leur tentative de sauvetage. Ce genre d'outil doit hélas être rangé dans l'autre partie. Une mesure de sécurité supplémentaire.

Un coup après l'autre, les sinus saturés d'un mélange d'essence, de bois et de chair brûlés. Jusqu'à ce que sa chaussure traverse le contreplaqué. Romain reste coincé une fraction de seconde, se débat pour se dégager et finit de briser le centre du battant. Il est le premier à pouvoir se ruer dans l'atelier. Le premier à découvrir le spectacle. Macabre. Atroce.

Perché sur un tabouret, les jambes léchées par des flammes, Christophe Maury se convulse. Ses cris se font de plus en plus saccadés, de plus en plus faibles aussi. D'une main, il serre la chaîne qui entoure son cou. Son extrémité est fixée à un crochet au plafond.

Romain ne s'attarde pas sur les détails. D'un mouvement, il fait passer le col de son pull par-dessus sa tête. Dupuy ôte également sa veste et s'en sert comme protection pour approcher le supplicié. La vague de chaleur est presque aussi intolérable que l'odeur. Les bras levés devant leurs visages, ils continuent malgré tout à avancer.

Ils ne sont plus qu'à deux mètres quand Crousti arrête de crier. D'un coup, comme si on avait soudain coupé la bande-son d'une séquence de film d'horreur. Le regard porté droit devant lui, par-dessus les têtes des membres des forces de l'ordre, il se projette en arrière, faisant basculer le tabouret.

Et dans le même geste, il lance ce qu'il tenait dans sa main libre.

Un chalumeau.

Sa flamme bleutée tournoie dans sa chute, créant

une arabesque élégante qui s'imprime sur les rétines de Romain. Puis elle vient embraser le sol ruisselant d'essence. Le souffle de l'explosion les repousse comme de vulgaires brindilles, le noir l'emporte sur le rouge orangé.

Fin de la scène.

27

Des fragments de chaos déconnectés, en partie organisés. Voilà comment je décrirais l'ambiance étrange qui règne dans le manoir depuis ce matin. Elle me donne l'impression de me déplacer sur un plateau de tournage. Des figurants en costume de gendarmes ou en civil se croisent sans vraiment se calculer. Regards bas, foulées pleines de hâte, comme pour contrer une urgence. Mais la plupart brassent du vide.

Les enfants n'ont pas assisté au drame, Dieu merci. À cette heure matinale, ils dormaient encore, quelques-uns sous camisole chimique. Les événements de la veille les avaient déjà bouleversés. Oursins ou pains de mie, ces gosses sont des éponges. À tout ressentir, même – et surtout – ce qu'on s'applique à leur dissimuler. À amplifier n'importe quel sentiment jusqu'à ce que ça déborde de l'intérieur. Garder un semblant d'ordre, avec le défilé de véhicules de secours et le va-et-vient des gendarmes, s'est révélé laborieux. Surtout quand les premiers parents ont débarqué. Une noyade accidentelle, passe encore, mais un meurtre suivi d'une autre mort aux circonstances floues, c'était trop. D'ici à la fin de la journée, les seuls gamins restants seront ceux placés par l'Assistance publique, ou ceux rangés dans une catégorie secondaire dans la liste des préoccupations de leurs géniteurs.

Le soleil, lui, se moque de ces considérations terre à terre. Il remplit parfaitement son cahier des charges pour cette fin de mois de juillet. Voilà pourquoi j'ai emmené mon petit groupe à l'extérieur. Sans concertation, les mômes se sont assis en cercle dans l'herbe, non loin d'un des massifs de roses de Crousti. S'il était encore de ce monde, il ferait des passages réguliers pour vérifier qu'aucune main maladroite ne s'égare sur les pétales délicats, qu'aucune chaussure ne dérange les copeaux de bois répartis autour des collets pour leur garantir une humidité optimale.

Son atelier, ou ce qu'il en reste désormais, est situé de l'autre côté du manoir. Les gamins lèvent pourtant la tête à intervalles réguliers et regardent dans cette direction, comme s'ils pouvaient voir les vestiges fumants au travers des murs de pierre rouge. Je finis par m'apercevoir que je copie leur manège. Quel que soit notre quotient intellectuel ou émotionnel, nous avons tous besoin de comprendre.

Alors que je lorgne une nouvelle fois vers le bâtiment, je remarque une flèche colorée qui se dirige droit vers moi. Julia, la petite trisomique pleine de ressources, a semble-t-il revêtu ce que sa garde-robe contient de plus beau selon ses standards. Le résultat la fait ressembler à un perroquet aux plumes chamarrées.

— Je viens te dire au revoir, souffle-t-elle, haletante d'avoir trotté aussi vite et aussi loin, juste avant de me tomber dans les bras.

Je souris dans cette étreinte spontanée et – à ma grande surprise – plutôt agréable.

— Tu retournes chez toi, Julia ?

Elle se dégage et me regarde avec sévérité au travers de ses lunettes en fond de bouteille, un peu comme si j'avais proféré une sottise.

— Mais non, rectifie-t-elle. C'est ici, chez moi. Là, je vais quelques jours chez mes parents, c'est tout.

Puis elle lève les yeux au ciel et ajoute, toujours avec son air supérieur :

— C'est juste le temps qu'ils se calment. Ils se font du souci, tu sais.

Elle conclut sur un soupir, et je ne peux m'empêcher de m'amuser de cette inversion des rôles. Si seulement tout le monde pouvait aborder la vie avec une telle candeur…

Julia salue ses camarades, me gratifie d'un dernier câlin et repart sur ses pas, cette fois sans précipitation. Je la vois disparaître à l'angle du manoir. Une seconde plus tard, Samia et Theven en émergent. L'éducatrice me pointe du doigt, puis échange quelques mots avec mon protecteur. Elle a un geste qui signifie « restez là », une version assez autoritaire pour que Theven l'écoute. J'ai un pincement au cœur. Même à cette distance, il semble mal en point. La posture courbée, la démarche traînante. J'espère qu'il a au moins pu se reposer un peu.

— Je te remplace un moment, annonce Samia en arrivant à mon niveau. Ton beau commandant aimerait te parler.

— Ce n'est pas *mon* commandant.

— Parfait, alors. Je peux avoir son numéro ? Je me

contenterais sans problème de la moitié de l'attention qu'il te porte.

Je laisse échapper un gloussement, entre amusement et nervosité. Si elle savait ce qu'il faut traverser pour mériter ce genre d'attention de la part de Theven…

En le rejoignant, je me sens un peu comme une adolescente à l'heure d'entrer dans le bureau du proviseur. Aucune idée de ce qu'on me reproche. Seule certitude : on va me faire la morale. Je tente une approche empathique en m'enquérant de son état. Et me heurte à un mur.

— Je ne sais pas quoi faire de vous, Madeleine.

Bien, nous ne parlerons donc pas des égratignures sur son visage ni de ses sourcils roussis. J'imagine qu'il ne sera pas non plus question de me trouver un autre nid plus douillet. Il s'est montré assez clair à ce sujet hier.

Et ma gifle n'a sans doute pas contribué à le faire changer d'avis. Je n'aurais pas dû, je sais. Pour une fois, c'est Madeleine qui a réagi, sans réfléchir ; une attaque, une riposte. J'ai de plus en plus l'impression que ma conscience s'est divisée, une fraction par tranche de vie. Avec une personnalité différente à la manœuvre chaque fois. Les autres ne disparaissent jamais entièrement. Elles ragent et trépignent au fond de moi, donnent leur avis à tout va, surtout quand on ne leur a rien demandé. Mais là, l'*alter ego* Madeleine a pris les commandes. Je m'en réjouis. J'apprécie cette fille, sa droiture, sa sensibilité. Sa fierté, aussi.

Oui, pour une fois, peut-être pour la première fois de ma vie, j'aime celle que je suis. Même si j'ai été façonnée par un autre, sur le papier. Et que je ne compte que quelques mois d'existence.

— Pourquoi, Theven ? Quelles sont vos options ?

Il commence à marcher à un rythme lent, les mains croisées dans le dos, et je lui emboîte le pas. Il semble souffrir du côté gauche, hanche ou cuisse. Ça rend sa démarche saccadée, presque robotique. Nous parcourons malgré tout une cinquantaine de mètres dans une drôle d'ébauche de valse à trois temps. Puis il regarde à la ronde avant de s'arrêter sur moi.

— J'en ai deux. Continuer à vous protéger en déviant l'attention que les gendarmes ne manqueront pas de vous porter… Ou vous placer en garde à vue pour double homicide.

Il me faut un moment pour encaisser, mon baromètre interne passant par toutes les émotions de mon catalogue personnel, plus quelques autres non répertoriées. Une certaine froideur l'emporte. Un mécanisme de défense hérité de mon ancien moi.

— Allez-y, commandant. Faites-vous plaisir, signalez-moi le début de ma garde à vue. Il est quatorze heures vingt, précisé-je après un coup d'œil sur ma montre. Épargnez-vous le reste du bla-bla, je le connais par cœur.

— Adrien s'est vidé de son sang, tout comme…

— Comme Irina, je sais. Et Silvja, et d'autres encore, sans doute. On en a déjà parlé.

Il émet un marmonnement songeur, et me fixe avec une acuité qui me fiche des frissons dans la nuque.

— Étonnant, ces coïncidences, non ?

— Il ne s'agit peut-être pas de coïncidences.

— En effet. Au fait, vous voulez bien me rappeler comment sont morts vos parents ?

Un sourire sans joie étire ses lèvres lorsqu'il se rend compte de ma surprise teintée de panique. Le Père et la Mère rient pour lui. À gorge déployée, et tout en me pointant du doigt.

— Ah oui, poursuit Theven comme s'il venait de se souvenir de ce détail. Ils ont péri dans un incendie. Plus ou moins comme ce pauvre vieux Crousti. Quel taquin, ce hasard, quand même…

Acculée, je me fige dans le silence, la tête haute. Je regrette certaines choses de ma vie passée, c'est vrai. Certaines décisions, certains actes. Pas tous. J'en revendique une partie. Et si ceux-là étaient à refaire, je ne changerais rien.

— Alors, Madeleine ?

Répéter encore une fois que je ne suis pas responsable de ce qui est arrivé à Adrien et Crousti ne servirait à rien. J'affronte donc le regard de mon accusateur en silence.

— Avez-vous tué vos parents ? insiste-t-il.

— Non. Maman a succombé des suites d'un cancer, papa dans un accident de la route.

Un rire sec, comme un aboiement cynique.

— D'accord. Qu'en est-il de Jasmine ?

Entendre ce nom me fait le même effet qu'un direct dans le plexus solaire. Souffle coupé, arythmie et douleur. Les frontières entre ces multiples moi fluctuent, incertaines, elles se superposent, se repoussent.

Mais tout cela n'est rien par rapport à la déferlante de souvenirs.

Un mur de flammes s'élève dans mon esprit. Elles noient les extrémités de mon champ de vision, colorent le visage blême de Theven. J'aurais voulu entendre leurs cris, cette nuit-là. Les voir zigzaguer dans la cour, vêtements et cheveux en feu, leur peau cloquant sous la chaleur infernale. Savoir que la fumée les a intoxiqués et asphyxiés dans leur sommeil m'a toujours frustrée. Trop doux. Trop clément.

Et je ressentais tout sauf de l'indulgence à leur égard. Luca en a été témoin, tandis que nous observions la ferme et les serres qui sombraient dans un océan de flammes.

— Jasmine n'existe plus, commandant.

— Pas plus que cette fillette enterrée à deux pas du corps de ferme. Des ouvriers l'ont découverte en terminant de déblayer les gravats. Encore une fois, par hasard.

L'émotion me submerge. Je ferme les yeux pour la contenir, mais c'est trop fort, impossible de lutter. Des flashs se succèdent derrière mes paupières closes, des évocations entre nostalgie et cauchemar. La silhouette tordue de Dalia, sa bouche de travers qui peinait à articuler, ses mains pliées en griffes et sans cesse agitées par des soubresauts nerveux. Et sa voix, sa voix sortie du néant qui grince à mon oreille :

— *Pars, Jasmine... Pars.*

Theven m'agrippe l'épaule d'une main ferme. L'image se disloque, déchirant les traits de Dalia.

— Qui était-ce ? Votre fille ?

— Ma sœur.

Dalia. Ses grands yeux bleus, sa silhouette chimérique,

tout en angles, son sourire innocent. J'avais douze ans quand la Mère l'a mise au monde à la maison. Seule et sans aucune aide. Le lendemain, elle retournait travailler, me laissant la charge de ce petit être étrangement silencieux. J'ai deviné très vite que quelque chose clochait. Qu'un bébé normal aurait dû bouger autrement, réclamer à boire de toute la force de ses poumons. J'imagine que la Mère l'avait compris aussi, et que c'est pour ça qu'elle me l'avait léguée. Qu'elle vive ou meure lui était bien égal.

— Elle est née avec un problème cérébral. Enfin, il s'agit de mon diagnostic. Mes parents ne l'ont jamais emmenée voir un médecin. Je ne sais même pas s'ils l'avaient déclarée. C'est moi qui m'en suis occupée jusqu'à… jusqu'à sa mort. Elle avait cinq ans, moi dix-sept.

Le flottement désabusé qui traverse le visage de Theven me fait serrer la mâchoire. Je me dégage de sa prise d'un geste irrité, puis poursuis avec plus de force dans la voix :

— J'ai détesté chaque seconde de ces cinq années. C'était trop dur. Trop lourd. La changer, la nourrir, la laver, veiller à ce qu'elle ne s'étouffe pas avec sa salive… Dès qu'elle a su parler – parce que j'ai réussi à lui apprendre ça alors que j'abattais le travail d'un ouvrier en plus de ses soins et du reste –, elle m'a encouragée à partir. À quitter cet enfer, même s'il fallait la laisser en arrière. Mais je suis restée, Theven. Parce que…

Je n'arrive pas à prononcer la suite. À mettre en mots l'amour que je ressentais malgré tout – malgré moi – pour cette petite sœur imparfaite. Malgré l'épuisement, les échecs, le vomi qu'il fallait récurer après plus de dix heures à trimer dans une serre humide et surchauffée, malgré les insultes et les coups récoltés pour ma lenteur. Le sourire de Dalia était certes tordu, mais il m'était réservé. Exclusivement.

— Désolé pour ça, dit Theven du bout des lèvres. Si j'avais su…

Je refrène un reniflement hautain et tourne les talons, mettant fin à la discussion.

Si ça avait été le cas, il ne m'aurait peut-être pas placée ici, parmi ces gamins à l'image de ma sœur. Difformes, défaillants, différents.

Mais peut-être que si. Pour me punir, d'une certaine façon. Et sans savoir que c'était peut-être la meilleure chose qui pouvait m'arriver.

Ou la pire.

28

— J'aimerais qu'on discute, tous les deux. De manière franche.

La major Dupuy attend son assentiment avant de s'asseoir en face de Romain dans le réfectoire désert. Un pansement court du bout de ses doigts jusqu'à son coude. Gaze stérile surmontée de bande élastique bleu marine. Elle remarque le regard de Romain et la fait tourner dans l'air.

— La couleur est très chic, vous ne trouvez pas ? Elle s'accorde parfaitement à mon uniforme.

— En effet. Ce qui se cache en dessous m'inquiète davantage.

— Brûlures au deuxième degré. Ça aurait pu être pire si vous ne m'aviez pas sortie de là aussi vite.

Son mouvement de surprise réveille quelques nerfs contrariés.

— Je… je n'en garde aucun souvenir, avoue-t-il. En fait, je pensais que c'était vous qui m'aviez tiré hors de la remise.

— Zut, je n'aurais rien dû dire et conserver cette aura d'héroïne.

— Vous pouvez. Vous la méritez entièrement.

Une ombre grave chasse l'amusement dans les yeux de Dupuy. Elle croise les bras sur la table et se penche en avant. Les choses sérieuses peuvent commencer.

— Qui est-elle vraiment, commandant ? Ne me dites pas que vous lui donnez juste un coup de main. Je sais que vous êtes un mec bien, mais on ne chaperonne pas d'aussi près une simple victime de violences conjugales. Si elle n'était que ça, vous ne seriez pas là.

Elle profite de l'hésitation de Romain – et de son profond soupir – pour continuer sur sa lancée :

— Je ne vois que deux solutions. Soit vous en êtes follement amoureux, soit elle fait partie du programme de protection des repentis. Et comme votre fonction n'est pas clairement définie dans les organigrammes de la PJ, je penche pour la deuxième option.

— Vingt sur vingt pour votre sens de la déduction, major. Vous avez bien choisi votre métier.

Elle réprime une mimique pleine de fierté en faisant semblant de toussoter dans le creux de sa main valide. Sans doute se demande-t-elle jusqu'à quelle profondeur elle pourra forer à la recherche de confidences. Autant l'arrêter très vite.

— Et comme vous êtes loin d'être bête, vous comprendrez que je ne peux vous révéler aucune autre information.

Une moue déçue, elle aussi vite contenue.

— Bien entendu. De toute manière, je pense savoir de qui il s'agit. Des yeux de cette couleur, ça ne s'oublie pas.

Les deux s'affrontent un instant du regard. Coriace,

cette jeune gendarme. De la même trempe que Valentina. Et dire que certains classent encore des femmes pareilles dans la catégorie du sexe faible. S'ils s'imaginaient à quel point ils sont loin du compte.

— J'aimerais quand même avoir votre avis sur un point.

— Dites toujours.

— Madeleine Lemans a-t-elle tué Adrien ?

Coriace et directe. Oui, définitivement, elle et Valentina s'entendraient comme larrons en foire.

— Selon les premières constatations de votre équipe…

— Je sais, balaye-t-elle avec un geste agacé. Christophe Maury n'appréciait guère Adrien. Le gosse le faisait tourner en bourrique, c'était une de ses spécialités. Et Maury souffrait de troubles bipolaires. Tout porte à croire qu'il serait passé à l'acte à l'apogée d'une phase maniaque, avant d'être pris de remords et de se suicider. Mais cette mise en scène… Je ne sais pas. Ce côté créatif colle assez peu avec sa personnalité.

— Peut-être entendait-il des voix. Que ce sont elles qui lui ont dicté la marche à suivre.

Cette possibilité ne semble pas la convaincre. Elle hausse les épaules à deux reprises, le regard fixé sur un point invisible.

— Une chose est sûre, fait remarquer Romain. Si quelqu'un l'a tué, on aurait dû croiser son assassin. Il n'y a aucune autre issue pour sortir de la remise.

— Et nous n'avons vu personne, admet-elle, toujours songeuse.

— Christophe Maury a donc allumé lui-même le feu

sous ses jambes. Tout comme il a lâché le chalumeau dans la flaque d'essence. Volontairement.

— Vous pensez qu'il espérait nous éliminer ? Une pierre, deux coups ?

— C'est possible. Et ça me semble cadrer avec une crise psychotique. Après, j'ignore ce qui a pu servir de déclencheur. Un psy sera mieux à même d'éclairer ces aspects-là.

— Donc, selon vous, Madeleine Lemans n'a rien à voir avec ces deux morts.

Romain marque une pause de manière à donner du poids à ses propos.

— Je n'ai aucune certitude, major. Aucune. J'essaye juste de m'appuyer sur des faits. Sans prendre le passé en considération.

Il s'y efforce, en tout cas. Avec application. Et Dieu sait que la tâche n'est pas évidente, quand il s'agit de Madeleine. Un parfum de soufre se répandra toujours dans son sillage, même après des milliers d'absolutions.

Trois heurts tonnant comme des coups de semonce retentissent à l'entrée du réfectoire. Le cuisinier au physique de lutteur se tient dans l'encadrement des doubles portes, sa commise à l'allure timide à demi cachée dans son dos.

— On peut retourner travailler ? Il reste du monde à nourrir, ici.

Dupuy confirme que les prélèvements nécessaires ont été effectués et qu'ils sont autorisés à réintégrer les cuisines. Le duo atypique file devant eux sans un mot supplémentaire. La gendarme en profite pour se lever et tend sa main valide à Romain.

— Il vous faudra vous rendre dans nos bureaux pour signer votre déposition, mais je vous remercie déjà pour tout, commandant.

— Prenez soin de vous, major.

Il prend quelques minutes pour réfléchir avant de sortir du réfectoire à son tour. Malgré la découverte d'une nouvelle facette du passé tumultueux de Madeleine, ses certitudes restent fragiles et vacillantes. Il préférerait presque qu'un faisceau d'éléments dans l'enquête préliminaire pointe vers elle, une belle flèche clignotante braquée sur sa tête. Mais rien ne l'incrimine directement dans cette affaire.

Dommage. D'une certaine manière, Romain aurait été soulagé de la voir accusée. Il se serait senti libéré d'un poids immense.

Le pas lourd, il longe le couloir vers le hall d'entrée. Et ralentit encore lorsqu'il entend une cavalcade dans son dos.

Le garçon court comme si sa vie en dépendait, si vite qu'il peine à freiner et se retrouve dans les bras de Romain. Un pas en arrière pour regagner son équilibre, un regard par en dessous, curieux mais timoré, et il lui tend un bout de papier plié en quatre.

— C'est pour moi ?

Aucune réponse, si ce n'est une secousse du bras qui signifie « prends-le ». Romain s'en empare, déplie le feuillet avec précaution. Et reste figé par la surprise.

Un dessin a été tracé au feutre vert sur le papier à carreaux. Les contours d'un bateau. Mais pas n'importe lequel. Certains détails sont caractéristiques du *Gemini*. La péniche d'Issam. Leur maison.

Le petit le sort de sa transe en tapotant sa poitrine de son index, puis en le pointant sur le papier.

— Il ressemble à mon bateau. Mais comment sais-tu… ?

Contrarié, le gamin secoue la tête de gauche à droite, puis reprend sa gestuelle. Un coup sur la poitrine de Romain, un coup sur le dessin.

— C'est là que j'habite, oui.

Poitrine, dessin, encore une fois. Mais son index s'attarde sur le bateau. Longtemps. Les yeux rivés à ceux de Romain, comme pour appuyer son message.

— Tu veux que je retourne chez moi… Et que j'y reste, complète-t-il devant l'insistance muette du garçon.

Test réussi. Le petit lui arrache la feuille des mains et repart à toute allure d'où il était venu. Trop vite pour que Romain cherche à le suivre.

Dans l'immédiat, il préfère se plier à cette étrange recommandation.

29

La télé marche en sourdine, le son à peine plus fort que le ronron du ventilateur au bord du burn-out. Il faudrait un climatiseur de compétition pour refroidir correctement la pièce. Au moins, le pauvre engin crachote un semblant de fraîcheur dans ma direction à chacune de ses rotations. Une fausse impression qui ne dure qu'une brève seconde, le temps que l'air remue devant mon visage.

— Tiens, cocktail maison, élaboré avec les moyens du bord.

Pedro me tend un verre à sirop dans lequel s'entrechoquent des glaçons. Je l'applique sur mes joues et mon front avant de me lancer et de tremper les lèvres dans son contenu. Vin blanc et eau minérale. Pas très recherché, mais ça a le mérite d'être bien frais et pétillant. Je félicite mon barman qui se laisse tomber à côté de moi sur le canapé.

— On pourra aller manger un bout dehors, plus tard, propose-t-il. Il y a une pizzeria correcte au bout de la rue.

— Ça me va. Comme je te l'ai dit, pour notre bien

à tous les deux, il vaut mieux ne pas me demander de cuisiner.

Sans me regarder, il tend son verre et le choque au mien, comme pour sceller ce pacte de paix ménagère. J'imagine que, de toute manière, le frigo est le seul élément mis à contribution dans la kitchenette de son petit deux-pièces. Un week-end par-ci, par-là, une semaine de vacances de temps à autre ; il ne garde cet appartement que pour avoir un point de chute quand le quotidien à l'institut devient trop pesant. Pas assez souvent pour s'occuper de la décoration ou pour acheter autre chose que des bières ou du vin.

Je ne sais pas trop ce qui m'a pris d'accepter sa proposition. Sa spontanéité, peut-être. Le côté rassurant de Pedro. *Viens, Maddy, descends avec moi dans la plaine. Cinq jours loin de tout ça, loin des quelques mômes dont personne n'a voulu pour l'été, loin des relents de sang et de fumée encore trop présents tout autour du manoir. L'enquête a été classée, en plus. On regardera des DVD, je t'apprendrai à jouer de la guitare, on fera des grasses matinées à n'en plus finir. En tout bien tout honneur, bien sûr. Je prendrai le canapé.*

Un glaçon dans la bouche, j'observe plus en détail le séjour. Une affiche de festival rock au-dessus de la petite table flanquée de deux chaises. Collée à une bibliothèque remplie de bandes dessinées, la télévision occupe une bonne partie d'une paroi. Un lecteur DVD et une console de jeux sont posés devant elle à même le sol, leurs câbles en désordre. Aucune trace d'une guitare. Peut-être est-elle rangée dans la chambre, mais en y déposant mon sac tout à l'heure, je n'ai repéré aucun instrument. Juste un matelas sans sommier et une penderie planquée derrière un drap d'un gris usé.

— Pourquoi est-ce que tout le monde t'appelle Pedro ?

Tandis qu'il cherchait ses clés à notre arrivée, j'ai eu le temps de regarder le nom sur sa boîte aux lettres. Elle indiquait « Pierre Cazalet ».

— Ma mère est espagnole, elle n'a jamais accepté de m'appeler autrement que Pedro. C'est resté. Ma grand-mère paternelle et le fisc sont les seuls à me donner du Pierre.

Je me figure son père, obligé de s'aligner à sa femme, quitte à subir les foudres de sa propre génitrice. Cette divergence à propos de son prénom a dû pimenter quelques rencontres de famille. J'apprécie la banalité de cette histoire. Tout comme l'appartement de Pedro. La vie, toute simple, sans fioritures. Ordinaire. Je n'ai guère connu ça. Rectification : je n'ai jamais connu ça.

Au premier contact, je pense qu'il s'agit d'un hasard. D'un geste fortuit, maladroit. Mais je baisse le regard et remarque cette main, égarée tout près de ma cuisse. Les doigts qui effleurent ma peau nue au bas de ma jupe, l'air de rien.

— Je ne sais pas si c'est une bonne idée, Pedro.

Il bat aussitôt en retraite. Je croise son regard et y lis un mélange de gêne et de timidité. Quelque chose de touchant, à des années-lumière d'une attitude de prédateur que je serais en mesure de craindre.

Avec ses allures d'adolescent qui aurait mué d'un coup en ermite hirsute, Pedro n'est pas du tout mon type d'homme. Mais je n'ai pas fait la fine bouche avec son cocktail à deux sous, parce que j'avais soif.

Et bordel, qu'est-ce que j'ai faim.

Plus de trois ans d'abstinence. Une désintoxication à la dure, après Luca. Et me voilà prête à replonger. Désolée pour Madeleine, qui jouerait peut-être plus à la sainte-nitouche.

— Mais j'imagine qu'on peut les ranger au placard pendant nos vacances, les bonnes idées, non ?

Un sourire gourmand se dessine sur ses lèvres. J'avale cul sec ce qui reste dans mon verre, entraînant un autre cube de glace avec ma langue. Avant que Pedro ait le temps de réagir, je m'assieds à califourchon sur ses genoux, les avant-bras posés sur le dossier du canapé, de part et d'autre de sa tête. Il semble surpris quand je partage mon glaçon avec lui, comme s'il ne croyait pas à sa chance. Il pensait sans doute devoir faire preuve de plus de persuasion.

Sa réponse ne se fait toutefois pas désirer. Il glisse ses mains sous ma jupe, le long de mes cuisses jusqu'à mes fesses qu'il agrippe comme un trophée. Et surtout, il se met à bander avec une belle vigueur. De bon augure.

— On peut aller…

— Tais-toi.

Docile, il lève les bras au ciel pour que je puisse lui retirer son tee-shirt. Les poils de son torse sont plus doux que je ne l'imaginais. *Idem* pour sa barbe, autour de sa bouche. Ou alors c'est juste le manque qui muselle mes jugements dans l'espoir d'être enfin assouvi. Pedro marque quelques pauses hésitantes, mais en dehors de cela, il gère plutôt bien. Lui aussi doit être affamé.

Le soleil s'est couché lorsqu'il hisse le drapeau blanc. La tête basculée en arrière, il se relâche et lance un chapelet de jurons. Je les accueille comme un compliment.

— Je peux savoir ce qui t'a fait changer d'avis ?

— Je n'aime pas regarder de films ailleurs qu'au cinéma.

Il part d'un éclat de rire un brin nerveux, puis marmonne pour lui-même que c'était quand même vachement mieux que *Mission impossible*. Le tout en lissant sa barbe d'un geste absent, vautré sur son canapé. Il semble avoir oublié qu'il est tout nu, son sexe rabougri affalé sur sa cuisse velue.

— Pour que ce soit bien clair, dis-je en me penchant sur lui. Ça ne signifie rien, et ça ne durera pas.

— Un flirt de vacances ?

— Le terme est trop romantique. Je ne voudrais pas que tu te fasses des idées.

— Une baise de vacances ? rectifie-t-il.

— Tu as tout compris.

J'ai droit à une nouvelle salve de gros mots. Tous les hommes ne sont pas compliqués. À en juger par sa mine ravie, Pedro sait se satisfaire de certains compromis.

Un peu courbatue, je m'étire avant de me diriger vers le coin cuisine. Je laisse couler l'eau dans l'évier dans l'espoir qu'elle refroidisse. Le soir est tombé, mais il fait toujours aussi chaud. Encore plus, même.

— La pizzeria livre à domicile, dit Pedro en me mangeant du regard.

— Une capriciosa pour moi. Tu n'aurais pas une cigarette ?

Cela fait terriblement cliché, je le sais, mais j'adore

l'association de la nicotine et des endorphines postcoït. L'envie de m'en griller une ne survient d'ailleurs que dans ces moments-là.

— Non, désolé. J'ai arrêté grâce à notre chaman de directeur.

Il se lève à son tour, fouille dans ses affaires à la recherche de son téléphone.

— Tu veux dire qu'il t'a hypnotisé ?

— Yep. Deux séances, et pschitt, plus aucune tentation. Je n'ai plus jamais retouché à une cigarette. Tant mieux, sinon j'aurais sans doute craché mes poumons pendant…

Il désigne le canapé d'un geste vague de la main, un sourire niais aux lèvres. J'ai de la peine à ne pas lui sauter dessus pour le presser de questions.

— Et aucun effet secondaire ?

— Tous mes autres vices sont restés fidèles à eux-mêmes. Pour autant que je sache, ce qu'Emilio fait est principalement basé sur l'autosuggestion. Peu de chances pour que je me mette à boire du matcha au lieu d'un bon café le matin ou à préférer Céline Dion à AC/DC.

Cette éventualité en particulier me fait sourire, mais ne dissipe pas mon malaise. Son mobile coincé entre son oreille et son épaule, Pedro semble s'en rendre compte. Il passe sa commande les yeux rivés sur moi et se hâte de raccrocher.

— Tu me demandais ça à cause de tes absences ? Ça continue ?

— Pas de manière régulière, mais oui, j'en ai toujours.

Tout en retenue, il s'approche de moi à petits pas, puis lève une main pour caresser ma joue. Je ne sais pas s'il a senti ce que cet aveu m'a coûté.

— Le contrecoup de ce qui t'est arrivé avant ton installation aux Trois Nuages, commence-t-il à énumérer, ses doigts en guise de compteur. Ce changement de vie radical. La mort de Corentin et tout ce qui a suivi. Ces dizaines d'interrogatoires, où chacun de nous a été traité comme un criminel. Même l'altitude, tiens. Certaines personnes ont besoin de temps pour s'y acclimater. Tu venais de quelle région, déjà ?

Je mentionne le premier département qui me passe par la tête.

— J'ai grandi en Saône-et-Loire.

Si encore l'institut se trouvait en bordure d'un village péruvien perché à plus de cinq mille mètres, je voudrais bien envisager cette raison. Mais là, aucune chance que l'altitude joue un rôle dans mes parenthèses pleines de vide.

— Et puis les mômes, reprend Pedro. Cette charge mentale permanente. Tout le monde ne serait pas capable de s'adapter aussi vite que toi, Maddy. J'espère que tu t'en rends compte.

— Tu gères pourtant ça à merveille, et depuis des années.

— Oui, mais pour moi, c'est un sacerdoce, fait-il avec un clin d'œil.

Il s'enhardit à laisser descendre sa main jusqu'à ma gorge, puis mon sein gauche qu'il englobe avec délicatesse. De la chair de poule se répand en vagues successives sur ma peau le long du tracé de ses doigts. Bon sang, ça m'a vraiment manqué d'être touchée comme ça.

— Je peux te prescrire un traitement pour pallier les effets indésirables de celui du gourou Lanni…

— Attention à ce que tu proposes. On parle de cinq jours à haute dose. Tes poumons vont peut-être bien, mais ton cœur pourrait ne pas tenir le choc.

— Une nouvelle mission sacrée, dans ce cas. Pas de souci, je suis prêt à mourir pour mes convictions.

D'un geste brusque qui m'arrache un petit cri de surprise, il me hisse sur le plan de travail. L'instant d'après, il est en moi. Les yeux fermés, la tête rejetée en arrière, je tente de mon mieux de faire abstraction de ce qui m'entoure. Je remplace le décor par celui d'une autre cuisine, ses surfaces en matières nobles, sa baie vitrée donnant sur la plage battue par le vent.

Et, de manière à pouvoir m'abandonner dans le plaisir, je substitue les bras de Luca à ceux de Pedro.

30

Le soleil semble avoir décidé de cuire la capitale à l'étouffée. Romain et Issam ont battu en retraite dans le ventre du *Gemini* pour lui échapper, même si l'air chargé d'humidité à l'intérieur n'est guère préférable. Sa teneur en électricité resterait la même où qu'ils aillent. Assis le plus loin possible l'un de l'autre dans le coin salon, ils se jaugent en silence. La conversation entamée sur le pont doit se poursuivre. La laisser en suspens impliquerait le début d'une lente agonie de leur couple. Ils en sont conscients tous les deux. Le savoir n'aide pas pour autant à trouver les mots justes.

— Une confiance totale, ose enfin Issam. Plus de secrets.

— Je ne suis pas autorisé à tout te révéler à propos de mon travail, se défend Romain.

Il s'empresse toutefois d'ajouter, une main levée en un geste conciliant :

— Mais je pourrais t'en dire plus que jusqu'ici. Te mettre au courant des endroits où je me rends, par exemple.

Issam salue ce compromis d'un acquiescement.

— Je ne vendrai pas ces informations au plus offrant. Tu dois le croire au plus profond de toi. Si tu doutes de cela…

— Ça n'arrivera plus. Je te le promets.

Il lui tend la main, mais Issam la refuse. Le regard dirigé vers le plafond en lambris clair, il se mord l'intérieur de la lèvre inférieure. Comme s'il essayait de retenir une trop grande émotion.

— Je n'ai pas non plus été juste avec toi, Romain. Ni tout à fait honnête.

Un éclair le traverse de part en part, le paralyse. Peur et jalousie à parts égales. Il craint une telle remise en question depuis si longtemps. Depuis son premier baiser avec cet homme plus jeune que lui, et si incroyablement séduisant, avec ses yeux couleur de nuit étoilée. Une petite voix lui serine depuis cet instant que c'est trop beau pour être vrai. Et que cela ne durera pas. Malgré les promesses, malgré leur connivence, ils ne vieilliront pas ensemble. Ils ne seront pas à l'image de ce couple d'octogénaires qu'ils avaient admiré un jour, chacun s'aidant d'une canne, mais les doigts de leurs mains libres entremêlés. Soudés corps et âmes.

Non, un jour ou l'autre, Romain retournerait à sa solitude, des idées noires pour seules compagnes lors de ses longues nuits sans sommeil.

Les phrases qu'Issam met du temps à formuler ne ressemblent pourtant pas à celles qu'il attendait.

— J'ai besoin de ton soutien, Romain. Comme jamais. J'ai besoin de te savoir avec moi, envers et contre tout.

Encore une fois, il fait un geste dans sa direction.

Encore une fois, Issam secoue la tête sans y répondre. Comme s'il ne s'en sentait pas digne. Cette impression déboussole encore davantage Romain, qui se pensait jusqu'ici seul dans ce rôle.

— Tu l'as dit toi-même : plus de secrets. Alors, que se passe-t-il ? Explique-moi. Je suis là.

Son homme renifle assez peu discrètement, puis attrape enfin sa main comme s'il s'agissait d'une bouée de sauvetage.

— Mon entreprise va mal, ça, tu le sais déjà. Mais tu ignores à quel point. J'ai tenté de minimiser tout ça, mais… J'ai dû licencier deux collaborateurs le mois dernier. Je vais devoir recommencer bientôt. Même si je n'ai aucune idée de comment fonctionner avec aussi peu d'effectifs.

Il laisse échapper un hoquet amer qui se termine en ricanement.

— Je comprends tes soupçons, tu sais. La somme que j'aurais pu monnayer contre tes confidences inconscientes ou d'autres informations tirées de ton ordinateur, par exemple, m'aurait été bien utile. Je n'aurais pas été obligé d'en arriver là.

Il se lève avec lourdeur et tourne le dos à Romain. Ses épaules sont affaissées, le poids d'un monde imaginaire et pourtant bien tangible pesant sur elles. Lorsqu'il revient s'asseoir, il tient son téléphone mobile. Deux ou trois manipulations du pouce, et il le tend à Romain.

L'écran affiche une photo d'identité, celle d'une jeune femme d'environ trente ans. De longs cheveux noirs ondulés entourent son visage légèrement asymétrique, mais malgré tout agréable. Dommage que son sourire semble aussi triste.

— Qui est-ce ?

Sa carnation et ses traits indiquent qu'elle et Issam partagent la même origine ethnique. Une amie, une parente lointaine ?

— Elle s'appelle Nawal. Et je vais l'épouser.

Une main glacée agrippe la nuque de Romain. Il secoue la tête pour s'en défaire. Pour corriger son défaut d'audition, également. Parce qu'il a dû mal entendre. Il ne voit pas d'autre explication.

— Excuse-moi, tu peux répéter ? couine-t-il d'une voix lamentable.

— Nos parents ont tout organisé. Sa venue en France, la cérémonie. Et la dot qui me permettra de renflouer les comptes de ma société et de garder le *Gemini*.

Rien à cirer de ce maudit rafiot. Il commence toutefois par argumenter à son propos. Peut-être parce qu'il s'agit du point le plus terre à terre, le plus dérisoire, dans cette histoire de fous.

— Je te signale que je vis aussi ici, contre Romain en embrassant l'intérieur de la péniche d'un geste.

— On sait tous les deux que ton salaire seul ne suffirait pas à payer toutes les charges. Tu n'as pas choisi le bon job pour devenir riche. Et mes chances pour y parvenir diminuent comme peau de chagrin.

— Alors quoi ? Je vais devoir enlever mon nom de la boîte aux lettres et céder ma place à une femme que tu ne connais même pas ?

— Il ne s'agit que de papiers, Romain. Tu n'auras pas à partir. Nawal est au courant, pour mon orientation sexuelle. Elle sait que je suis en couple, et que nous ne partagerons jamais rien d'autre que du respect et de l'amitié.

— Tu ne peux pas lui faire ça.

Cette phrase, soufflée d'un ton plaintif, signifie autre chose en réalité. Issam semble comprendre que, de manière inconsciente, Romain ne parlait pas de sa fiancée surprise. Mais de lui. Qu'il fallait entendre : « Tu ne peux pas *me* faire ça. »

— Je suis désolé, mon amour. Si j'avais d'autres solutions…

— Ça ne fonctionnera pas. Vos petits arrangements craquelleront sitôt que l'administration mettra son nez dans votre dossier.

— Tu sous-estimes le nombre de mariages blancs enregistrés chaque année en France, riposte Issam avec amertume. Là, au moins, ce sera entre deux personnes majeures et consentantes. Sauf si tu décides de me dénoncer, tout devrait très bien se dérouler.

Romain s'aperçoit qu'il tient toujours le téléphone. Il réactive l'écran qui s'était éteint et détaille le portrait de sa rivale inattendue. Il comprend mieux la tristesse dans son sourire. Être vendue à un inconnu ne devait sans doute pas faire partie de ses rêves de petite fille. Tout ça dans l'espoir d'un futur meilleur, d'un passeport européen. Mais sans celui d'une vie de couple conventionnelle.

— Elle veut des enfants ?

— Nous n'avons pas abordé ce sujet.

Il a le mérite d'être franc. De ne pas mentir en prétendant que cette thématique n'émergera jamais dans leurs discussions de couple triangulaire. Un bébé pour finir de contenter parents et beaux-parents. Un lien de sang pour Issam, une chaîne bien plus solide que deux signatures sur un simple bout de papier. Et un petit être sur lequel Romain n'aura aucun droit, mais auquel il ne pourra pas s'empêcher de s'attacher. Il laisse tomber le téléphone sur la table basse et enfonce sa tête dans ses mains jointes. Les doigts crispés dans ses cheveux, il prie pour que cela ne soit qu'un mauvais rêve. Un cauchemar tortueux dont il finira par émerger, soulagé.

Sauf que.

— On peut surmonter ça ensemble. Comme tous les autres obstacles. Et par la même occasion, adresser un splendide pied de nez à mes parents, qui se figurent que le fait de me marier me ramènera sur le droit chemin. Que je t'oublierai. Que j'oublierai qui je suis.

Il s'est déplacé tout en parlant, se rapprochant de lui, posant un bras en travers de son dos dans une étreinte maladroite. Il a donc sans doute senti le frisson de Romain à cette perspective.

— Imagine leur tête à la mairie, quand ils verront que je t'ai choisi comme témoin. Et qu'ils n'oseront rien dire.

— Je n'arrive pas à voir autre chose que la cruauté de cette histoire. Pour cette jeune femme, pour toi, pour moi.

— Elle est d'accord. Quant à moi… J'ai juste besoin de te savoir avec moi, Romain.

Il attrape la main qu'Issam a posée sur son épaule et la serre. Fort.

— J'aurais préféré que tu aies craqué mes mots de

passe et vendu mes secrets à un quelconque escroc. Et de loin.

Issam rit à cette réplique. Il ne se rend pas compte du sérieux avec lequel Romain l'a prononcée. Se représenter Issam glissant une bague au doigt d'une autre personne lui est tout bonnement inconcevable. La simple image abstraite d'une salle de mairie décorée de lys blancs et de cette inconnue au bras de son homme lui file la nausée. Non, pire : elle lui donne des envies de meurtre.

Ce cheminement mental l'amène à penser à un tout autre couple. Celui que formaient Luca di Ferro et sa muse. Rien à voir avec lui et Issam. Et pourtant, à ce moment précis, il prend la mesure de l'amour qui les unissait. Une force noire, malsaine, mais aussi puissante que celle qu'il éprouve et qui l'encourage à hocher la tête. Un geste infime, tout d'abord. Il le répète avec plus d'assurance en se redressant, la mâchoire serrée à en fissurer l'émail de ses dents. Il cherche les iris sombres d'Issam, s'y plonge. Un regard en guise de serment, qu'il souligne de deux phrases.

— D'accord, je veux bien jouer au garçon d'honneur, être chargé des alliances ou même devoir disperser des pétales de fleurs sur ton chemin. Mais avertis ta fiancée qu'elle ne se débarrassera pas facilement de moi.

— Elle est déjà au courant. Elle sait aussi que le contraire serait à ta portée. J'ai prétendu que tu dormais avec ton flingue sous l'oreiller.

Un demi-sourire d'allure carnassière relève les coins des lèvres de Romain. Quelques flashs violents défilent dans son imaginaire. La jeune Nawal, le crâne explosé par une balle de 9 mm. Ses longs cheveux noirs ondulant au gré du courant de la Seine, autour de son visage gonflé par l'eau. Ou la gorge ouverte et un couteau planté en plein cœur.

Ces images ne le perturbent pas autant qu'elles le devraient.

Il n'est pas si différent de Madeleine, tout compte fait. Poussé dans certains retranchements, même le plus doux, le plus droit et le plus pur des êtres humains peut se muer en monstre.

Et l'amour est sans doute le sentiment qui nous incite le plus à surpasser nos limites. À franchir toutes les lignes rouges. Quoi qu'il en coûte.

31

La fumée tourbillonne en volutes élégantes jusqu'au plafond. La bouffée qu'exhale Pedro rejoint la mienne et s'y entortille, à l'image de nos deux corps. Je crois que je l'ai fait replonger dans son addiction à la nicotine. Même si j'essayais, je n'arriverais pas à me sentir fautive. C'est trop bon.

Ce break improvisé me fait du bien, en fin de compte. Le sexe y est pour beaucoup, même si nos activités ne se sont pas toutes déroulées à l'horizontale. En autochtone cultivé, Pedro m'a guidée dans son village typique de l'Occitanie, avec ses ruelles étroites à flanc de colline et ses maisons aux pierres patinées par les siècles. Hier, nous avons embarqué dans sa voiture brinquebalante, direction la mer où je me suis baignée en petite culotte, faute de maillot de bain. Je m'y suis sentie délicieusement libre. Sans pression de la part de Theven ou des gendarmes. Seule maîtresse de mes choix. J'aurais pu disparaître, m'évaporer sur cette plage bondée. Chiper les clés d'une voiture à une famille de touristes, m'introduire dans une chambre d'hôtel, récupérer une valise pleine de vêtements et redémarrer ailleurs. Plus personne n'aurait jamais entendu parler de moi. Je l'ai envisagé, allongée comme dans un cocon sensoriel dans les bras tièdes de la Méditerranée, les yeux inondés de soleil malgré mes paupières closes.

Mais j'ai fini par ressortir de l'eau sous le regard envieux de quinquas bedonnants et ceux, beaucoup moins amènes, de leurs épouses aux fesses tombantes. Rejoint mon petit ami temporaire qui m'attendait sagement en terrasse avec deux cocktails multicolores. Les premiers d'une longue série, histoire d'oublier cette occasion que je n'avais pas osé saisir.

Pedro étire le bras pour atteindre le cendrier et y écrase son mégot. Son mouvement m'oblige à soulever ma tête de son torse. Il m'invite à me réinstaller d'une caresse. Pas besoin de mots. Étrange comme nous nous sommes trouvés, la plupart du temps en silence. Nous avons évoqué les Trois Nuages, bien sûr. Mais juste en survol, et de très loin.

Libéré de sa cigarette, Pedro balade sa main le long de mon flanc. Un geste rêveur. Comblé. De mon côté, je fais le plein de frissons et de ces picotements si agréables sur mon épiderme.

— Je ne t'imaginais pas comme ça, lâche-t-il soudain.

Je tire la nuque en arrière afin de voir son visage.

— Comment ?

— Aussi décomplexée. Surtout après une mauvaise expérience.

— Toutes les femmes qui craignent leur ex violent n'entrent pas au couvent, Pedro.

— Dieu merci, s'esclaffe-t-il. Avec toi, même le Christ sur sa croix briserait son vœu de chasteté.

À peine ma dernière bouffée de cigarette terminée, je tâtonne à la recherche du paquet entamé, en repêche une neuve.

— On se fait tous des films. Dans les miens, tu assouvis tes pulsions avec Samia, la nuit venue.

Il ouvre de grands yeux et un éclat de rire le secoue tout entier.

— Samia ? Aucune chance.

— Avec vos chambres à l'écart, tu veux me faire croire qu'aucun de vous deux n'a jamais gratté à la porte de l'autre pour combler un petit manque passager ?

— Pas pour ça en tout cas. Samia attend son prince charmant. Un homme riche, qui ne travaillerait pas avec elle et qui, surtout, n'aurait ni mon apparence ni mon sens de l'humour.

— Mmh, dommage. Une partie de jambes en l'air par semaine, ça la détendrait.

Pedro approuve d'un grognement. Ce n'est pas en restant en permanence à l'institut que Samia trouvera son monsieur Parfait. Et elle peut se montrer un brin rigide, particulièrement quand il est question des enfants et de l'approche souvent désabusée de Pedro. Lui ne les traite pas comme s'il s'agissait de ses propres rejetons. Il sait qu'à un moment ou un autre ils repartiront affronter le monde. Que certains d'entre eux, des oursins dans la majorité des cas, échoueront lamentablement. Qu'ils reviendront faire un séjour aux Trois Nuages ou goûteront aux joies de foyers pour jeunes délinquants. On ne peut aider que des personnes prêtes à être aidées.

Mais s'il y a une chose que j'ai pu lire entre les lignes de nos dialogues décousus, c'est à quel point Pedro aime son métier. Il n'en changerait pour rien au monde. Je trouve ça beau. Cette énergie, cet espoir, tel un feu alimenté par de minuscules victoires et des bribes de satisfaction, un feu qui ne s'éteint jamais. Ça me ramène à la vie que je m'étais choisie, celle après Dalia mais avant Luca. À ce bonheur brut quand je déballais et installais une nouvelle toile dans la galerie, seule, bien après les heures d'ouverture. J'espère retrouver ça, une fois ma période probatoire terminée. Une fois que je pourrai en toute légalité échapper à mon gentil chaperon de commandant. Peut-être repartirai-je à l'étranger avec un passeport tout neuf. À New York ou ailleurs, à la recherche de belles choses, entourée d'une foule de personnes n'ayant aucune idée de mon passé. Anonyme. Et libre, pour de vrai.

— Hey, ça va ?

Emmêlée dans l'écheveau de mes pensées, je n'ai pas remarqué que Pedro s'était redressé sur un coude pour me regarder. Ni qu'un surplus de larmes s'était faufilé dans mes yeux. Je les ravale en forçant un sourire sur mes lèvres. Tout va pour le mieux, et non, ça n'a rien à voir avec l'évocation de mon ancien amoureux, qu'il se rassure. Pedro insiste malgré tout dans cette voie – la curiosité est un vilain défaut dont beaucoup de gens souffrent, moi comprise. Mieux vaut toutefois changer de sujet.

— C'est juste que… J'ai vraiment apprécié ces vacances. Je regrette qu'elles se terminent demain.

— On remet ça quand tu veux, répond-il avec un peu trop d'empressement.

Je lui lance un regard d'avertissement et il se hâte de compléter :

— Mais toujours sans engagement, bien entendu. Et aucune allusion sur nos activités pendant ces cinq jours une fois de retour au boulot, parole de scout.

J'imite son geste de la main et m'abandonne lorsqu'il m'attire contre lui. Un peu de cendre tombe sur le drap. Il a connu de pires outrages au cours des dernières heures.

— Quelque chose d'autre t'inquiète ? murmure Pedro tout près de mon oreille.

Je laisse échapper un hoquet qui me force à rester franche.

— À peu près tout. Contrairement à toi, je n'ai pas la vocation pour ce métier.

— Eh bien, tu as touché le gros lot en venant enseigner à ces mômes.

Comme je suis lovée dans ses bras, mon dos contre son torse, je ne peux pas voir son visage. Ni lui le mien. C'est peut-être ce qui m'encourage à me confier.

— Je crois que j'ai fini par en apprécier la plupart. Ils sont un peu comme moi. Cabossés. Pas vraiment adaptés à notre société. Mais certains… Certains me mettent mal à l'aise.

— Les petites frappes comme Nathanaël ? Ne porte surtout pas trop de crédit à ce qu'ils racontent. Ils apprendront un jour à vivre autrement qu'à travers des fantasmes violents.

— En fait, je pensais plutôt à Abel.

L'agréable ballet de ses doigts sur mon ventre s'arrête net à ma réplique.

— Abel ? J'aimerais bien que tous les pains de mie soient aussi faciles à gérer que lui. En dehors de ses accidents de vessie à répétition, c'est une crème.

J'hésite à aller jusqu'au bout. À lui parler du dessin. À lui dire qu'Abel savait que Corentin allait mourir. Peut-être réagirait-il autrement que Samia. Qu'il ferait au moins semblant de me croire.

Mais peut-être pas. Dans l'incertitude, mieux vaut rester vague.

— J'ai parfois l'impression d'avoir affaire à un adulte prisonnier dans un corps d'enfant. Un adulte complètement déboussolé, mais qui saurait beaucoup de choses. Presque trop.

— Je n'ai jamais ressenti ça. Mais l'autisme peut donner cette illusion. Voilà pourquoi je préfère m'occuper des oursins. C'est en général plus trash, mais au moins on sait à quoi s'en tenir.

L'image d'Abel se dessine dans mon esprit et, pendant un instant, je pourrais presque croire qu'il est là, debout dans le coin de la chambre, à nous observer dans notre débauche. La mine sérieuse, le regard noir. Je ferme les yeux, fort, pour le faire disparaître.

Ça finit par marcher. Pas du premier coup, mais la silhouette du garçon s'évanouit. Il n'y a plus que les parois vides et pas tout à fait blanches. Il n'y a plus que nous sur le matelas défoncé. Et bientôt, il n'y a plus que la main de Pedro, celle qui recommence ses allers-retours langoureux sur mon ventre, toujours plus bas.

Le reste attendra demain.

32

Ils ont investi la cafétéria en rangs serrés, armés de six packs de bière et de paquets de chips. Un apéro spontané pour fêter le bouclage d'une affaire. L'arrestation d'un ou de plusieurs salauds ayant osé poser leurs pattes crasseuses sur des mineurs, les séquestrer ou se branler devant des photos qu'ils vendaient à d'autres, tout aussi dégueulasses qu'eux. La lie de l'humanité, des immondices prêtes à violer l'innocence. À détruire ce qu'il y a de plus sacré.

Romain ne sait pas avec exactitude ce que le groupe de Valentina célèbre. Il n'en a pas besoin. Ce genre de victoire se doit d'être saluée, alors il accepte la bouteille qu'on lui tend et distribue des claques dans le dos et des bravos. Il repense à la fille de Noël. Souhaiterait de tout son cœur revenir en arrière, proposer à sa femme de venir s'abriter chez lui avec la petite. Le *Gemini* en guise d'arche. Il boit une longue rasade pour évacuer ces réflexions de son esprit. Lavage au houblon, tant pis pour l'amertume. Puisque ça ne marche pas, il termine sa bouteille et en cueille une autre sur la table.

— Et moi alors ? J'ai pas droit à une accolade virile ?

— J'ai trop peur pour mes côtes.

Du haut de son mètre soixante, Valentina s'amuse de sa repartie et réclame malgré tout une embrassade énergique. Ses cheveux rouges s'emmêlent aux poils de sa barbe. Il n'a pas trouvé le courage de se raser depuis que la date du mariage forcé d'Issam a été fixée. Dans deux semaines, son homme appartiendra à une autre. Il a déjà touché la moitié de la somme promise et travaille d'arrache-pied pour redresser les comptes de son entreprise. Le contrat signé dans la foulée avec les Canadiens devrait consolider ses mesures et lui permettre de souffler, au moins à moyen terme. Son optimisme a refait surface, même s'il est teinté de dépit.

— Bon boulot, capitaine Gallo.

Elle lève sa bière et s'accorde deux longues gorgées avant de s'appuyer contre la même portion de mur que Romain. Il désespère de la voir faire tapisserie. Elle mériterait de parcourir la salle de long en large pour récolter louanges et félicitations. Mais elle semble presque transparente en comparaison de ses collègues qui se hèlent de loin, s'adressent des toasts décousus et des gros mots affectueux.

— Tu n'as pas l'air dans ton assiette, fait remarquer Romain.

— Je te retourne le compliment. Qu'est-ce qui t'arrive, beau brun ?

— Je ne suis toujours pas brun. Et j'ai demandé en premier.

Un soupir, une lampée de bière. Elle s'enfonce un

peu plus dans la paroi, en mode caméléon détraqué. Cheveux rouges et pull anthracite sur fond blanc, tu parles d'un camouflage.

— C'est rien. Je suis vraiment contente de ce qu'on a accompli. On a gagné une bataille contre les méchants. Mais pas la guerre.

— Quand y en a plus, y en a encore.

— Exact. Le Mal, c'est une foutue gangrène. Une saloperie qui prolifère beaucoup trop vite. Ces victoires semblent si insignifiantes, au bout du compte. Surtout que parfois…

Elle hésite, fixe sa bouteille comme pour chercher un assentiment, une autorisation de poursuivre. Elle doit la recevoir, puisqu'elle termine en détournant le regard.

— Parfois, il faut se salir les mains pour parvenir à de tels succès. Et au final, je ne sais plus trop si j'ai vraiment œuvré pour le camp du Bien.

Romain hoche la tête en silence. Il comprend très bien. Trop bien. Quand il pense au traitement de faveur qu'a accordé la justice à Madeleine. À son rôle dans cette machinerie qui choisit de dorloter une psychopathe pour en envoyer un autre derrière des barreaux. Quelle mascarade.

— On fait au mieux, marmonne-t-il.

Il allait préciser « en notre âme et conscience », mais a ravalé ces mots. Juste là, la conscience de Valentina doit peser aussi lourd que la sienne. Assez pour tirer ses épaules vers le bas, pour creuser des rides sur son front. Inutile d'en rajouter.

— À ton tour, décrète-t-elle après une minute de communion silencieuse.

— Mon compagnon va se marier.

C'est sorti tout seul. Un besoin subit de s'alléger en partie de son fardeau, de le confier à une présence amicale. Une réaction qui l'étonne lui-même. Il n'est pas du genre à s'épancher sur l'épaule du premier venu. Et même s'il apprécie Valentina, elle n'est pas une amie proche au sens strict du terme. Il sent son regard vif se poser sur lui, son acuité.

— Papiers ou bébé ?

— Sans doute les deux.

— Merde.

Il acquiesce avec un petit rire désabusé. À l'autre bout de la salle, deux gaillards se mettent à chanter, bras dessus, bras dessous. Plusieurs personnes, tous services confondus, enchaînent avec eux sur le refrain. L'apéro risque de se prolonger dans quelque chose d'assez peu réglementaire.

— Tu veux faire éliminer la fiancée ? Je connais du monde.

Le rire de Romain, plus franc que le précédent, s'éteint vite dans sa gorge. Valentina s'est rapprochée de lui d'un air de conspiratrice. Si sérieuse qu'elle en devient inquiétante.

— Il y a des options moins radicales. Un pruneau dans le genou en guise d'avertissement, propose-t-elle encore. Ou un coup de lame pour enterrer d'avance tout espoir de maternité.

— Tu me fais flipper, Gallo.

— Tant mieux. Alors, intéressé ?

— Je préfère décliner. Je doute que ça règle mes problèmes.

— Ah, c'est sans garantie, en effet. Mais n'hésite pas à me sonner si tu changes d'avis.

Son sourire a pris une teinte plus adaptée à cet échange au deuxième degré. Juste une plaisanterie entre deux flics saturés par leur quotidien. Puis il vire carrément en quelque chose de presque tendre, avant que Valentina se hisse sur la pointe des pieds pour déposer une bise au coin de sa bouche.

— Tu es quelqu'un de bien, Theven. Prends soin de toi.

Elle se décolle du mur et s'envole d'un coup, caméléon devenu papillon. Romain porte une main là où elle l'a effleuré de ses lèvres. La sensation de chaleur ne s'est pas encore estompée. Il lui répond avec un temps de retard, impossible qu'elle l'entende, elle est déjà trop loin. Pas grave.

— Prends soin de toi aussi, Valentina.

33

Le projectile m'atteint de plein fouet. Soixante-cinq kilos de joie mêlée d'excitation qui me percutent sans sommation.

— M'dame Maddy ! T'as vu, je suis de retour !

— Mais oui, soufflé-je sitôt que l'étreinte de Julia me permet de respirer de nouveau. Ça me fait plaisir de te revoir. *Welcome back.*

Une hésitation traverse ses prunelles déformées par ses épaisses lunettes. La notion de langue étrangère dépasse Julia, qui ne fera jamais partie de mes meilleurs élèves. Son éternel enthousiasme gomme toutefois vite cette pointe de doute. Plutôt que de chercher une réponse adéquate en anglais, elle me colle une bise. Une manœuvre pleine d'innocence, qui me fait éclater de rire. Même si je dois m'y prendre à trois fois pour sécher ma joue correctement.

Les enfants sont tous rentrés au bercail dans le courant de la semaine. Ramenés par leurs parents plus ou moins rassurés par les conclusions de l'enquête des gendarmes et les rapports émanant du comité de direction des Trois Nuages. Seules deux familles ont choisi un autre lieu d'accueil pour leur rejeton déficient. Les services sociaux ont aussitôt comblé ces places vacantes avec deux oursins au passif orageux. Notre société ne manque pas de divergents à recadrer. Il faut dire que certains géniteurs savent en créer mieux que quiconque.

Julia est la dernière à revenir de ses congés forcés. Avec elle, les troupes de l'institut sont désormais au complet, et la routine va pouvoir reprendre. Je la regarde s'éloigner de sa démarche de canard vers l'aile des dortoirs, ses parents dans son sillage. Il doit lui tarder de retrouver sa chambre. Cet univers limité en taille qu'elle nomme son chez-soi.

J'ai eu la même sensation après mon escapade chez Pedro. Un mélange de bonheur tout simple et de sérénité. Assise sur mon lit, j'ai raconté mes aventures à l'inconnu du tableau. Il est resté muré dans sa contemplation de l'étang, mais je suis sûre qu'il m'écoutait. Et le plus important : je ne craignais plus qu'il tourne vers moi un visage vide.

Les traits que j'ai dessinés pour lui dans mon imaginaire irradient de force et de bonté.

Un peu comme ceux de Madeleine. Du moins à l'intérieur. Dans cette fraction de moi qui s'étend, qui gagne chaque jour plus d'espace, grignotant l'ombre. J'espère que, bientôt, il n'y aura plus qu'elle.

Madeleine n'efface pas vraiment celle que j'ai pu être autrefois. J'ai plutôt le sentiment qu'elle peint pardessus une toile abîmée. Qu'elle substitue les couleurs sombres par des touches éclatantes, un coup de pinceau après l'autre. J'aime l'aspect de ce nouveau tableau.

Sa composition, son équilibre. Et les émotions qui en émanent.

D'un pas tranquille, je contourne la bâtisse par le côté est. La remise de Crousti – enfin, ce qu'il en restait – a été rasée et remplacée dans la foulée par un cube en préfabriqué d'un atroce beige sale. Un affreux furoncle sur la joue du manoir. Mais un furoncle ignifugé, aussi bien ordonné qu'un plateau de chirurgien, et sécurisé par une porte à digicode. J'entre la combinaison à dix chiffres que seuls Emilio, Jef, le nouvel homme à tout faire, et moi connaissons. J'imagine que les paris ont été lancés parmi les oursins, pour deviner lequel d'entre eux parviendra en premier à craquer le code. Et que plusieurs d'entre eux ont déjà essayé de taper des séries basiques. Je leur souhaite bon courage.

Mais quelqu'un réussira, c'est une certitude. Ces gamins excellent avant tout dans ce qui leur est interdit. Un défaut de schéma mental, une rébellion instinctive. On devrait leur défendre de lire ou d'étudier, pour les prendre à leur propre jeu inconscient.

Munie d'un sécateur qu'il vaut mieux ne pas laisser dans des mains non expérimentées, je continue vers le jardin. Les légumes semés au printemps se sont épanouis à merveille. Voir ce joyeux capharnaüm en vert et rouge me remplit d'une satisfaction inédite. Les plants de tomates plient sous le poids de fruits bien mûrs, les salades tapissent leurs carrés et les courgettes grandissent à un rythme qu'Ours ne parvient plus à suivre. La veille, je lui en ai rapporté une dodue qu'il a regardée d'un air dépité, avant de trancher. Ras le bol de les manger cuites à la vapeur ou grillées. Celle-ci et les prochaines seraient transformées en conserves à l'aigre-doux.

C'est sans doute lui qui a envoyé Ariane en cueillir d'autres. Je l'aperçois depuis le coin de la serre, de dos, courbée en deux et un petit couteau éplucheur à la main. Je crois tout d'abord qu'elle parle toute seule. Une excentricité tout à fait plausible en ce qui concerne la jeune cuisinière. Une de plus. Son comportement à mon égard n'a pas changé d'un iota. Elle me regarde toujours comme si j'étais une sorte de divinité tout droit descendue de l'Olympe et continue à me vouvoyer. Peut-être s'emploie-t-elle à me maudire – ou à composer un poème à ma gloire. Je ne sais jamais à quoi m'attendre, avec Ariane. Je me demande souvent si elle-même est au clair avec ce qu'elle ressent pour moi.

Mais elle se décale d'un demi-pas vers la gauche et me laisse voir Lola, accroupie devant un plant de courgettes. Je me demande ce qui m'étonne le plus : entendre Ariane rire et deviser à pleine voix, ou qu'elle le fasse en compagnie de la jeune délinquante.

Lola me remarque à son tour et me hèle d'une manière un brin trop familière. J'ai beaucoup d'affection pour elle, c'est un fait. Mais je dois parfois lui rappeler que je ne suis pas sa copine, et encore moins une figure maternelle idéalisée. Des mises au point régulières depuis notre sortie en ville et ses sursauts de clairvoyance qui m'avaient laissée sans voix.

Pour cette fois, je préfère ne pas relever. Pas question de la remettre à sa place devant Ariane.

— Salut, les filles. Vous êtes en mission pour Ours ?

— Ouais. Vise un peu cette trique, Maddy ! Ça ferait

un sacré…, ajoute Lola en amorçant un mouvement du bassin des plus suggestifs.

— Ça nous fera surtout de belles conserves pour l'hiver, dis-je, les sourcils froncés juste ce qu'il faut pour couper court à ses élucubrations, mais sans paraître trop pète-sec.

Ariane baisse la tête pour ne pas croiser mon regard. Elle a viré au rouge coquelicot, comme si mes remontrances lui étaient adressées. Ou que les bêtises de Lola l'aient choquée. Elle en riait pourtant trente secondes plus tôt.

D'un geste sec, elle tranche la tige de la pauvre cucurbitacée et la lance dans un panier avant de s'attaquer à sa voisine. Chaque coup de couteau semble m'être destiné. Mais quand elle se redresse, le souffle court, j'ai plutôt l'impression qu'elle se retient de se jeter sur moi pour m'embrasser à pleine bouche.

— Vos légumes sont magnifiques. On sent votre savoir-faire.

Sa tirade a l'aspect d'un compliment, forme, poids et couleur, mais pas le goût. Trop acide. Sans un mot de plus, elle hisse son panier sur sa hanche et tourne les talons, direction les cuisines. Visiblement surprise, Lola la regarde s'éloigner avant de hausser les épaules.

— Il lui arrive d'être bizarre, ou c'est moi ? lui demandé-je dans un brusque besoin de validation.

— Vous l'êtes toutes les deux, répond-elle avec un sourire indulgent. Parfois même carrément barrées. C'est pour ça que je vous aime bien, l'une comme l'autre.

Et sans préavis, elle lance ses bras graciles autour de

mon cou. J'ai droit à une nouvelle bise sur la joue, bien moins humide que celle de Julia. Non, celle-là, additionnée au souffle de Lola contre ma peau – parfum fleuri et chewing-gum à l'arôme de menthe –, a un petit quelque chose de sensuel qui me met aussitôt mal à l'aise.

— Mais c'est toi que je préfère.

Elle a murmuré ça si bas que je me demande si j'ai bien entendu. Si mon ouïe ou mon imagination ne me joue pas des tours. Je me dégage de son étreinte au risque de la froisser, mais ne rencontre aucune déception dans son regard.

— File rejoindre Ariane. Elle aura sans doute encore besoin d'un coup de main.

Elle bat des cils à plusieurs reprises dans une parfaite interprétation de jeune fille mutine, puis se plie à mon injonction. Légère, elle s'élance à la suite d'Ariane, non sans se retourner pour m'adresser un clin d'œil complice.

Je reste un long moment statufiée sur place, mon sécateur pesant au bout de mon bras. Quel numéro de charme. Je me demande ce qui m'a valu ça. Et surtout, comment m'y prendre pour que cela ne se répète pas. Jamais. Je ne suis pas là pour m'essayer au détournement de mineur. Ni pour servir de figure fantasmée, comme un thérapeute dans un thriller psychologique.

Ma tâche de coupe terminée dans notre verger miniature – deux pruniers vierges de tout fruit et quatre pommiers guère plus motivés –, je pars à la recherche des personnes les mieux à même de me conseiller sur la relation éducateur-élève. Je débusque d'abord Samia, en plein marchandage avec l'un des deux oursins fraîchement arrivés à l'institut. Son geste à mon intention est aussi bref qu'éloquent. Pas maintenant. Message compris cinq sur cinq.

Pedro semble avoir légué les échanges épineux à sa collègue. Je finis par le trouver dans ce que notre directeur appelle un brin pompeusement la salle de cinéma. Stores fermés, coussins disséminés à même le sol, une rangée de chaises au fond de la pièce. Le projecteur diffuse un dessin animé réalisé en *stop motion* sur une portion de mur nu. Je me glisse avec précaution entre les gamins fascinés par les aventures d'une bande de moutons en pâte à modeler, et parviens à rejoindre Pedro sans avoir écrabouillé de phalange ou de tibia.

— Salut, toi, chuchote-t-il alors que la star de l'élevage échappe au chien du fermier en se servant d'un trampoline.

Il profite de l'éclat de rire général pour caresser le dos de ma main. Ce genre de petits gestes spontanés m'agace au plus haut point. Un regard d'avertissement teinté de noir, et il bat aussitôt en retraite, un air penaud de gosse pris en faute sur le visage.

Je pensais qu'il serait capable de faire la part des choses. De toute évidence, je me suis trompée. Mais je refuse de lui laisser croire que je lui appartiens. Pas même une partie infime.

— Arrête ça.

— Désolé. Un réflexe.

Ben alors. La prochaine fois, je le mords. Il adoptera vite d'autres automatismes.

Un mouvement sur ma droite me détourne de Pedro et, avant que je ne puisse réagir, Abel se coule sur mes genoux. Il remue un peu pour trouver une position confortable, puis appuie sa joue contre ma poitrine avec un soupir de contentement.

Je n'ose plus bouger. À peine si je pivote la tête de quelques degrés pour capter le regard ébahi de Pedro. Comme bon nombre d'autistes, Abel ne supporte pas le contact physique. Une source de stress plutôt que de réconfort. Une agression. Alors qu'il le réclame de lui-même…

Et puis il glisse ses bras dans mon dos pour se serrer encore plus fort contre moi. L'émotion comme une tempête, dehors, dedans. Ce geste, la chaleur de ce petit corps. Mes yeux sont grands ouverts mais le décor s'efface, ou plutôt il se fond dans un autre. Plafond en lambris foncés par les années, une unique fenêtre, paysage morne et plat, une ligne de brun, une de gris mouvant au-dessus. Un arbre, un seul, avec son feuillage printanier, vert tendre. Deux lits côte à côte, l'un d'entre eux munis de barrières bricolées avec les moyens du bord.

La chambre que je partageais avec Dalia.

Une pièce sans âme, pas le temps ni l'envie d'en insuffler. Et pourtant, c'est comme si je m'y retrouvais à nouveau, ma petite sœur blottie contre mon cœur. Elle sent le savon, moi la terre humide. Je caresse ses cheveux, les dégageant de son front dans un geste répétitif qui la fait presque ronronner de plaisir. Sa tête calée sous mon menton. Le rythme de nos respirations, une danse ancestrale. Une chanson douce aux paroles remaniées rien que pour elle se forme sur mes lèvres.

Le retour à la réalité est d'une violence inouïe. Quelqu'un a mis le film sur « Pause ». Dissimulant en partie un plan large sur la grange des moutons, plusieurs visages braqués sur moi. Des yeux ronds, des tics nerveux, des pouces dans la bouche, des va-et-vient synonymes de stress ou de joie intense. Abel – et pas Dalia, pas ma petite sœur morte dans mes bras et enterrée sous le tilleul qu'elle admirait des heures entières depuis notre chambre – se détache de moi, m'adresse un sourire d'une douceur qui me déchire en morceaux.

L'instant d'après, il est debout alors que je suis toujours en tailleur à même le sol, le corps et le cœur lourds, mes bras, deux choses inutiles et encombrantes. Son attitude change du tout au tout, comme une girouette aux prises avec des vents orageux. L'espace d'une seconde, il me regarde à la manière d'un adulte, avec bienveillance et compassion. Puis il redevient un petit garçon perturbé, paniqué. Il fixe un point quelque part derrière moi, ses yeux s'écarquillent d'effroi. Une peur trop intense pour être contenue. J'esquisse un geste dans sa direction, mais il file hors de la salle aussi vite que le lui permettent ses jambes tremblantes.

— Il vient de se passer quoi, là ?

On dirait que Pedro ne parvient pas à se décider. Courser Abel, s'assurer que tout va bien – ou aussi bien que possible – ou m'asseoir sur une chaise pour m'interroger, un spot de lumière crue braqué en pleine figure.

— Aucune idée.

J'ai failli répondre « un cadeau ». C'est ce qu'Abel vient de m'offrir. Un moment de tendresse à l'état brut, le souvenir d'une sensation que je pensais enterrée trop profond en moi. Morte à jamais. Grâce à une connexion qui me dépasse, un lien mystique avec moi, avec Dalia peut-être, Abel l'a senti. Il a réveillé cette petite étincelle, l'a transformée en un pont entre le meilleur de mon passé et le présent. Un voyage instantané en doux-amer.

J'aimerais le remercier pour ça.

Mais aussi savoir ce qui l'a autant effrayé.

34

Debout derrière le comptoir de service du réfectoire, Ours pense à Ariane. Il sait qu'il ne devrait pas. Que de telles rêvasseries ne sont pas saines. Il a choisi cet emploi en particulier pour de bonnes raisons. Les gamines pas finies en dedans, celles dont les yeux débordent de méchanceté, très peu pour lui. Aucun risque qu'elles n'éveillent quelque chose en lui. Côté cuisine, jusqu'ici, il n'a eu affaire qu'à des commis masculins. Des gars à peine plus stables que les pensionnaires qu'ils servaient. Ils tenaient entre trois et six mois avant de repartir, trop dur, trop chiant, marre de ces débiles.

Et voilà qu'on lui refile cette petite. L'envie presque douloureuse chaque fois qu'elle noue son tablier autour de sa taille fine. Quand elle le retire, pareil. Ses sourires timides, un poil aguicheurs. Ses jolis seins hauts, ses tétons qui pointent parfois sous le tissu de ses tee-shirts, fiers et conquérants. Ses cheveux dorés comme le blé mûr. Pas une coloration. Crousti le lui a assuré. Il a vu la petite nager nue dans le lac. Une vraie blonde. La chatte claire, voilà ce qu'il lui avait confié, encore tout excité de son expérience illicite. L'enfoiré. Il n'a eu que ce qu'il méritait.

D'un coup de torchon sur la surface en inox rutilante, il chasse Crousti de son esprit. Pour essayer de faire de même avec Ariane, il se ressert de sa potion magique, un alcool aux plantes maison. Une manœuvre de diversion vouée à l'échec.

Plus qu'un centimètre de liquide au fond de la bouteille, qu'il planque avec soin dans la réserve, derrière des boîtes de cinq kilos de petits pois.

Reste à espérer que ses démons ne réapparaîtront pas quand elle sera vide.

*

Perchée en équilibre précaire sur le rebord de sa fenêtre, une cigarette entre les lèvres, Lola pense à la fille. Elle ne se souvient pas de son prénom. Tout le monde le lui a dit et répété, jusqu'à la nausée, mais rien à faire. Selon certains psys, cet oubli provient d'un blocage. Un peu comme si son inconscient ne voulait plus en entendre parler. La honte, la culpabilité, le remords.

Pourtant, elle se remémore la scène chaque jour. De préférence le soir, après l'extinction des feux. Quand personne ne peut venir la déranger.

Elle inspire une bouffée de tabac. Longuement. Une fois l'ensemble de ses alvéoles pulmonaires saturé de poison, elle effleure la cicatrice à la lisière de ses cheveux. Les boursouflures se sont atténuées, avec le temps. Dommage. Ces marques font partie d'elle. La fille a bien failli l'avoir, mais Lola s'est montrée plus forte. Plus maligne. Supérieure.

Elle relâche l'air vicié par le nez, observe le bout de

sa clope, la cendre qui forme une tour au bord de l'effondrement. Une nouvelle taffe ou une pichenette, et elle la réduira en poussière, tel un colosse de mythologie grecque. L'image lui plaît.

La vie, c'est une putain de jungle. Bouffer ou être bouffé, lutter, se battre en permanence. À coups de griffes ou de cutter, pareil. Peu de gens comprennent ça. Cette vision sur l'existence, elle n'a pas pu la partager souvent. Elle préfère travestir ses idées, feindre, jouer la comédie.

Heureusement qu'ici, elle a trouvé quelqu'un qui la comprend. Quelqu'un avec qui elle peut être elle-même, tout simplement. À cette idée, les images du passé, celles avec la fille sans nom, tout ça s'estompe. Elle peut regarder en avant, vers cet avenir où elle ne sera plus jamais seule.

*

Les mains rivées au lavabo, le regard attaché à son reflet dans le miroir, Samia pense à son mari. Ou plutôt, à celui qui aurait dû le devenir. La date avait été fixée, les bans publiés. Les cartons d'invitation, la salle de fête, le traiteur, les arrangements de fleurs pour les tables, son bouquet, tout était organisé. Au cours de la dernière semaine, Samia ouvrait en cachette la housse qui contenait sa robe, une merveille à la coupe fluide, et l'admirait de longues minutes. Sans vraiment y croire. Tout ce bonheur rien que pour elle, c'était presque surréaliste.

Quand c'est arrivé, la veille du jour J, elle s'est

aussitôt convaincue que c'était sa faute. Qu'à force de s'être répété qu'elle ne méritait pas tout ça, le destin l'avait entendue et avait corrigé le tir.

En dirigeant celui d'un ado sous substance en pleine poitrine de son fiancé.

Cette affectation aux Trois Nuages, c'est sa manière d'expier. Une tentative pour se racheter, elle qui n'avait pas su chérir ce qu'elle avait et s'en réjouir. Elle s'occuperait de gamins victimes du même mal-être que celui qui lui avait tout pris. Elle leur pardonnerait. Elle les aimerait.

Sauf que rien ne se passe comme prévu. Guère présentes au début, la rancœur et l'amertume croissent maintenant à un rythme de plus en plus soutenu, grignotant la place qu'elle avait réservée à la compassion et au dévouement.

Bientôt, elle ne sera plus capable d'aimer un seul de ces morveux. Elle ne souhaitera plus qu'une chose. Les voir disparaître.

*

Assis sur la moquette au bas de son lit, Nathanaël pense à son père. Pas au vrai, qu'il préfère oublier à tout jamais, mais à celui qu'il a idéalisé. Pas très grand, mais costaud. Solide. La même couleur de cheveux que lui, la même fossette sur le menton. Il conduit une Audi avec un gros moteur, un modèle élégant sans être tape-à-l'œil. Il gère un business, avoir un patron, c'est pas son truc, par contre il traite bien ses employés. Un mec bien. Respecté. Un exemple pour Nathanaël.

Rien à voir avec l'ordure qui lui a servi de géniteur.

Ni avec celui d'Adrien. Nathanaël n'a jamais compris pourquoi il cherchait sans cesse à le revoir. Pourquoi il fuguait pour aller le retrouver, à parcourir des centaines de kilomètres, comme un clébard abandonné sur le bord de l'autoroute qui retournerait lécher les mains de sa pourriture de maître. Tout ça pour être largué une nouvelle fois, coups de pied au cul en prime.

Il enfonce ses ongles dans les bouclettes rêches de la moquette. Qu'est-ce qu'il déteste sa couleur, entre chiure de pigeon et gris fadasse.

Et qu'est-ce que son pote lui manque. Malgré leurs divergences, ils étaient comme des frères.

Il n'a pas avalé ce que les keufs ont raconté. Cette lopette de Crousti en tueur, n'importe quoi. Quelqu'un d'autre a fait le coup, il en est persuadé. Mieux : il a une bonne idée de son identité.

Un frère, ça se protège. Et en désespoir de cause, ça se venge.

*

Les pieds nus dans l'herbe, une lanterne décorative où brûle une bougie à la main, Ariane pense à son amoureux. D'un geste, elle fait glisser sa robe légère par-dessus sa tête et la dépose à côté de la lumière tremblotante sur la berge. L'eau est froide, mais elle gémit de plaisir au moment où elle s'enroule en vaguelettes curieuses autour de son bas-ventre. Elle s'imagine que c'est lui qui la caresse, ses mains partout, sur sa taille, ses cuisses, ses doigts effleurant son sexe qui pulse au même rythme que son cœur en déroute.

Ses mots résonnent dans son esprit, comme une drogue aux effets puissants et quasi permanents. Il lui suffit d'y songer pour sentir une nouvelle dose se répandre dans ses veines. *Tu me manques. Tu es belle, Ariane, si belle... J'ai tellement envie de toi, si tu savais.*

Parfois, elle lui reproche de mentir. D'exagérer. Elle n'est pas aussi jolie que ça. Pas autant que Madeleine, par exemple. Elle n'a pas ses yeux ou son port de tête digne d'une princesse ou d'une danseuse. On la regarde, c'est vrai, mais quand il s'agit de demi-hommes comme Crousti, ça ne compte pas. Ariane le laissait la reluquer, consciente de la fascination qu'elle exerçait sur lui. Amusée. Le pauvre a dû s'en faire, des films. Des fantasmes où elle lui aurait proposé de la rejoindre, goûter à davantage que quelques moments d'intimité volés, planqué derrière un arbre, une main dans le pantalon.

Des désirs que ce pauvre diable de Crousti n'aurait pu satisfaire. Parce que Ariane n'appartient qu'à un seul homme. Celui qui la reprend sitôt qu'elle évoque d'autres femmes ou des qualités qu'elle pense ne pas avoir. Qui lui répète sans fin à quel point il est fou d'elle. Sa voix comme un grondement de lion, tout en velours. Cette métaphore lui plaît. Son amoureux, roi de la savane. Roi tout court. Son roi.

Comme il lui tarde de le retrouver.

*

Allongée dans son lit, la couette relevée jusqu'à son menton, Julia pense à M. Dubreuil, le voisin de ses parents. Son gardien, selon le terme qu'utilise maman, parce qu'on n'appelle pas un homme de soixante-cinq ans un baby-sitter. Surtout quand il s'occupe d'une grande fille comme elle.

Julia se concentre très fort, mais elle ne parvient pas à se représenter son visage. Peut-être parce que M. Dubreuil commence toujours par lui retirer ses lunettes. Il tapote le dessus de sa tête, comme il le fait avec Kajo, son vieux berger allemand, en lui répétant qu'elle est gentille. Et mignonne. Qu'il apprécie leurs moments en tête à tête. Leurs après-midi rien qu'à eux, leurs petits secrets. De son côté, Julia aime bien les gâteaux secs qu'il achète spécialement pour elle, mais beaucoup moins quand M. Dubreuil se met à la toucher partout, même sous ses vêtements. Même dans sa culotte.

Ces choses qu'il lui fait, ça lui donne mal au cœur. Après, elle n'a plus envie de manger de gâteaux. C'est ce qu'elle a expliqué à M. Dubreuil la veille de son retour à l'institut. Peut-être qu'il a compris, cette fois, et qu'il ne recommencera pas à sa prochaine visite. Elle s'est dressée devant sa silhouette floue, les carreaux de sa chemisette tout mélangés à cause de sa myopie, ses cheveux comme un nuage gris au-dessus de sa tête. Elle a dit non. Et puisqu'il insistait, elle a joint le geste à la parole. Elle a tapé du pied et a propulsé ses bras de toutes ses forces, au centre des carreaux mouvants. Ça a dû fâcher M. Dubreuil, parce qu'il a décidé de faire une sieste. Julia a eu de la peine à retrouver ses lunettes toute seule.

Quand elle a enfin pu les reposer sur son nez, Kajo s'était allongé près de son maître. Il veillait sur lui.

Comme elle veille sur ceux qu'elle aime, ici, aux Trois Nuages.

Chez elle.

*

La main sur la poignée de porte de son studio, Pedro pense à Maddy. Il vient de terminer une de ses rondes habituelles dans l'aile des dortoirs silencieuse. Un arrêt devant chaque chambre, l'oreille tendue, jusqu'à être sûr que tout va bien. Il a senti une vague odeur de cigarette provenant de celle de Lola, mais a abdiqué avant la bataille. La gamine sait qu'il est interdit de fumer, à plus forte raison à l'intérieur du manoir. Mais s'il était rentré, il lui aurait demandé de lui en refiler une plutôt que de la rabrouer. Mieux valait passer son chemin.

Là, il hésite davantage. Pousser sa porte, aller se coucher. Ou aller toquer à celle de Maddy, dans l'autre aile.

Il n'arrive pas à la sortir de sa tête. Malgré ce qu'il lui a assuré lors de ces quelques jours seul à seule. Ses belles promesses ? Des foutaises. Redevenir un simple collègue, au même titre que cette grosse tête de Jean-Marc. Oublier la chaleur de sa peau, son corps toujours prêt, son odeur. Oublier le moment où elle est ressortie de la mer, seins nus, telle une Vénus moderne. Une déesse qui dormait dans son lit. Le sien, bordel.

Il n'est pas près de lâcher ça. De classer le dossier, de faire comme si ça n'avait jamais eu lieu. Et surtout, il refuse de croire que ça ne se reproduira pas.

Ces cinq jours, c'était une juste récompense après tout ce qu'il a fait pour Maddy. Il n'a pas simplement craqué pour elle au moment où elle s'est installée dans son salon. Dès qu'il a posé les yeux sur elle, à son arrivée à l'institut, il en est tombé raide dingue. Depuis ce moment-là, il a tout fait pour lui rendre la vie plus douce. L'entourer. La guider.

La protéger.

La posséder est une suite logique. Rien ni personne ne le fera raisonner différemment.

*

Assis tout au bord de son matelas, les jambes en dehors du lit, Abel pense à l'inconnu qu'il vient d'apercevoir dans une prémonition. L'endroit lui semblait vaguement familier. Une chambre minuscule, mais chaleureuse, comme un cocon. Sa veilleuse ourson sur la table de nuit. L'homme a passé la tête par l'entrebâillement de la porte restée entrouverte pour vérifier que tout allait bien, un peu comme Samia ou Pedro le font avant l'extinction des feux, à l'institut.

Sauf que cela n'a pas eu le même effet qu'avec l'un des éducateurs. Dans l'obscurité, il n'a pas pu discerner les traits de son visage, mais il donnait l'impression de sourire. Il a appelé Abel « mon bonhomme ». Mais cette panique. Ne pas le reconnaître, pas du tout. Ne pas savoir avec certitude où il se trouvait. Honteux, Abel jette un coup d'œil dans son dos. À la tache sombre que l'alèse plaquée sur son matelas absorbe en silence. Il n'en peut plus de ces moments de terreur. De sentir son corps se dérober, lâche et faible. De ne pas pouvoir les partager avec quelqu'un prêt à le croire sur parole.

Maddy pourrait peut-être l'aider. Mais son instinct l'empêche de lui confier son secret. Une intuition en rapport avec la dame rouge. Abel ignore quel lien les unit, elle et Maddy.

Tout bien réfléchi, il préfère ne pas le savoir.

*

Courbé en bas d'une étagère, le front en sueur, Emilio pense à Corentin. À lui et à tous ceux qu'il a fait entrer dans la pièce secrète derrière les rayonnages, au fond de la cave. Des pensionnaires, mais pas seulement. Ce pauvre vieux Crousti l'y a suivi à plusieurs reprises. Maddy aussi, même si elle ne s'en souvient pas.

Sur un dernier effort, il referme le passage. Frotte le sol de la semelle de sa chaussure pour que personne ne puisse discerner l'arc de cercle dessiné par le pivotement de l'étagère, s'éponge le visage avec un pan de sa chemise. Plus personne ne viendra par ici, désormais. Pas même lui.

Il a mis un terme à ses recherches. Un point final à ce projet avorté dans l'urgence. Avant que les choses ne lui échappent complètement, hors de contrôle.

La mort de Corentin lui est apparue comme une tragique erreur de parcours. Un accroc dans un ouvrage d'une complexité et d'une finesse incroyables. Rien qui ne puisse être réparé, toutefois.

Sa véritable erreur a été de s'intéresser à Maddy en tant que cobaye.

Tout s'est mis à aller de travers avec elle. Et malgré ses tentatives pour redresser la barre, Emilio a dû s'avouer vaincu. La révolution qu'il espérait engendrer, celle qui aurait réinventé la psychothérapie moderne et les traitements apportés aux malades, cette révolution n'aura pas lieu. Le prix à payer serait trop lourd.

Si seulement Maddy lui avait dit la vérité dès le départ. Toute la vérité. Parce qu'elle lui a menti sur son passé, c'est une certitude.

Il doit toutefois savoir à quel point. La part de réel dans sa fable romanesque. Il faut qu'il puisse évaluer les dégâts dans leur ensemble.

Et en prévenir de futurs.

35

Elle n'est pas à proprement parler jolie, mais il se dégage quelque chose d'elle. Ses grands yeux bordés de cils denses, sa manière de bouger. Son assurance. Nawal n'a rien à voir avec l'oie blanche craintive que Romain s'était imaginée. Même son français est parfait.

Romain ne sait pas trop si cela le tranquillise ou s'il se sent encore plus jaloux.

Issam a tenu à ce qu'il soit présent lors de sa première rencontre avec sa future femme. Un rendez-vous en terrain neutre, à l'heure du déjeuner, dans un restaurant chic. Romain y est allé en freinant des quatre fers, morose comme jamais. Le sentiment que la situation lui échappait complètement. La proposition de Valentina ne lui semblait pas si mauvaise que ça, tout à coup. Peut-être pas l'option définitive, mais une rotule en miettes peut vite vous faire changer d'avis.

À leur arrivée, Nawal était déjà installée à une table dressée pour trois. Elle s'est levée, a d'abord salué Issam – les deux bises réglementaires, légères – avant de se tourner vers Romain, main tendue.

— Et donc, c'est vous le favori.

Un sourire pétillant de malice, mais aucune trace de méchanceté dans sa voix aux accents rocailleux. Une voix de fumeuse, contredite par son parfum frais et ses dents d'une blancheur impeccable.

— Romain, enchanté. Merci de ne pas avoir choisi le terme de courtisan.

Une poignée de main franche, le temps de s'évaluer du regard.

— Je ne vais pas vous le voler. Pas entièrement.

Romain a haussé les sourcils, surpris par cette entrée en matière. Ils n'étaient même pas encore assis.

— Je pense qu'on devrait trouver un accord pour une location à temps partiel.

— Je suis là, au cas où vous m'auriez déjà oublié, a protesté Issam. Vous m'autorisez à participer aux négociations ?

La couche de glace semblait si épaisse. Jamais Romain n'aurait parié qu'elle se briserait aussi vite, en moins de dix phrases. Le repas a filé à toute allure, entre plaisanteries et confidences des plus sérieuses. Nawal leur a assuré à plusieurs reprises qu'elle ne chercherait pas à s'immiscer entre eux. Que leur relation ne la regardait en rien.

Quelque part entre son deuxième et son troisième verre de vin, Issam l'a toutefois interrompue pour lancer :

— Tu sais que tes parents me payent pour t'épouser ? Et plutôt grassement. Ça ne te gêne pas de faire l'objet d'une transaction ?

Elle a eu ce geste blasé de la main. Une façon de dire que cela lui passait à des kilomètres au-dessus de la tête.

— C'est ce qu'on appelle un accord gagnant-gagnant, non ? Ils sauvent la face au pays, en casant leur vilain petit canard avec un fils de bonne famille. Tu obtiens un dédommagement pour les désagréments, et moi mon passeport étoilé. Et tant pis pour ce qu'ils espèrent pour la suite. Quoi qu'ils s'imaginent, ça ne surviendra jamais.

À ces mots, son regard a survolé son fiancé. Malgré son beau discours, Romain y a perçu une note de regret.

— Je ne vais pas mentir en prétendant que je n'aurais pas préféré autre chose. Mais je suis optimiste de nature et je pense avoir la tête sur les épaules. Je me dis qu'en partant sur des bases claires, nous saurons nous entendre… tous les trois.

Au moment de se séparer devant le restaurant, Romain a eu l'impression de quitter une vieille connaissance.

Huit heures plus tard, ce sentiment perdure. Allongé moitié en dessus, moitié en dessous des draps en désordre, sa tête sur le ventre d'Issam, il se fait la réflexion que l'idéalisme de Nawal l'a peut-être contaminé.

Que, tout compte fait, ça pourrait marcher.

Il se laisse bercer par le double roulis, celui de la péniche et celui de la respiration de son homme. Un sourire gagne ses lèvres tandis qu'il se remémore certains échanges, certaines réactions de sa concurrente et potentielle alliée.

— Je l'aime bien, dit-il tout haut.

Il se garde d'ajouter que ce constat lui tord les tripes et lui donne envie de hurler.

— C'est ce qu'il m'a semblé, répond Issam, prudent, avec un temps de retard.

— Et elle t'aime bien aussi.

— Tu n'as aucun souci à te faire.

— De ton côté, je le sais bien. Mais elle avait cette attitude…

— Laquelle ?

— Son langage corporel signifiait : « Dommage, quand même, j'en aurais volontiers fait mon quatre-heures. » Note que je ne peux qu'être d'accord.

Cette précision se perd dans le rire d'Issam.

— C'est terrible, d'être victime d'une telle objectification, se plaint-il avec cynisme.

— Surtout de la part de ta femme et ton amant.

En deux mouvements souples, Issam se retrouve à califourchon sur ses hanches, ses bras plantés sur le matelas de part et d'autre de son cou. Sans doute allait-il protester. Répéter une fois de plus, en détachant chaque syllabe, que Nawal n'est pas sa femme. Qu'elle ne le serait jamais vraiment. Juste une amie avec qui il allait partager son nom de famille. Une affirmation ponctuée d'un baiser possessif.

Romain imagine tout cela dans la fraction de seconde qui précède la sonnerie de son téléphone. Il maudit tout d'abord ce traître d'interférer avec ses fantasmes. Puis se rend compte qu'il est vingt-trois heures passées. Une urgence. On ne dérange pas les gens aussi tard pour échanger des banalités.

La voix d'Emilio, à l'autre bout de la ligne. Fourbue et stressée en même temps.

— J'ai une question, débite-t-il sans un bonjour ni

formule de politesse. Je sais ce que tu m'as dit, mais plus j'y pense et moins je trouve ça plausible. Il faut que tu te montres franc avec moi, Romain. C'est important.

— C'est à propos de Madeleine ?

Il croise le regard d'Issam, qui s'est assis à l'extrémité du lit. Une seconde de connivence, un « je suis avec toi » muet, mais parfaitement clair.

— Quoi d'autre ? ricane Emilio.

— Il lui est arrivé quelque chose ?

— Tu me l'as décrite comme une banale victime de violences conjugales. Mais elle n'est pas que ça, hein ?

— Tu n'as pas répondu à ma question, Emilio.

— Parce que je veux que tu répondes d'abord aux miennes. Madeleine avait-elle une autre identité ? un autre nom ?

Son ton a une note angoissée tout en étant presque menaçant. Romain se raidit, l'esprit assailli par des dizaines de scénarios sanglants. L'insistance d'Emilio le ramène à la réalité. Quelle que soit la raison de son affolement, continuer à lui mentir ne servirait à rien.

— Madeleine Lemans est un nouveau nom, en effet. J'ai été chargé de la placer en sécurité.

Un vide sur la ligne, si épais que Romain pense que la communication a été coupée.

— Emilio ? Tu es toujours… ?

— Tu aurais dû me le dire.

Une phrase tranchante comme une lame de scalpel. Romain ferme les yeux, se pince l'arête du nez entre le pouce et l'index.

— Ce n'est pas aussi simple que ça.

— Je pensais être digne de confiance, grince-t-il,

puis enchaîne de but en blanc : A-t-elle été responsable d'actes violents dans son passé ? avant de s'appeler Madeleine ?

— C'est possible.

Un nouveau silence, insistant cette fois-ci. L'air contenu dans ses poumons le brûle de l'intérieur, il le relâche avec un sifflement. Sa main dérive de son nez à ses cheveux, qu'il agrippe dans un geste las.

Celle d'Issam vient se poser sur son épaule. Un surplus de force, un soutien inébranlable.

— Oui. Oui, elle a été impliquée dans certains faits violents.

Il n'entend d'abord que les battements de son propre cœur. Puis quelque chose se tasse à l'autre bout de la ligne, comme si Emilio s'était effondré sur le sol. Un château de cartes humain.

— Alors, il faut que tu viennes, dit-il. Et vite.

36

Mes mains enroulées autour de ma tasse vide, je profite de sa vague tiédeur tout en suivant les gestes maladroits d'Estelle du regard. Elle a réussi à étaler sa confiture comme une grande sur sa tartine grillée. Avec les doigts, mais qu'importe. J'y vois une petite victoire.

— C'est bien, cocotte. Mange, maintenant.

J'ai droit à un sourire éclatant juste avant qu'elle n'enfourne une première bouchée – et avec elle une mèche de ses cheveux roux perdue en chemin. Je me penche pour la tirer hors de sa bouche. L'impression de revivre un fragment de mon passé. Un souvenir inexact, une copie non conforme. Dalia était brune, pas rousse. Et elle n'a jamais eu quatorze ans.

Je resserre les pans de mon gilet pour enrayer la propagation d'un vilain frisson. Des restes de fatigue, à l'image de taches que même une lessive à quatre-vingt-dix degrés ne parviendrait à effacer. La nuit a été mauvaise. Tout d'abord ces coups contre ma porte, nerveux et répétitifs. Je sais qu'il s'agit de Pedro. Coucher avec lui a été une erreur. Une envie passagère et égoïste que je n'aurais pas dû assouvir, pas avec lui, pas comme ça. Deux semaines qu'il vient presque chaque soir. Toujours plus insistant. Le jour, son attitude ne vaut pas mieux. Elle a viré du désir à la frustration dans un dégradé régulier. Elle aura bientôt la couleur de la haine.

Je ne compte pas lui ouvrir pour autant. Tandis qu'il s'acharne à frapper du poing, je reste immobile, le dos plaqué contre le battant, ou la tête enfouie sous un oreiller. J'attends que l'orage passe, que Pedro finisse par craindre d'être remarqué par mes voisins de palier ou qu'il se lasse. Pas que j'aie peur de lui ou de ce qu'il pourrait me faire. Mais cet appartement en miniature, c'est mon territoire. Seul mon voyageur sans visage est autorisé à le partager avec moi.

Et Luca, quand il me rejoint dans mes rêves. Ceux qui jalonnent mon sommeil et les autres, que j'invoque dans une semi-conscience.

Ceux-là sont mes préférés. Aucune lutte de pouvoir ou de domination. Juste cet amour à vif, nos deux corps écorchés pour mieux fusionner. Ne plus savoir où commence l'un et où s'arrête l'autre. Une seule entité, malade peut-être, viciée sans doute, mais assouvie. Complète.

Une porte claque quelque part à l'étage. Un vent tempétueux souffle depuis l'aube et promet de se renforcer dans les prochaines heures. Il s'est immiscé entre Luca et moi, nous a séparés de ses longs doigts impatients. Dommage. J'étais bien dans ses bras, au chaud dans mon cocon chimérique.

Pedro, Luca, le vent. Un trio peu profitable. Heureusement qu'en dehors de cela j'ai l'impression d'avoir trouvé un certain équilibre. Abel et – d'une certaine manière – les insinuations cassantes de Theven ont su me réconcilier avec ce qui me restait de ma petite sœur. J'ai intégré le meilleur de mon ancienne vie à celle toute neuve de Madeleine Lemans. Un drôle de tableau, mais dont j'apprécie l'ensemble.

Estelle a terminé son petit déjeuner. Je l'aide à se débarrasser des résidus de confiture collés à ses doigts et ses joues quand Emilio se penche par-dessus mon épaule.

— Tu aurais une minute, Maddy ?

Je commence par sursauter en bonne et due forme, puisque je ne l'avais ni vu ni entendu arriver. Mes récriminations meurent dans ma gorge sitôt que j'aperçois sa mine défaite. On devine à mes cernes que j'ai mal dormi, mais lui semble ne pas avoir fermé l'œil du tout. Depuis plusieurs nuits.

— Il y a un problème ? dis-je, une main pressée contre mon cœur qui pétarade encore à tout va.

Je jette un coup d'œil alentour tout en recensant mentalement les mômes présents dans le réfectoire et ceux que j'ai croisés plus tôt ce matin. Pourvu qu'il n'en manque aucun.

— J'ai quelque chose d'important à te dire.

Son ton impérieux et son air à la fois défait et fébrile m'incitent à me lever. Je cherche quelqu'un susceptible de prendre le relais avec Estelle, passe sur Samia aux prises avec deux autres pains de mie, et finis par héler Ariane qui se faisait toute petite derrière le comptoir de service. Elle accepte bon gré mal gré de me remplacer au débotté. Ça ne fait pas partie de ses fonctions, mais elle n'émet aucune plainte. En revanche, je sens son regard peser sur moi tandis que je sors du réfectoire sur les talons de notre directeur.

Emilio file au pas de charge dans les couloirs, s'assurant de temps à autre que je reste dans son sillage. Il me fait entrer dans son bureau et, alors que je m'attends à ce qu'il s'installe dans son fauteuil en face de moi, il s'adosse au battant de la porte qu'il vient de refermer. Je fais mine de me relever, mais il m'enjoint de ne pas bouger d'un signe sans équivoque.

— Que se passe-t-il, Emilio ? Tu m'inquiètes, là.

Il repousse ses cheveux peu soignés, termine en frottant son visage des deux mains. Un geste qui semble lui apporter un peu de détermination, puisqu'il me fixe et me lance brusquement :

— Quel est ton vrai nom, Maddy ?

Mon estomac se noue, trois boucles superposées d'un coup.

— Tu le sais très bien. Je m'appelle Madeleine Lemans.

— Arrête de mentir.

Même si ma position m'oblige à lever le regard vers lui, je le toise avec toute la froideur que je peux invoquer.

— Je ne vois pas de quoi tu veux parler.

Notre duel visuel dure une bonne minute, et s'achève sur un soupir d'Emilio. Ses épaules s'affaissent, comme s'il était à bout. De quoi, je l'ignore.

— Écoute-moi, Maddy.

Plus de traces de cette urgence dans son ton, désormais presque navré. Ce changement alerte une forme d'instinct profondément ancré en moi. Quelque chose qui me dicte de plaquer mes mains contre mes oreilles, fort. Pour ne plus rien entendre. Et surtout pas Emilio, qui continue, fascinant.

— Concentre-toi sur ma voix. Oublie tout le reste, laisse-toi guider par elle…

Une notion caresse la surface de ma conscience engourdie. Il cherche à prendre le contrôle sur moi. À me dominer. Je devrais réagir, maintenant.

Mais je n'y parviens pas. Bercée par la mélopée rassurante de la voix d'Emilio, je me désintéresse de ce qui m'entoure.

Plus rien ne m'importe.

Je sombre peu à peu dans un océan de quiétude. Ou plutôt, j'y flotte, sereine. Ici, rien ne peut m'atteindre.

Et puis, brutalement, l'impression de perdre pied. D'être attirée sous l'eau par une horde de créatures malfaisantes. Je me débats de toutes mes forces, mes poumons en feu, mes muscles lacérés par des forces invisibles.

Lorsque ma tête crève la surface de l'eau – ou que je reprends conscience –, je suis assise sur un sol dur. Dans le noir. Je jugule une poussée de panique, tâtonne autour de moi dans l'espoir que mes pupilles s'adaptent à cette obscurité poisseuse. Mes mains courent le long d'une paroi verticale sur laquelle je m'appuie le temps de me lever. Je suis le mur du côté droit jusqu'à un coin, puis un autre. Plus loin, un renfoncement d'une autre matière – une porte peut-être, mais aucune poignée, aucun rail que je puisse deviner du bout des doigts.

Je suis prisonnière.

La panique recommence à distiller son venin dans mes veines. J'ai toujours eu les espaces exigus en horreur. Le Père le savait très bien. Quand ses gifles ne suffisaient pas à me mater, il n'avait qu'à me traîner jusqu'à la remise à outils, celle…

— Stop, dis-je tout haut, avec une fermeté que je suis loin d'éprouver. Te remémorer ça ne servira à rien.

Une, deux longues inspirations. Trois. Il n'y a pas une once de lumière dans cette pièce. Cela ne signifie pas qu'on ne puisse pas m'entendre.

Les hurlements qui sortent de ma gorge ressemblent tout d'abord à ceux, plaintifs, d'un chaton malade. Mais ils retrouvent de l'aplomb et finissent par me déchirer les cordes vocales. Sans effet notable.

Je risque de partir en vrille pour de bon si je n'entreprends pas quelque chose. Une fois quelques maigres bribes de courage réunies, je quitte la proximité rassurante du mur et m'élance vers l'inconnu, les bras tendus devant moi.

Mes mains rencontrent d'abord les contours d'un ancien pupitre d'écolier. Le bois est constellé d'inscriptions gravées par des générations d'élèves peu assidus. Je devine un cœur autour de deux lettres. Un *t* et autre chose, un *r* ou un *b*, peut-être. Vu l'âge du meuble, ces deux amoureux coulent sans doute leurs vieux jours dans une maison de retraite.

Un pas chassé vers la gauche et ma chaussure bute contre quelque chose, assez fort pour le faire glisser en arrière avec un raclement. Mon cœur marque un raté à ce bruit soudain, assourdissant dans tout ce silence. Je me déplace pour découvrir ce nouvel objet à l'aveugle, le souffle court, comme si je pouvais tomber sur un nid de crotales.

Il ne se passe rien de cela. Malgré tout, mon cerveau refuse d'intégrer ce que mes mains lui disent avoir touché. Il accepte à peine qu'il s'agisse d'une chaise en métal munie d'appuie-bras. Mais rejette toute autre information.

Comme ces sangles en cuir épais sur les accoudoirs et au bas des pieds. De quoi transformer une chaise banale en instrument de torture.

37

La proposition lui a semblé logique, sur le moment. Sensée. Prendre le volant à presque minuit après un coup de fil aussi cryptique, rouler près de huit heures alors qu'il se sentait déjà fatigué, ça n'avait rien de raisonnable. Mieux valait dormir une poignée d'heures, réserver un siège sur le premier vol du matin pour Toulouse, continuer avec une voiture de location.

Mais maintenant, Romain se demande si Issam a essayé de le piéger. De l'empêcher de se rendre aux Trois Nuages suite aux supplications d'Emilio. Une idée ridicule. Issam n'a rien à voir avec Madeleine. Ni avec Luca di Ferro. Il n'a aucune raison de le tenir éloigné de l'institut.

Et surtout, il ne pouvait pas savoir pour la tempête. Ou bien ?

Cette petite voix vicieuse continue à appuyer là où ça fait mal. À lui répéter qu'Issam a très bien pu consulter les prévisions météo avant de réserver son billet d'avion. Qu'il a parié là-dessus pour le retarder, tout en restant prévenant. Le parfait conjoint attentionné. *Va dormir, mon amour. Je m'occupe de ça.*

Comme il est difficile de croire aux coïncidences quand la paranoïa rythme notre existence. Derrière son pupitre, l'hôtesse raccroche son téléphone et croise son regard. Maquillage parfait malgré l'heure matinale, chignon fixé à la base de la nuque, sourire de façade, elle lui rappelle Madeleine. Voilà peut-être ce qui l'incite à lui parler aussi sèchement.

— Alors ? Quand allez-vous commencer l'embarquement ?

— Demain à la même heure, monsieur. Ce vol est annulé. D'ailleurs, si vous pouviez reculer, j'aimerais bien l'annoncer aux autres passagers.

Elle saisit le micro, mais Romain lui attrape le poignet. Même s'il le serre à peine, ce geste ne lui ressemble pas.

— Qu'en est-il des suivants ? Je dois absolument me rendre à Toulouse.

— Si vous trouvez un pilote assez dingue pour affronter des rafales de près de 140 kilomètres-heure et qui soit aussi fatigué de la vie que vous, faites-vous plaisir. Maintenant, je vous demande de me lâcher, sinon j'appelle la sécurité.

Romain recule aussitôt, comme électrocuté par ces mots. Il bafouille une vague formule d'excuses, tourne les talons sous le regard noir de l'hôtesse. Sa voix résonne dans les haut-parleurs, métallique :

— *À tous les passagers du vol Air France 7400 à destination de Toulouse*...

Romain quitte le hall avant la fin de l'annonce. Retrouve sa voiture garée dans la section longue durée. L'horloge du tableau de bord indique neuf heures trente.

Ce qui ressemblait à une bonne idée, un gain de temps et d'énergie, lui a coûté des heures précieuses et lui coûtera encore beaucoup de nerfs.

Tout en sinuant dans le parking, il déverrouille son mobile, presse sur la touche « Rappel ». Sept sonneries dans le vide avant que la messagerie s'enclenche. Emilio semble avoir disparu de la surface de la planète – ou alors il a balancé son téléphone par la plus haute fenêtre du manoir. Même constat pour Madeleine. Il lui laisse malgré tout un message, deux phrases concises, cassantes. Qu'elle le rappelle au plus vite.

Quel chaos a-t-elle de nouveau engendré ?

Romain serre son volant avec hargne. Formule une prière muette à qui voudra bien l'entendre. Le souvenir de ces mômes fauchés à l'aveugle, celui de ce pauvre bougre sur son propre bûcher. Pourvu que la liste funèbre ne s'allonge pas le temps qu'il arrive aux Trois Nuages.

S'il y parvient.

*

J'avoue avoir perdu les pédales lorsque j'ai découvert la chaise munie de sangles. Un petit flirt avec cette vague connaissance nommée hystérie. Un moment dont je ne risque pas de me vanter. Mais quand même. L'idée qu'une personne peut jouer avec mon cerveau, le mettre sur « Pause » à sa guise – et Dieu sait quoi d'autre encore. L'enfermement dans cette pièce aux allures de tombeau. Et maintenant ce truc issu d'un mauvais film d'épouvante. C'était trop, tout simplement trop.

Me ressaisir m'a demandé de longues minutes. Une heure peut-être. Difficile de quantifier le temps passé dans le noir complet. Mais la rage a fini par prendre le dessus. Elle a effacé ma peur, m'a permis de me relever, de faire face.

Toujours à tâtons, j'ai récupéré cette saloperie de siège pour supplicié. Je l'ai utilisé comme un bélier, le projetant contre ce que j'imagine être une porte. Encore et encore, jusqu'à ce que le vacarme sature mes tympans et que mes bras crient grâce. Et puis j'ai continué en hurlant après chaque coup.

La chaise a fini par se briser en plusieurs morceaux. Le dossier d'un côté, l'assise de l'autre, les pieds éparpillés sur le sol, chacun tombé avec un bruit de casserole sur le revêtement en béton. La porte, elle, n'a pas bougé d'un pouce.

Prostrée dans un coin, les bras croisés autour de mes genoux, j'essaye de comprendre ce qui a amené Emilio à me manipuler mentalement. Et la raison qui l'a fait changer de méthode de manière aussi subite. Il devait jouir d'un certain contrôle sur moi depuis notre première séance d'hypnose. Ce laps de temps perdu, je ne l'avais pas rêvé, finalement. Qu'a-t-il instillé dans mon esprit, malgré moi et sous des prétextes toujours gorgés de bienveillance ?

Une idée rôde à la limite de ma conscience, malgré mes efforts pour la repousser. Luca. Mon vampire adoré est derrière tout ça. Il savait que Theven allait m'abandonner dans cet endroit loin de tout, au fin fond des Pyrénées. Tout en restant dans l'ombre, il s'est arrangé pour me punir à sa façon. Il a orchestré mes errances.

Qu'ai-je bien pu dire ou faire lors de ces moments d'absence, ceux que j'ai perçus comme les autres ? Et quel finale diabolique a prévu Luca ?

Sera-t-il présent pour la toute dernière scène ?

Je l'imagine qui descend du grand escalier, dans le hall du manoir… et mon cœur chute dans un gouffre.

Je visualise parfaitement le décor. Les tulipes en verre du lustre, les portraits attentifs dans leurs cadres. Les chaussures de Luca, noires et vernies, sa manière de tirer sur les manches de sa chemise pour les dégager de sa veste de costume. Sa démarche souple, presque animale. Je peux même sentir son parfum favori, un mélange boisé, très masculin.

Mais je suis incapable de me représenter son visage.

C'est comme si j'avais tout oublié de ses traits. Ou que mon esprit les ait gommés de ma mémoire. Pas juste estompés ou floutés. Supprimés.

Dans mon imaginaire, Luca descend une marche après l'autre, puis m'ouvre les bras. Et je reste pétrifiée, sans savoir s'il s'agit vraiment de lui ou si mon voyageur a quitté le tableau dans ma chambre.

Une nouvelle parenthèse de terreur, ma tête enfoncée dans le creux de mes mains pour que cet afflux d'images cesse. Qu'il me laisse au moins un répit avant que je devienne folle. Et soudain, un changement infime m'alerte. Quelque chose d'inédit dans la ouate opaque de ma prison. Privée de vision, je me suis concentrée sur mon ouïe sans m'en rendre compte, et malgré mon angoisse. Je relève la tête, ferme les paupières avec force pour diriger toutes mes perceptions vers mes oreilles. Là. Je l'entends de nouveau. Un son à la fois banal et inattendu. Un sifflement rageur. Je me souviens du vent qui s'était mis à souffler tôt ce matin – pour autant qu'il s'agit toujours de la même journée. Des bourrasques que j'imaginais glaciales, depuis la tiédeur de mon lit.

Le vent a gagné en intensité, à en croire ses gémissements. Ils me parviennent avec plus de clarté, puis sont accompagnés par un autre bruit. Celui de pas précautionneux. Si je me trouve bien comme je le pense dans une cave – celle de l'institut ou une autre –, quelqu'un descend l'escalier.

La prudence ou une certaine forme d'instinct de survie m'incite à rester immobile, pelotonnée dans mon coin. Mon besoin viscéral de sortir de là s'en fiche royalement et balaye toute opposition. Je me dresse comme un animal bien conditionné, prête à donner la patte sur commande.

Le panneau que j'ai cherché à défoncer coulisse dans un frottement et révèle ce qui se trouve de l'autre côté. Je ne vois que la lumière aveuglante d'une lampe-torche. Par réflexe, je lève un bras en protection devant mes yeux.

Juste avant qu'un objet me heurte tout d'abord dans les côtes, puis en pleine tempe. Un coup précis qui me renvoie dans les ténèbres.

38

Mes pieds nus s'enfoncent dans la terre détrempée. Je cligne des yeux à plusieurs reprises, cherche à percer la pénombre. À comprendre ce que je fiche dehors. Réalité et cauchemar s'enchevêtrent aux dernières bribes de cette absence malvenue. Difficile d'en démêler les fils.

Je repars, dérape, trébuche, entaillée par de vilains cailloux pointus, lacérée par les branches basses et griffues que je rencontre à toute vitesse. Qu'importe la douleur, je continue à fuir la voix.

Je ne sais pas si elle est réelle. Si c'est bien une personne, et non le vent – ou moi-même – qui chantonne :

— Jaaaaasmine… Courir ne sert à rien, viens vers moi, Jasmine…

Je ne suis plus Jasmine, mais Madeleine Lemans – Maddy pour mes amis. Pourquoi cette sorcière continue-t-elle à m'appeler par ce nom ? Celui d'une femme morte et enterrée ?

— Viens ici, Jasmine…

Ton nasillard et aigu, trémolos sur les voyelles. Il s'agit peut-être vraiment d'une vieillarde au nez crochu. Si elle m'attrape, elle me transformera en chauve-souris ou me mangera toute crue. Ou alors, c'est un homme qui imite les intonations d'une sorcière. Peut-être même bien Luca. Il prononçait le *j* de mon prénom comme ça, à l'américaine. Comme si j'avais grandi à New York. J'adorais ça. Je pouvais me construire un autre passé, une autre existence, loin, très loin de mon enfance entre gris et boue.

— Viens jouer avec moi, Jasmine.

Je ne veux pas savoir à quels jeux cette tarée – sa voix ressemble trop à la mienne, beaucoup trop – aimerait me faire participer.

La pluie martèle mon visage, colle mes cheveux sur mon front, dilue le sang qui dégouline de mon arcade sourcilière. Impossible d'y voir clair avec ça, surtout que le crépuscule approche. Je m'étale encore une fois sur le sol spongieux, m'écorche sur un bout de rocher, mais repars de plus belle.

Si vite que je manque de lui rentrer dedans.

La clôture se tient devant moi, hautaine. Des tiges de trois mètres, serrées les unes contre les autres, renforcées par un treillis en losanges. Des longueurs de fil de fer barbelé enroulées au sommet. Mue par l'énergie du désespoir, je tente de m'y suspendre, d'y grimper. Mes mains à vif contre le métal lisse. Et le vent qui me secoue comme une vulgaire poupée de chiffon accrochée là et qu'il vaudrait mieux faire retomber en lieu sûr.

Perdu d'avance.

Un craquement monstrueux derrière moi. Un pin vient de céder sous les assauts de la tempête et s'affaisse, éventré. Je m'en éloigne comme s'il pouvait rouler sur moi, ou qu'une colonie de scorpions soit susceptible de s'échapper des restes de son tronc. Un trajet sans aucune logique, petit lapin fuyant les crocs du renard.

À bout de souffle, je me laisse tomber au creux d'un fourré. Ma tête pulse douloureusement. Mon œil gauche, gonflé après le choc qui m'a mise KO, demeure à moitié – non aux trois quarts – fermé et aveugle. Des frissons me secouent sans discontinuer, le choc, la peur, le froid. Le vent est aussi glacial que la pluie, mais surtout, mon tortionnaire m'a presque entièrement déshabillée avant de me lâcher dans la nature comme un vulgaire gibier.

Me voilà donc à cavaler en pleine nuit et en petite tenue dans cette forêt rendue hostile par des forces déchaînées. C'est bien la première fois que je me retrouve à vivre en vrai un rêve prémonitoire. Tant qu'à faire, j'aurais préféré un autre scénario.

Si déjà je savais qui me pourchasse.

Peut-être que rien n'est réel. Que c'est dans ma tête. Mais il se peut très bien qu'il y ait quelqu'un à mes trousses. Quelqu'un qui joue avec mes nerfs en répétant mon ancien nom.

À cette pensée, je prends conscience que je n'ai plus entendu la voix depuis un long moment. Un piège, peut-être. Ma trouille, mon instinct défaillant et mon bon sens votent à l'unanimité pour que je reste cachée. Quelques minutes encore. Juste quelques minutes. Je les égrène en comptant en silence, jusqu'à ce que mes dents commencent à s'entrechoquer. Trop froid. Trop pour rester immobile. À la longue, ma conscience va se mettre à vaciller, mes yeux vont se fermer malgré moi. Et ce n'est pas le moment de dormir. Vraiment pas.

Aucun repère, aucun indice qui me permettrait de m'orienter. Chancelante, je progresse entre les obstacles de la forêt, poussée par les bourrasques qui semblent vouloir m'indiquer une direction. Je me réfugie dans un ailleurs où je verrais les phares de la voiture de Theven transpercer l'obscurité. Deux feux mouvants dans la tempête. Les bras de mon protecteur autour de mes épaules, une couverture, l'abri sûr de l'habitacle. Partir de ce lieu maudit pour ne jamais y revenir.

Des lueurs se dessinent bel et bien en arrière-plan, floutées par la pluie. Elles proviennent du manoir, illuminé à tous les étages. Je m'élance vers lui, vers cette promesse de chaleur et de réconfort.

Et c'est là que j'entends les cris.

*

La vitesse maximale des essuie-glaces ne parvient plus à endiguer les flots tombés du ciel rageur. Romain a l'impression de progresser dans un tunnel de lavage couplé avec un train fantôme. Les ombres qui surgissent devant ses phares, les rafales qui cherchent à pousser sa voiture dans le fossé, un tonneau après l'autre. L'hôtesse à l'aéroport n'avait pas menti. Pas plus que les journalistes radio et leur cumul de flashs météo. La tempête cramponnée au sud-ouest de la France ne fait que débuter, mais elle restera sans doute gravée dans les mémoires.

Lors de son dernier arrêt, il a enfoncé ses écouteurs dans ses oreilles. Système D pour pouvoir garder ses deux mains sur le volant en l'absence de Bluetooth.

Issam l'appelle presque chaque quart d'heure. Au début pour le convaincre de rebrousser chemin, puis, quand il a fini par comprendre que rien ne le ferait changer d'avis, juste pour s'assurer qu'il est vivant. Entre ses coups de fil, Romain lance des bouteilles à la mer, alternant les numéros de Madeleine, d'Emilio et celui de la major Dupuy. Il n'obtient désormais plus qu'une tonalité continue, angoissante.

La région au sud de Toulouse est coupée du monde. Et pourtant, c'est exactement là qu'il compte aller. Dans cet enfer entre noir et vent.

Un éclair à l'horizon, sans grondement de tonnerre. Puis un autre, multicolore. Un bouquet de gyrophares au beau milieu de la route. Romain rétrograde, ne roulant plus qu'au pas. Le gars qui s'approche porte une veste de pompier, col relevé, et un chapeau à bords larges déformé par les trombes d'eau. Il se penche vers la fenêtre que Romain entrouvre juste assez pour pouvoir communiquer.

— Faut faire demi-tour, monsieur !

— Laissez-moi passer, je dois à tout prix me rendre plus loin.

— Ça va pas être possible. On a deux gros glissements de terrain, plus haut. La route a été emportée avec le reste.

Aéroport fermé. Route coupée. Romain serre son volant assez fort pour le réduire en charpie.

— Vous comptiez aller où ?

L'homme le regarde comme s'il le jaugeait. Moitié compatissant, moitié prudent. C'est vrai qu'il faut être complètement dingue pour conduire dans de telles conditions. Encore plus pour s'entêter à continuer en ligne droite vers l'œil du cyclone.

— À l'institut des Trois Nuages.

Une bourrasque relève le bord du chapeau du pompier. Une rigole se forme sur le tissu imperméable et l'eau en profite pour s'engouffrer dans son col. Il ne réagit pas. Sans doute est-il aussi trempé sous que sur ses vêtements. Romain précise qu'il est officier de police et l'homme hausse les épaules.

— J'espère qu'il n'y a aucune urgence vitale là-bas. Pour l'instant, ils sont livrés à eux-mêmes.

39

De la main droite, il tente de compresser une plaie béante sur son flanc. La gauche est attachée au joli banc en pierre à proximité des parterres de roses, celui où je m'étais installée avec Emilio pour ma première séance d'hypnose.

Pedro a dû en tomber. Après ou pendant qu'il se faisait rouer de coups et poignarder.

Je me rue sur lui comme un démon tout droit sorti des enfers. Un démon crasseux en débardeur et petite culotte. Je sens à peine mes mains, mais je parviens à défaire le lien qui le retenait au banc. Un bout de corde identique à celle utilisée pour crucifier Adrien.

Son souffle est court, désorganisé. Son bras retombe sans qu'il puisse le maintenir et il semble soudain comprendre que quelqu'un s'est porté à son secours. Il fronce les sourcils comme pour effectuer une mise au point, finit par me reconnaître.

— Maddy… Pourquoi ?

Ses lèvres se teintent de rouge à ces mots. Je dois faire quelque chose. Le mettre à l'abri – impossible, il est bien trop lourd pour que je le tire jusqu'au manoir.

Appeler à l'aide – personne ne m'entendra depuis la bâtisse. Aller chercher des renforts – non, je ne peux pas laisser Pedro là tout seul.

Endiguer l'hémorragie, au moins. Je presse mes paumes sur la plaie, effrayée de sentir sa peau aussi glacée sous son tee-shirt en lambeaux. Le cœur serré par mon impuissance. Luca m'a appris à faire des trous. Pas à les refermer.

Sur un hoquet qui n'augure rien de bon, Pedro jette un coup d'œil à mes mains. Au filet de sang qui s'en échappe en continu. Puis il relève vers moi un regard accusateur.

— Qu'est-ce que tu m'as fait ?

Ma première réaction – il divague. État de choc, rien de plus normal.

Mais une fraction de seconde plus tard, des images m'assaillent. Mes doigts nouant la corde autour de ses poignets, bien serré. Mon corps plaqué contre le sien, mes mouvements langoureux, un baiser plein d'envie.

Juste avant que ma folie se déchaîne.

Non. Il s'agit de mon imagination. De cette part déviante de mon cerveau, celle, corrompue par mes tarés de géniteurs, qui crée de toutes pièces des scénarios tordus. Lorsqu'on imagine sans cesse le pire, le quotidien et son lot de petites horreurs banales deviennent plus supportables.

— Qu'est-ce que tu m'as fait, Maddy ? croasse une nouvelle fois Pedro.

Je m'écarte en secouant la tête. J'essaye de te sauver, espèce d'imbécile. Je n'ai rien fait d'autre. Mon débardeur est maculé de sang, mais c'est le mien.

Vraiment ?

Un cri entre rage et désespoir et je presse de plus belle le flanc de Pedro. Ses lèvres s'agitent encore, forment des mots qui se perdent dans les rugissements de la tempête. Des bulles rouge vif explosent à leurs commissures.

Et tout d'un coup, c'est fini. Une dernière respiration hachée. Un voile sur ses yeux. Tout son corps se relâche.

Entre mes doigts, le sang cesse de couler.

*

La veste empruntée au pompier pèse une tonne, mais elle a le mérite d'être étanche. Romain aurait dû lui piquer des bottes, tant qu'à faire. Voire la panoplie complète, pantalon, casque et tout le tralala. La pluie a imbibé son jean qui colle désagréablement contre sa peau et ses chaussures de tous les jours seront bonnes à jeter.

Il ne s'attendait pas à un tel parcours du combattant en se levant ce matin. En Parisien pur jus, il en a aussi sous-estimé la difficulté. Sa lampe-torche, pourtant puissante, n'éclaire qu'à deux mètres devant lui, et le vent s'entête à vouloir la lui arracher des mains. La terre qui s'enfonce sous ses pieds, les ruisseaux sortis de leur lit, les buissons de ronces aux allures de grillage en barbelé ; la ligne droite qu'il espérait naïvement prendre se résume à une série de zigzags et de retours en arrière. Les rafales se calment par moments, juste le temps de lui donner l'illusion de maîtriser sa trajectoire, puis elles redoublent d'intensité. Son mobile, lui, ne capte plus aucun réseau.

Rien de tout ça n'a de sens.

Il devrait rebrousser chemin. Rendre son matériel au pompier qui l'a regardé comme s'il lui manquait une case. Se mettre à l'abri jusqu'à ce que le gros de la tempête passe, puis retourner à Paris, retrouver Issam. Organiser son faux mariage avec cette jeune femme si vraie. Reprendre le cours de sa vie avec ses hauts et ses bas.

Voilà ce que le bon sens voudrait. Il n'est pas le laquais de Madeleine. Il ne doit rien non plus à Emilio. Chacune de ses décisions dans le dossier Madeleine a été soupesée, réfléchie. Personne ne peut le mettre en cause.

Mais il reste ce pressentiment. Cette petite voix lancinante.

Madeleine – ou Jasmine, autrefois – était un loup. Un prédateur qu'il a lâché chez des agneaux. Des enfants innocents.

Il songe à ce garçon étrange qui l'a approché lors de son dernier – et tragique – passage à l'institut. À ses recommandations muettes. Retourner chez lui, dans son bateau dessiné à coups de gros traits hâtifs. Y rester.

Romain n'a pas suivi cette partie-là de ses conseils.

*

C'est la peur qui l'a incité à se cacher là. Dans la confusion qui a succédé à la découverte du corps, il s'est glissé dans un recoin. Désorienté, terrorisé. Il a lâché une main, attendu que les troupes quittent le hall dans un concert d'ordres parfois contradictoires. *Par ici. Vite. Ne courez pas. Restez groupés. L'un après l'autre. Suivez-moi, restez avec lui, avec elle, suivez-nous.*

Le chaos.

Mais à présent, Abel sait parfaitement ce qu'il doit faire.

Il commence par sortir la tête de sa cachette. Centimètre par centimètre, jusqu'à ce qu'il puisse embrasser le hall du regard. Personne en vue, hormis ces gens aux figures austères dans les cadres-prisons dorés. Certains lui fichaient la trouille, quand il est arrivé aux Trois Nuages. Il les a apprivoisés, depuis.

Rassuré par l'absence de spectateurs en chair et en os, il se contorsionne pour quitter son refuge, un renfoncement sous la première marche du grand escalier à peine assez spacieux pour le contenir. Les deux battants de la porte d'entrée vibrent sous les assauts du vent, un *toudoum-toudoum* irrégulier et stressant. Abel entreprend son ascension vers le premier étage, prenant soin de se tenir à l'extrémité droite de l'escalier. De ne surtout pas regarder vers la gauche, vers le cadavre qui, il le sait, fixe le lustre de ses yeux éteints, la tête en bas, les membres en désordre.

Une fois en haut, il s'assied en tailleur dans le corridor tapissé de moquette verte. Mélange de crainte et d'excitation à l'idée de la rencontrer. Il n'y a plus qu'à attendre qu'elle arrive.

La dame rouge.

40

La nuit a pris ses aises, complète, avec un petit avant-goût d'apocalypse. Le pompier n'avait pas exagéré : sur deux portions larges d'une cinquantaine de mètres, la route n'existait tout simplement plus. Des tonnes de boue, de troncs épars et de gravats charriés par les trombes d'eau ont arraché l'asphalte comme s'il s'agissait d'une bête couche de confiture sur une tartine. Le tout a été englouti par la montagne et digéré en aval.

Et cette maudite pluie qui continue à tomber, à frapper d'un côté puis de l'autre sous l'effet des bourrasques. À croire que quelqu'un, là-haut, s'est finalement décidé à faire table rase de l'humanité. L'expérience n'a pas eu les résultats espérés, passons à autre chose.

Une bande de goudron noyée sous cinq centimètres d'eau se dessine enfin dans la tache de lumière crue dispensée par la lampe-torche. Sans point de repère, Romain ignore s'il s'agit de la route menant à l'institut. Il n'hésite toutefois pas à la suivre. Le reste n'est que chaos.

Cinq ou six kilomètres et plusieurs virages en épingle plus tard, il débouche sur un replat. Malgré l'obscurité et le décor de désolation qui l'entoure, il parvient à se situer. Après ce bout droit et une dernière courbe, il arrivera à l'entrée du domaine des Trois Nuages. Il ralentit la cadence et regarde l'heure sur son mobile : 21 h 45, toujours pas de réseau, et plus que douze pour cent d'autonomie dans la batterie. Le mauvais pressentiment qui l'accompagne depuis le coup de fil d'Emilio continue à lui ronger l'estomac, pire qu'un régime à base d'expresso et de citron pressé. Il range l'appareil dans la poche intérieure de sa veste, sous celle du pompier, et reprend son allure rapide.

Un cri entre joie et victoire contre l'adversité au moment où les grilles du portail émergent du néant. La pluie dégouline des roses métalliques, comme un flot de sève empoisonnée. Romain hausse la tête vers le sommet et l'imposante inscription. Les Trois Nuages. L'institut n'a jamais aussi bien porté son nom qu'aujourd'hui. Dommage que ces nuages se soient ligués dans de sombres desseins.

Son enthousiasme chute quand il comprend que les portes sont fermées et qu'il a oublié le code permettant leur ouverture, puis regonfle à la vue d'une lumière, de l'autre côté de la grille. Des phares. Romain distingue le minibus utilisé pour transporter les pensionnaires lors de visites éducatives ou de sorties au vert. Alors qu'il ne se trouve plus qu'à dix mètres, le portail s'ouvre avec peine, sans doute actionné par une télécommande. Il s'immobilise à mi-chemin, bloqué par un enchevêtrement de feuilles et de branchages.

Le conducteur remonte le capuchon de sa parka avant de sortir du véhicule. Il vacille sous la force du vent, se courbe, puis se dirige vers l'une des portes. Sans remarquer Romain, qui doit lui secouer l'épaule. Il ne reconnaît Emilio que lorsqu'il oriente son regard affolé sur lui. L'instant d'après, il lui tombe dans les bras.

— Romain, Dieu merci tu es là. Tu vas pouvoir nous aider à évacuer les enfants. Où est ta voiture ?

Il scrute les environs, les paupières plissées, puis recommence à s'échiner sur les branches qui obstruent les portes.

— Elle est restée en bas. La route est coupée.

Emilio lève la tête, une expression de profonde incrédulité sur le visage.

— Comment es-tu venu, alors ?

— À pied.

Un silence entre déférence et consternation. Un des gamins secoue une poignée dans le minibus avec impatience. Emilio se tourne pour lui crier de rester tranquille. Un réflexe inutile. Aucune chance pour qu'il soit entendu.

— Maintenant que je suis là, tu veux bien m'expliquer ce qui se passe ?

— C'est Maddy.

Une bourrasque rabat son capuchon en arrière, et la pluie colle instantanément ses boucles sur son front.

— Je pensais l'aider, je te jure. Si j'avais su qu'elle jouait un rôle, qu'elle avait endossé une nouvelle identité, je n'aurais jamais fait ça.

— Fait quoi ?

— Je l'ai hypnotisée sous prétexte de calmer ses angoisses.

— Elle a accepté ça ?

Romain n'en revient pas. La femme qu'il a vue sur ces enregistrements, celle qui remettait un couteau ensanglanté à un officier de police, ne se serait jamais résolue à baisser ses barrières. Emilio doit avoir un sens de la persuasion hors du commun.

— Elle allait mal et… elle me faisait confiance. Elle pensait qu'il s'agissait juste de méthodes de relaxation.

— Et de quoi a-t-il été question au juste ?

— J'ai fait un travail de fond à son insu. Mon but était qu'elle oublie les épisodes douloureux de son passé. Mais je crois que… Enfin, il se peut que…

Emilio baisse le regard, honteux.

— Quoi ? Crache le morceau, bon sang !

— Ces manipulations ont sans doute fragmenté sa personnalité. Maddy d'un côté, celle qu'elle était avant de l'autre. Et cette dernière cherche à reprendre le contrôle. Voilà pourquoi je t'ai demandé si elle avait des antécédents de violence.

Transformé en réalité brutale, le pressentiment qui animait Romain explose, incendiant son estomac et le reste de ses organes au passage.

— Tu veux dire que…

— Qu'elle pourrait enchaîner des épisodes psychotiques. Des espaces de temps durant lesquels son ancien *alter ego* serait capable du pire, sans que Maddy en ait conscience.

— Et quelles sont les probabilités pour que ça arrive ?

— En fait, ça a déjà commencé.

Une phrase aux allures de glas. Romain met une poignée de secondes à l'intégrer, puis se secoue mentalement. Blâmer Emilio pour ses erreurs ne servirait à rien, surtout maintenant. Même si le charlatan en herbe semble attendre une remontrance, les yeux rivés au sol et la posture figée. Lui doit se montrer pragmatique, rien d'autre. Parer au plus pressé.

— Où est le reste des gamins ?

— Nous les avons rassemblés dans le réfectoire, répond Emilio avec une pointe de soulagement presque enfantin dans la voix. Je pensais les évacuer par petits groupes, les plus fragiles d'abord.

Il désigne le minibus d'un geste par-dessus son épaule. Au moins, il a pris des décisions logiques.

— Ils sont avec l'équipe encadrante ?

— Oui, et le reste du personnel. Enfin, à part ceux qui manquent à l'appel.

— Bien, allons les retrouver. On avisera une fois tout le monde sous surveillance.

Romain lui donne une impulsion qui le fait sortir de son état de torpeur. Une minute plus tard, le bus opère un demi-tour laborieux sur la route transformée en ruisseau. Casé entre la porte et un môme qui exprime son stress à l'aide de longs hululements rauques, Romain tente de se convaincre qu'il a fait tout son possible.

Et que tout va rentrer dans l'ordre.

Sitôt qu'il pénètre dans le hall d'entrée du manoir, ce frêle début d'optimisme meurt dans l'œuf. Non. La fin de cette pièce absurde ne sera pas heureuse. Pas de *happy end* pour ses acteurs involontaires, pas de *standing ovation* et de flûtes de champagne dans les loges.

Il remarque tout d'abord l'odeur. Elle imprègne l'air et sature aussitôt ses narines. Son voisin de bus se met à tourner sur lui-même en frappant son crâne, en pleine crise de panique. Romain essaye tant bien que mal de le contenir, le temps qu'Emilio finisse de regrouper ses huit premiers rescapés au sec. Tous les mômes jettent des coups d'œil furtifs dans la même direction, un point d'attraction irrépressible, qui semble les terroriser.

Romain suit leurs regards et l'aperçoit. Abandonné au beau milieu de l'escalier, son torse nu balafré de toutes parts. C'est de lui que provient cette odeur de mort.

— Qui est-ce ? demande-t-il à Emilio qui vient de réapparaître, une jeune fille en larmes sous le bras.

— Il s'appelle… s'appelait Nathanaël. Le meilleur ami d'Adrien. D'après ce qu'on m'a rapporté, il croyait fermement que Maddy était responsable de sa mort. Et il prévoyait de la faire payer.

Sur un signe de tête, il incite Romain à mener son troupeau vers le couloir. Romain s'exécute après s'être débarrassé de sa veste supplémentaire et avoir sorti son arme de service de son holster. Se balader ainsi avec un flingue à la main droite et un môme accroché à la gauche lui donne un air grotesque. Il préférerait avoir des renforts. Un soutien efficace, comme celui de la major Dupuy. Si seulement il avait pu la contacter.

Leur arrivée dans le réfectoire produit des effets qui s'étalent sur toute la gamme des émotions. Certains gamins poussent des cris de joie, d'autres se mettent à sangloter, d'autres encore les regardent avec peur ou comme s'ils n'étaient pas réels. Romain jauge le nombre de personnes présentes, enfants, adultes.

— Tu m'as dit que quelqu'un manquait à l'appel, dit-il à l'intention d'Emilio.

— Hélas oui. Pedro, un de nos éducateurs, et Ariane, qui travaille en cuisine.

Ariane. La jolie blonde aux allures de danseuse étoile dont s'était plainte Madeleine.

— Le comportement d'Ariane exaspère souvent Madeleine. Qu'en est-il de Pedro ?

— Les rumeurs veulent que lui et Madeleine aient eu une liaison. Pedro n'aurait pas apprécié qu'elle y mette un terme.

De mieux en mieux. Romain aurait plutôt dû abandonner cette femme dans une cellule capitonnée et sous castration chimique. Comment les choses avaient-elles pu déraper pareillement en à peine quelques mois ?

— Ils ont donc eu tous deux maille à partir avec Madeleine. Mais qu'est-ce qui a déclenché ce sursaut de violence ? Pourquoi maintenant ?

— J'ai voulu parer au plus pressé après t'avoir appelé. La mettre hors d'état de nuire. Ce matin, je l'ai enfermée au sous-sol, mais… elle est parvenue à s'échapper.

Une femme au teint mat s'est levée pour s'approcher d'eux et suivre leur conversation à mi-voix. Romain reconnaît l'autre éducatrice spécialisée. Il s'adresse autant à elle qu'à Emilio pour demander :

— En dehors de Pedro, tout le monde est là ?

Emilio hoche la tête, mais Samia secoue la sienne, l'air grave.

— Non. Lola et Abel sont introuvables. J'espère qu'ils sont ensemble. Et en sécurité.

41

La poignée m'échappe des mains et le battant pivote brusquement jusqu'à buter contre le mur dans un fracas qui résonne en écho interminable. Mon désir d'entrée discrète en prend un coup. Je dois lutter contre le vent pour repousser la porte, la refermer. Victorieuse, je me retourne pour examiner les environs. Tous les regards sont braqués sur moi. Du vieux lord assis dans son fauteuil en velours à la lady guindée et son chapeau à voilette, tous me toisent d'un air vaguement dégoûté. Le sang sur mon front et mon débardeur, peut-être.

Le sang sur mes mains.

Une fois n'est pas coutume, je n'ai ni la force ni l'envie d'affronter leur jugement silencieux. Tout ce qui m'importe, c'est de savoir les enfants en sécurité.

C'est la seule chose que Madeleine désire.

Jasmine elle aussi refuse de voir un innocent souffrir comme Dalia a souffert. Aucun enfant ne le mérite. Qu'il naisse avec un gène tordu ou supplémentaire, dans une famille dysfonctionnelle ou du mauvais côté d'une frontière. J'aurai au moins compris ça depuis que je suis devenue Madeleine.

Je baisse donc les yeux pour échapper aux regards des personnages dans leurs cadres ornementés. Avant tout, me débarrasser du sang qui macule ma peau, mes cheveux, ce qui reste de mes vêtements.

Je traverse le hall avec une suite logique à l'esprit. Me laver. Me rhabiller. Mettre les enfants hors de danger.

À la troisième marche, je sais que ce vœu ne se réalisera pas.

Nathanaël gît en travers des marches, le haut du corps lardé de coups de couteau. Les yeux encore grands ouverts. Il n'émettra plus jamais le moindre son, pourtant je l'entends hurler dans ma tête, de longues plaintes inarticulées, presque animales, comme lorsque nous avions retrouvé Adrien dans la forêt.

Une part de moi, logique et terre à terre, comprend qu'il est mort. Mais je ne peux pas m'empêcher de m'élancer vers lui, de chercher un pouls, un souffle, un mouvement dans sa poitrine. Je finis par le hisser dans mes bras, me barbouillant d'une nouvelle couche de rouge. Qu'importe. Le laisser dans cette position absurde et inconfortable est hors de question. Son poids manque de me faire basculer en arrière, à croire que la mort pèse plus lourd que la vie. Je me retiens *in extremis*, assure ma prise sous ses épaules et ses genoux et le dépose au bas de l'escalier. Ferme ses paupières. Là, c'est mieux. À présent, il semble dormir.

Sonnée, j'abandonne Nathanaël à son sommeil et reprends mon ascension. Chaque pas, chaque marche comme si je gravissais cent mètres de dénivelée.

Je parviens sur le palier, les jambes en coton, le cœur au bord des lèvres. Le mal de l'altitude. Ou tout le reste.

Mon sens de la réflexion a préféré se carapater dans un endroit plus paisible. Il a bien raison, le bougre. Mais sans lui, plus rien ne m'étonne vraiment. Je trouve donc tout à fait logique de découvrir Abel, assis au bas d'un mur dans le couloir menant à ma chambre. Pas plus de surprise de son côté. On dirait qu'il m'attendait. Qu'il savait pertinemment que j'allais apparaître là, sans pantalon ni chaussures, mais couverte de strates de sang plus ou moins séchées.

Pas effrayé pour un sou, il se lève, patiente jusqu'à ce que je me retrouve à sa hauteur pour glisser sa main dans la mienne. La différence de température entre nos épidermes provoque un électrochoc. Une onde douloureuse et agréable à la fois, qui n'atteint hélas pas mon cerveau. Peut-être cela m'aurait-il permis de m'extirper de cette couche de stupeur ouatée.

— *Hello, sunshine.*

Je m'entends dire ça et aussitôt un rire me secoue la poitrine, tant cette formule est décalée. Cette phrase appartient à une gentille dame qu'il croiserait au petit déjeuner, un jour ordinaire. Pas à une furie revenue d'on ne sait où après avoir été successivement hypnotisée et assommée. Pas avec un cadavre au bas de l'escalier et un autre dans le parc. J'ouvre la bouche pour laisser échapper ce rire, parce qu'il me fait mal à rester au-dedans. Mais il ressemble plutôt à des aboiements brefs, les babines retroussées sur les dents.

Abel s'en fiche. Il tire sur ma main, direction ma

chambre. La porte est ouverte et je devine que quelqu'un y est entré. Que cette personne a opéré une fouille sommaire et assez maladroite. Je n'aurais pu me cacher ni dans un des tiroirs de la commode, ni sous le couvre-lit. Abel me laisse pour s'installer sur la chaise placée à côté du bureau dans une position d'attente, les bras croisés. Je poursuis mon inspection dans tous les coins de mon petit chez-moi. Jusqu'à la salle de bains, où je croise mon reflet dans le miroir.

Ou plutôt, je *la* croise. De face, alors que je ne l'avais vue que de profil, ses traits en grande partie dissimulés par ses cheveux.

Je lève une main vers mon visage et elle m'imite, effleurant sa joue, son arcade meurtrie, repoussant une mèche rougie. Le tout dans une chorégraphie parfaitement synchrone. Réaliser me prend une éternité, peut-être deux. Elle et moi portons la main sur notre bouche.

Un pas en arrière, moi vers la chambre, elle plus loin dans le miroir. Une bourrasque secoue la bâtisse, des gouttes de pluie grosses comme des noix martèlent les fenêtres. Je ne parviens pas à me détacher de ce double.

— C'est moi ? Je suis la dame rouge ?

Abel hoche la tête et vient m'étreindre de ses petits bras.

— Mais… comment… ?

Il lève les yeux vers moi et sourit d'un air bravache. Sa peur n'est pas loin, je le sens.

— Je t'ai vue, dit-il tout bas.

Il m'incite à me pencher vers lui d'un signe de la main. Et il me raconte tout.

Les visions qui l'assaillent chaque jour ou presque.

Ce don de prescience qu'il n'a jamais souhaité recevoir, qui lui gâche la vie en l'écartant des autres.

Rien de cela n'a de sens. Et pourtant, je le crois.

Un long silence suit ses confidences. Le regard perdu dans le vide, j'en profite pour reconsidérer certains événements sous un éclairage différent. Une lumière neuve, aux reflets inattendus. Je hoche la tête comme un automate. Allez intégrer un pareil concept. On ne peut pas modifier son destin, qu'on s'imagine en être maître ou non.

Cela ne signifie pas qu'il soit vain d'essayer.

— Donc, c'est moi qui t'ai averti que Corentin allait mourir.

Les doigts d'Abel se crispent brusquement entre les miens avant qu'il s'en détache. Il me lance un regard paniqué. J'ai été témoin de nombre de ces changements d'attitude. Ces moments d'angoisse subits, ces regards sans âge. J'étais à mille lieues d'en connaître la véritable raison.

Je m'agenouille devant lui, sans oser le toucher. Il tremble. Bon Dieu, vivre comme ça doit être terrifiant. Et je dois être terrifiante, ainsi barbouillée de sang et de larmes.

Inutile de le malmener davantage. La gorge nouée par l'émotion, je me relève, chancelle un peu sur mes pieds douloureux, puis contourne le lit jusqu'à la peinture du voyageur. Il me tourne toujours le dos, le regard porté vers le lac et les montagnes auréolées d'une douce lumière, au loin. Je n'aurai jamais vu son visage. C'est peut-être mieux comme ça.

Je pose mon front contre son épaule, comme il

m'arrivait de le faire avec Luca. Luca dont j'ai oublié les traits. Je l'écarte de mes pensées avec délicatesse. Il ne m'obsède plus désormais. Je peux m'en détacher pour de bon. Devenir Madeleine Lemans, avec ses quelques défauts, mais ses si nombreuses qualités.

Si toutefois je parviens à traverser cette nuit au goût de fin du monde. Voir le soleil se lever sur un jour neuf et repartir de zéro.

Je sens qu'il faudrait encore que je demande quelque chose à Abel. Sur ce qui m'attend, après. S'il y a un après.

— Abel ?

Sa réponse met du temps à venir. Les yeux farouchement fermés, je ne trouve pas le courage de quitter l'épaule de mon inconnu sans visage.

— Désolé. C'est trop tard.

Et comme pour entériner sa phrase, la porte de ma chambre s'ouvre à la volée.

42

— Vous avez fait *quoi* ?

Plusieurs des mômes se sont rapprochés, plus curieux qu'inquiets. Surtout des mauvaises graines qui ont vu bien pire qu'une tempête et des portés disparus dans leur courte vie. Et cette jeune fille avec des yeux en amande sous ses lunettes aux verres épais, poings sur les hanches, qui toise le directeur d'un air outré.

— Julia, retourne vers les autres, tout cela ne te regarde…

— Vous avez enfermé m'dame Maddy ? fulmine-t-elle. Mais elle n'a rien fait ! Elle est gentille !

Romain s'écarte le temps que l'éducatrice, appuyée par un autre adulte – l'instit à moitié chauve –, maîtrise la gamine en pleine crise de nerfs. Une chose est sûre : le charme de Madeleine a opéré sur elle. La petite est prête à défendre bec et ongles sa prof préférée.

— Donc, tu l'as mise en transe hypnotique avant de la boucler au sous-sol, dit-il à Emilio une fois un semblant de calme revenu.

— Pas besoin de me faire la morale toi aussi, j'ai vite compris que c'était la pire des idées. Mais quand j'ai voulu aller la rechercher, la pièce était vide. Et puis on a découvert Nathanaël, et…

Et l'enfer avait commencé. Romain hoche la tête, le front plissé par la réflexion. Il n'y a pourtant pas trente-six options à envisager.

— Il faut qu'on la retrouve.

— Je viens avec vous.

L'homme qui l'a interpellé ne lui rappelle rien de prime abord. Il se lève, entraînant avec lui une petite fille coulée sur ses genoux, une peluche informe serrée contre son cœur. Il va la déposer dans les bras de Samia avec une délicatesse en total décalage avec son physique de rugbyman.

— Je veux m'assurer qu'il n'est rien arrivé à ma p'tite. Elle est sous ma responsabilité. Ariane, précise-t-il enfin devant l'incompréhension de Romain.

Le cuistot, donc. On dirait un père anxieux parlant de sa fille. Ou d'un fiancé fou d'inquiétude, ce qui serait incongru au vu de leur différence d'âge. Sa détermination et ses mains larges comme des battoirs comptent davantage que ce détail aux yeux de Romain. De plus, il vaut sans doute mieux le prendre lui qu'Emilio en guise de partenaire. Si vraiment Madeleine a disjoncté suite aux manipulations foireuses du directeur, elle risque fort de garder une dent contre lui.

— D'accord. Mais vous restez derrière moi quoi qu'il arrive.

Une série de recommandations, des paroles rassurantes et quelques messages de dissuasion à l'intention des plus téméraires, et le duo quitte le réfectoire. Des courants d'air venus de toutes parts sifflent des menaces furieuses à leurs oreilles. Cette maudite tempête n'a pas encore lâché l'affaire. Il n'y a plus qu'à espérer que Madeleine se soit réfugiée à l'intérieur. Romain compte bien monter jusqu'à son appartement, mais il inspecte chaque pièce sur son chemin.

Son coéquipier attire son attention alors qu'ils parviennent au bout du couloir. Tous les sens en alerte, Romain hausse son pistolet, prêt à s'en servir si nécessaire. Mais le changement que voulait signaler le cuisinier concerne une personne qui se moquerait bien de son arme, puisqu'elle est morte. Dans l'escalier, l'adolescent mutilé ne se trouve plus dans ce mouvement de chute figé, mais couché de façon presque naturelle. Il se peut qu'on l'ait déplacé dans un élan d'empathie.

Ou qu'on se soit acquitté de la tâche par simple souci pratique. Pour libérer le passage.

Un signe de la main que son acolyte comprend comme s'il avait été policier dans une vie précédente, et Romain attaque les marches. Même allongé confortablement, le cadavre continue de disséminer ses relents de mort. Romain n'en capte pas d'autres particuliers. Les seuls sons font partie du chant ininterrompu de la tempête. Une symphonie jouée par un orchestre d'air, d'eau et de bois.

Une fois au premier étage, il se dirige tout droit vers la chambre de Madeleine. La moquette épaisse masque tout rai de lumière qui pourrait s'échapper par le bas de la porte. Mais des taches d'un brun rougeâtre ressortent clairement sur sa couleur verte. Des traces de pas. Il ne fait pas fausse route.

Coup d'épaule contre le battant, qui cède sans

résistance. Romain pénètre dans l'appartement, son arme au poing. Il localise tout d'abord le petit garçon au dessin, Abel. Puis il se tourne vers la gauche et découvre Madeleine, debout, la tête appuyée contre une peinture comme si elle cherchait à passer derrière la toile et entrer dans l'œuvre d'art.

De grosses larmes roulent sur les joues pâles du premier. La deuxième est à moitié nue et maculée de sang. Aucun d'entre eux n'esquisse le moindre geste. Le petit est sans doute impressionné par le pistolet braqué sur Madeleine. Quant à cette dernière, elle semble ailleurs. Déconnectée de la réalité. A-t-elle complètement pété les plombs ?

— Viens là, Abel, dit Romain en ouvrant son bras libre. Viens vers moi.

À l'image d'un automate aux articulations rouillées, le gamin le rejoint. Romain pousse le petit dans son dos, s'assure d'un bref coup d'œil que le cuisinier l'a récupéré.

— Bien, maintenant, j'aimerais que vous reculiez de deux pas, Madeleine. Les mains en évidence.

Elle s'exécute elle aussi, docile. La voir ainsi, bras écartés, paumes ouvertes, les cheveux collés en grappes rougies sur son visage malmené, est presque douloureux. Romain est à deux doigts de ressentir une bouffée de pitié. Sans ses yeux au pouvoir quasi hypnotique, il abaisserait peut-être son arme. Il lui offrirait une couverture, s'inquiéterait de ses blessures – celle à l'arcade sourcilière a pris une vilaine teinte violacée, une traînée qui s'étend jusqu'à sa pommette, fermant son œil au passage.

Mais il y a ce regard insondable et fixe qui se pose en alternance sur lui et le canon de son flingue. Il y a tout ce que Romain a appris de Madeleine. De Jasmine, surtout. Il sait ce dont elle est capable. Cette blessure, elle se l'est peut-être infligée elle-même, pour brouiller les pistes. Il ne lui demande donc pas qui l'a frappée. À la place, il ordonne :

— Dites-moi où sont les autres.

— Quels autres ?

Cette petite voix innocente, c'est trop pour le cuistot. Avant que Romain ne puisse réagir, il le bouscule, se rue sur Madeleine qu'il attrape par la gorge.

— Joue pas à la plus maligne avec moi, sale pute ! Où est Ariane ?

— Je n'en sais rien, articule-t-elle à grand-peine.

Il la hisse vers le haut au point que seuls ses orteils nus touchent le sol. Elle agrippe de son mieux la poigne de son agresseur, mais le match n'est pas égal.

— Tu t'imagines qu'on va te croire, barbouillée de sang comme tu l'es ?

— C'est… le mien.

Les appels au calme de Romain n'ont aucun effet. L'homme resserre encore sa prise. Le visage écarlate, Madeleine commence à suffoquer.

— Menteuse !

— Si… Le mien… celui de Nath… anaël… et de… Pedro.

À l'énoncé de ce nom, le cuisinier la lâche brusquement. Madeleine tombe à genoux, la respiration sifflante. Elle porte les mains à sa gorge, hoquette en bavant, pitoyable. Romain ne lui accorde pourtant aucune compassion. Il s'accroupit devant elle, la secoue par l'épaule jusqu'à obtenir sa pleine et entière attention.

— Où se trouve Pedro ?

— Dehors. Je n'ai pas réussi à…, ajoute-t-elle, ses yeux émeraude brillants de larmes.

À quoi ? Faire disparaître son corps dans les règles de l'art ?

Romain doit en avoir le cœur net. D'un geste, il la force à se relever, à se placer un demi-pas devant lui. Il garde une main sur le haut de son bras, ses doigts enfoncés dans sa chair. Ça doit lui faire mal. Il s'en moque royalement.

— Emmenez-moi là où vous l'avez laissé.

Une impulsion sèche, et elle sort de la chambre avec un dernier regard pour le tableau dans lequel elle semblait vouloir fuir. Ils longent le couloir dans le sens inverse, redescendent. C'est Madeleine qui ouvre la porte.

Dehors, la pluie a cessé.

43

Tout cela doit être un cauchemar. La tempête, ma séquestration, cette chasse diabolique dans la forêt, le corps de Nathanaël dans l'escalier, les révélations d'Abel. Peut-être suis-je captive d'une boucle mentale qui se serait embrouillée, à l'image d'un bras de tourne-disque dérapant sur un vinyle aux sillons usés.

Pourtant, la tristesse d'Abel, lorsque nos regards se sont croisés, semblait bien réelle. Tout comme la poigne de Theven, assez brutale pour me déboîter l'épaule. Ma formule magique ne fonctionnera plus, désormais. Je ne pourrai plus me sentir en sécurité, seule avec lui dans une voiture. Si j'invoquais cette image, je suis persuadée que je me verrais au volant, obligée de conduire sous la menace de son flingue.

Une bourrasque me cueille dès que je pose un pied sur le perron. Je vacille et Theven me serre encore un peu plus fort, tordant mon bras en arrière. Il me faut quelques pas pour me rendre compte que quelque chose a changé. Mes pieds s'enfoncent toujours dans le gazon détrempé et par endroits boueux, mais il ne pleut plus.

Dommage. J'aurais apprécié de sentir des gouttes sur mon visage, même glacées.

J'envisage un instant de fuir. Balancer mon coude en arrière, dans le nez ou la gorge de Theven, puis prendre mes jambes à mon cou. La nuit est si épaisse, j'aurais peut-être une chance.

Mais il y a ce flingue braqué dans mon dos – je peux presque le percevoir, comme une onde négative. Il y a Ours, qui nous a emboîté le pas, Abel coincé sur la hanche et le nom d'Ariane en permanence sur les lèvres – Theven lui répète pour la troisième fois de retourner à l'intérieur, et il obtempère enfin. Et puis, au bout du chemin, il y a cette fichue clôture avec ses barreaux de métal, comme ceux d'une cage – ou d'une prison.

Une prison. Voilà qui est ironique. Moi qui ne voulais pas y aller, surtout pas. Les Trois Nuages n'auront été qu'une étape, un purgatoire avant le véritable enfer.

J'espérais pourtant avoir expié la plus grosse partie de mes fautes. M'être rachetée. De toute évidence, mes efforts n'ont pas été jugés suffisants.

— Avancez, Madeleine.

J'ai ralenti sans m'en rendre compte, freinée par le poids de mes pensées. Pour rien au monde je ne les avouerais à Theven, alors j'invoque l'obscurité. Un grondement de gorge et il me lâche – *surtout, pas de bêtises* –, farfouille dans son blouson et me tend une lampe-torche – *je suis toujours derrière vous*. Mon pouce dérape sur l'interrupteur, puis une flaque de lumière crue se déverse à mes pieds. Je considère l'engin en silence, juste une seconde. Son poids, sa taille.

Mon imagination prend le relais sans que je le lui aie demandé. En plein fantasme violent, je me vois assommer Theven, qui s'effondre sur le sol. Pour faire bonne mesure, je lui balance encore un, deux, des dizaines de coups fictifs sur le crâne, jusqu'à ce que j'entende les os craquer…

— Allez, avancez maintenant.

Mes jambes obéissent avant mon cerveau toujours obstrué par ces images d'une sauvagerie jouissive. Je m'en débarrasse en secouant la tête, éclaire des portions de nuit autour de moi pour me situer et reprends un pas plus assuré. Dans une bouffée d'espoir un peu fou, je me mets à rêver que nous ne retrouverons pas Pedro couché sur le sol près du banc, vidé de son sang et la peau froide, si froide. Qu'au contraire il viendra à notre rencontre, de l'inquiétude plein le regard, *je te cherchais, Maddy, où étais-tu passée ?*

Ce vœu non plus ne sera pas exaucé. La lumière de la lampe-torche éclaire le bout d'une basket, puis des jambes et un corps tout entier. Theven se baisse pour vérifier l'absence de pouls à sa carotide, mais se contente de l'effleurer.

— Qu'est-ce que vous lui avez fait, Madeleine ?

Sa question fait écho à celle, incrédule, de Pedro.

Qu'est-ce que tu m'as fait, Maddy ?

— Rien du tout. Je vous le jure, Theven. Je l'ai trouvé comme ça, j'ai essayé de comprimer la plaie, mais c'était trop tard. Je ne lui voulais aucun mal.

Tout en parlant, je m'accroupis auprès de Pedro, écarte les pans de son tee-shirt déchiré pour montrer la blessure béante à mon protecteur devenu juge. Quelque chose brille dans l'herbe détrempée, en bordure du halo lumineux.

La lame d'un couteau.

Je jurerais qu'il ne se trouvait pas là tout à l'heure, quand j'ai essayé de secourir Pedro. Je l'aurais remarqué. Du moins, je le crois.

Mes certitudes jouent au yo-yo, me rendant incapable de prendre une décision. M'emparer de ce couteau, le pointer en défense ou le tenir dans mon dos, quitte à le coincer sous le rebord de ma petite culotte. Ne pas y toucher. Le signaler à Theven, lui demander de le ramasser. Après tout, ce ne sont pas mes empreintes digitales, sur le manche. Pas cette fois.

Pour l'instant, je me contente de le pousser un peu de l'orteil pour qu'il se retrouve en partie sous le corps sans vie de Pedro.

— Et le môme dans le hall, vous avez voulu le secourir, lui aussi ? grince Theven.

— Il était déjà mort à mon arrivée au manoir. Regardez-moi, enfin. J'ai perdu connaissance après avoir été attaquée. Quand je me suis réveillée, j'étais au beau milieu de la forêt, dans cette tenue. Je n'ai tué personne.

L'espace d'une seconde, je crois être parvenue à le convaincre. Pas complètement, bien sûr. Mais un bon pourcentage. Un doute raisonnable, suffisant pour faire pencher la balance en ma faveur. Pour qu'il baisse son arme et accepte de discuter dans le calme.

Mais un bruit détourne notre attention. Pas vraiment un cri. Un gémissement plaintif. Je dirige la lampe vers son origine dans un geste automatique.

Et, comme une biche prise dans la lumière des phares d'une voiture, Ariane se fige.

Elle soutient Lola qui dodeline de la tête, groggy. Droguée, peut-être. Ou blessée. Je fais un pas en avant pour aller lui prêter main-forte et déclenche une réaction en série. Theven me crie de ne pas bouger et me met de nouveau en joue. Lola titube et s'effondre sur le sol.

Ariane, elle, me désigne de l'index et souffle d'une voix tremblante :

— Je vous en supplie, ne la laissez plus nous faire du mal. Ni à Lola ni à moi.

Ses yeux écarquillés de terreur sont fixés sur moi. Je remarque les traînées rouges sur la jambe droite de son pantalon clair, la manière un peu bancale dont elle se tient. J'ignore comment elle s'est retrouvée blessée. Tout ce que je sais, c'est que je n'y suis pour rien. Cette fille m'agace au plus haut point, mais je ne lui ai jamais souhaité le moindre mal. Et jamais je ne toucherais à un cheveu de Lola.

— Elle n'est pas dans son état normal, Theven, dis-je avec un geste apaisant de la main. Ce qu'elle dit n'a aucun sens.

Ariane argumente, m'accuse de je ne sais quoi en quelques phrases chevrotantes. Lola relève la tête vers elle, fronce les sourcils. Puis nos regards se croisent. Je ne lis rien de négatif à mon égard dans le sien. Plutôt un appel à l'aide. Elle a peur, mais pas de moi.

Elle a peur d'Ariane.

Theven scande des ordres à mon intention, *les mains en l'air, mettez-vous à genoux, maintenant, maintenant !* Je les entends, mais de façon lointaine. Rivée aux yeux noirs de Lola, je hoche la tête, un mouvement infime auquel elle répond.

Je compte jusqu'à trois dans ma tête.

Un

Deux

Trois

D'un mouvement vif, je jette la lampe-torche le plus loin possible. Je profite de la surprise pour ramasser le couteau et bondir vers Lola. Nos mains s'arriment comme si elles s'attendaient depuis toujours.

— Arrêtez ou je tire !

La sommation ne m'atteint pas. Ni celle-là ni la suivante. Je cours aux côtés de Lola, je vole en direction de l'aube, d'un matin où tout redeviendra comme avant. Non, ce sera encore mieux. Plus doux, plus lumineux.

Et soudain, je m'écroule.

J'entends la détonation au moment précis où la douleur explose dans ma poitrine. À plat ventre dans la boue, je cherche à me tirer en avant pour y échapper, mais mes bras refusent d'obéir. J'ai l'impression que des racines se sont enroulées autour de mes chevilles et m'empêchent d'avancer. Comme si le Père et la Mère sortaient leurs doigts décharnés de la terre afin de m'entraîner avec eux dans les profondeurs. À ma juste place.

Emportée par son élan, Lola s'immobilise puis revient vers moi en poussant un long cri inarticulé. Le hurlement que je ne parviens pas à extérioriser. Il n'y a que du sang qui s'échappe de mes lèvres, et sa tiédeur est étonnamment agréable. Il en coule davantage lorsque Lola me tourne sur le dos. Elle crie mon nom. Mes noms. Madeleine. Jasmine. Puis Maddy. Elle s'arrête sur celui-là, le répète encore et encore, et je me dis que c'est mon préféré. Je veux le garder pour toujours.

Mon champ de vision se rétrécit, mais je discerne encore Theven qui cherche à se pencher sur moi. Lola le repousse, lionne ou louve, la rage au ventre, belle comme jamais. La douleur s'est dissipée, je ne pèse plus sur le sol au point de m'y enfoncer. Au contraire, je me sens légère. Je voudrais le dire à Lola, lui assurer que tout va bien, qu'elle n'a pas à s'inquiéter pour moi.

Je vais m'envoler pour de bon.

44

La suspecte a cherché à s'enfuir en entraînant avec elle un otage qu'elle menaçait d'un couteau. Elle n'a pas réagi à mes trois sommations prononcées de manière claire et distincte. Afin d'assurer la sécurité de l'otage, j'ai décidé de faire usage de mon arme. Un tir unique qui a touché la suspecte dans le dos, à hauteur de thorax.

Voilà ce que Romain consignera dans son rapport, de retour au Bastion. Ou ce qu'il dictera aux gendarmes qui ne manqueront pas de débarquer en nombre ici, une fois le réseau téléphonique rétabli. Au vu de l'étendue du carnage, ils se passeront de route pour venir.

Ces lignes, il les écrit dans sa tête sitôt après avoir pressé la détente. Une façon de se détacher de l'horreur crasse de la situation. De son absurdité. C'était la première fois qu'il faisait feu sur autre chose qu'une cible en papier. Étonnamment, ça n'a pas été plus difficile qu'au stand de tir. Jambes écartées, viser, bloquer sa respiration. Et voilà.

Sauf que là, la cible était vivante, et qu'elle s'est effondrée d'un coup.

Sauf que là, il vient de blesser un être humain. Peut-être mortellement. Cette formulation lui a toujours paru ridicule. *Blesser mortellement*. Pourquoi ne pas utiliser le verbe tuer ?

La gamine – l'otage – s'arrête en plein sprint et se rue sur le corps de la femme. Romain ne parvient plus à penser à elle comme Madeleine. Après toutes les atrocités dont elle s'est rendue coupable, elle est redevenue celle qu'elle n'avait jamais cessé d'être. Une incarnation du Mal. Romain n'aurait rien pu faire de plus. On ne transforme pas un serpent en papillon.

Le cri de détresse de l'adolescente le secoue à la manière d'un choc électrique. Il remet son pistolet en place dans son holster d'une main lourde. Il n'en aura plus besoin. L'idée d'y toucher de nouveau lui donne la nausée. Ariane s'élance vers lui, passe ses bras tremblotants autour de son cou. Il l'écarte en douceur. Les premiers pas sont les plus pénibles, comme s'il lui fallait s'extirper de profonds sables mouvants et non d'une simple couche de boue. Il se penche sur sa cible de chair et est violemment repoussé par la fille qui feule presque, toutes griffes dehors. Une réaction illogique de la part d'un otage, mais il sait bien que personne ne reste totalement rationnel dans ce genre de situation. De toute manière, il n'y a plus rien à faire. La fleur qui s'épanouit sur le débardeur de la suspecte ne laisse pas de place au doute. Pas plus que le filet rouge vif qui s'échappe de la commissure de ses lèvres.

Romain vient de tuer quelqu'un. Qu'il s'agisse d'une personne mauvaise ne fait pas grande différence, au final. Il en fait l'expérience de la plus cruelle des façons.

Il tente de prendre l'adolescente dans ses bras, de contenir ses cris, mais elle se débat comme un beau diable. Ariane les rejoint au ralenti, considère le corps sans vie allongé à ses pieds, puis se met à rire nerveusement. Un signe de relâchement après un stress trop intense. Une réaction aussi courante que celle, inverse, de Lola.

Des phrases s'entrechoquent dans son esprit, ordres ou invitations bienveillantes. Romain tergiverse, passe entre ces deux visages féminins aux airs de masques de théâtre antique, se concentre pour ne pas baisser les yeux vers celui de la morte, et, au bout du compte, tout ce qu'il parvient à articuler, c'est :

— Venez.

Deux syllabes peu déterminées, mais qui suffisent à les arracher de leur état à la limite de l'hystérie. Il tend une main vers l'adolescente, qui hésite, puis l'accepte. Avec un regard aussi noir qu'un ciel de nuit en enfer, mais qu'importe. Romain l'aide à se hisser sur ses jambes et, un bras en travers de son dos, il la dirige vers le manoir. Elle ne cesse de jeter des coups d'œil en arrière.

— Tu n'as plus à t'en faire, à présent.

Il sait à quel point les instants qui suivent un tel drame peuvent être cruciaux pour le mental des victimes. Hors de question que cette gamine passe sa vie à regarder par-dessus son épaule, par crainte de voir ressurgir une menace.

— Il ne t'arrivera plus rien, je te le promets, ajoute-t-il.

Son petit discours rassurant n'a pas l'effet escompté.

La fille se dégage de son étreinte d'un geste brusque et le devance sur le chemin. Elle court presque au moment de grimper les quelques marches du perron. Ariane la rejoint et elles s'engouffrent ensemble dans la bâtisse. Elles ralentissent à peine vers le cadavre du garçon, au bas de l'escalier. Romain songe qu'il faudrait le recouvrir d'un drap. Tout comme Pedro. Et Madeleine aussi, malgré tout.

La lumière à l'intérieur lui semble indécente. Trop accueillante et chaleureuse après ce qui vient de se produire. Romain plisse les paupières et se dirige d'un pas mécanique vers le réfectoire. La porte résiste à sa poussée. Emilio a pris ses recommandations au sérieux.

— C'est moi, annonce-t-il d'une voix creuse en tapant du plat de la main sur le battant.

Le directeur de l'institut ouvre aussitôt, les traits rongés par l'angoisse. Romain laisse passer les deux jeunes femmes, qui sont accueillies avec des exclamations de soulagement.

— Pedro ? souffle Emilio en le retenant par le bras.

Romain secoue la tête de gauche à droite. Malgré ses yeux baissés, il voit l'autre éducatrice s'effondrer au bas d'une paroi. Elle a compris.

— C'est terminé. Mais je préférerais que vous restiez tous là jusqu'à l'arrivée des gendarmes. La tempête s'éloigne, nous ne devrions plus être coupés du monde trop longtemps…

Tout en parlant, il enfonce une main dans la poche intérieure de sa veste et en extrait son téléphone. La jauge du réseau affiche une barre, petite et solitaire, mais bien présente. Sur le bas de l'écran, un chiffre rouge clame qu'il a manqué douze appels. Il annonce d'un geste qu'il va contacter la cavalerie et s'éloigne dans le couloir.

La major Dupuy a tenté de le joindre à trois reprises. Les autres coups de fil manqués proviennent d'Issam, et sont doublés de messages écrits. Son inquiétude croissante transparaît au travers de ses phrases, de plus en plus courtes et pressantes. Le dernier indique simplement « appelle-moi », sans ponctuation, sans même un de ces stupides smileys qu'Issam affectionne tant. Cette absence lui fait monter les larmes aux yeux. Il les ravale avec peine, conscient qu'elles se tapissent dans sa gorge, sournoises.

Elles gonflent sitôt que la voix d'Issam s'élève dans le creux de son oreille. Il a décroché dès la première sonnerie, comme s'il avait gardé son mobile à la main pendant toute la nuit.

— Oh, Dieu merci, Romain, tu es là.

Il songe à répliquer sur le ton de la plaisanterie, à lui rappeler qu'aucun d'entre eux ne croit en Dieu – ni en aucun autre représentant d'une quelconque loi divine, d'ailleurs. Mais à la place, il lâche de but en blanc :

— Je l'ai abattue, Issam. Je l'ai tuée.

Le raz-de-marée redouté n'a pas lieu. Ses larmes s'assèchent sur cet aveu spontané, ne laissant derrière elles qu'un goût amer.

— Ta protégée ?

— Oui. Je pensais qu'elle pourrait se racheter. Qu'elle le voulait réellement. Mais il y a eu ces mômes… Elle en a assassiné deux, et elle était sur le point d'en enlever une troisième…

Un silence à l'autre bout de la ligne. La voix d'Issam prend une intonation sévère, avec un fond d'urgence.

— Alors, tu n'as rien à te reprocher.

Quelque chose se desserre dans la poitrine de Romain. Ses jambes se mettent à flageoler, menaçant de lâcher sans préavis. Il se stabilise d'un bras contre le mur le plus proche, y pose son front.

— Tu m'entends, Romain ? Tu as fait ce qu'il fallait, insiste Issam.

— J'espère.

Le vertige se dissipe peu à peu.

— Il y a autre chose d'important. J'ai reçu un appel étrange il y a un peu plus d'une heure. Mon interlocuteur s'est assuré de mon identité, puis m'a demandé de te transmettre un message.

Romain se redresse, soudain mal à l'aise. Un vilain pressentiment vient de planter ses crocs dans sa nuque.

— Je t'écoute.

— « Dites au commandant Theven de suivre le fil d'Ariane. »

— C'est tout ?

— Il a ajouté qu'il te souhaitait bonne chance et a raccroché. Il utilisait un numéro masqué ; j'ai essayé de l'appeler en retour, mais une bande enregistrée affirmait que ce numéro n'est pas attribué.

La mâchoire de Romain se crispe sans qu'il en ait conscience. Un jet d'adrénaline glacé accompagne cette crispation. Il se remet en marche dans le couloir, le cœur battant sur un rythme détraqué.

— Tu sais de qui il peut s'agir ? demande Issam, préoccupé.

— Aucune idée.

Un mensonge. Il a une théorie très nette à propos de l'identité de ce correspondant mystère. Une personne assez influente pour obtenir sans peine certains renseignements, comme le nom et le numéro de téléphone du compagnon d'un officier de police. Et assez arrogante pour asseoir sa puissance en délivrant son message de cette façon. Mais il n'est pas prêt à se l'avouer. Cela signifierait qu'il a eu tort. Qu'il s'est trompé sur toute la ligne.

— Merci. Il faut que j'y retourne.

— Attends, je…

— Je t'aime, Issam.

Couper la communication lui fait le même effet que s'il s'était arraché lui-même un bras. Un mal nécessaire. S'il était resté en ligne, il n'aurait plus trouvé assez de force – ou de hargne – pour la suite. Pour ce qu'il se doit de faire.

Il tient toujours son téléphone à bout de bras lorsqu'il déboule au premier étage. La chambre de Madeleine est encore grande ouverte, la lumière allumée. Il ralentit au moment d'y pénétrer, balaye du regard la pièce en désordre. Il vérifie tout d'abord le petit bureau, puis retourne les tiroirs de la table de chevet. Son mobile se trouve dans le deuxième. Un modèle simple, sans reconnaissance faciale. Sa protégée n'a pas modifié le code à quatre chiffres qui permet de le déverrouiller.

Un message texte non lu. Numéro masqué. Romain l'ouvre et sent sa respiration se bloquer.

« *Tu resteras à jamais mienne, Jasmine* »

Bien qu'il ne soit pas signé, Romain sait d'instinct

que ce message et celui qu'Issam lui a transmis proviennent d'une seule et même personne.

Luca di Ferro.

Les pièces d'un puzzle éclaboussé de sang se mettent en place une à une dans l'esprit de Romain. Certaines paroles du vampire lui reviennent en mémoire. Quelques phrases à propos de ces jeunes femmes qui s'entêtent à correspondre avec lui. Sur leur inventivité, leur audace. Le vampire a abandonné sa muse au profit d'une autre. Mais il reste assez joueur pour en informer Romain. Pour lui démontrer que, même du fond d'une cellule de prison, il parvient à manipuler son monde.

Maddy disait peut-être la vérité, finalement.

Il ne prend pas la peine de remettre l'appareil à sa place. Il se contente de le balancer sur la courtepointe froissée, puis sort d'un pas raide, toujours en apnée.

L'escalier de service est dissimulé derrière une paroi en bois sombre. Les marches craquent sous ses pieds, une petite musique grinçante qui irrite ses nerfs déjà mis à rude épreuve. Un étage, puis un autre. C'est là, sous les combles, que loge Ariane.

La porte est fermée, mais le verrou ne résiste pas à un coup de pied. Romain reprend enfin son souffle et un parfum écœurant de vanille synthétique lui saute aux narines. Une lampe à abat-jour dispense une lumière chaude sur les murs. La pièce, nettement plus petite que celle attribuée à Madeleine, n'est pas dépourvue de charme, avec son plafond mansardé et sa haute fenêtre bordée de rideaux en velours. Mais ce n'est pas ce qui retient l'attention de Romain.

Ce qu'il remarque avant tout, c'est la robe blanche

drapée sur un buste de couturière, juste à côté de la fenêtre.

Une robe de mariée.

Il manque des pièces au bustier, dont la base est fixée au mannequin par des dizaines d'épingles. Des éléments en broderie ont été déposés sur une petite table d'appoint. Un fil ivoire dépasse de l'un d'entre eux et pend vers le sol, lesté par une aiguille. Du matériel de couture est dispersé dans toute la chambre, jusque sur les coussins en désordre sur la tête de lit. Des bobines, des morceaux de papier fin que Romain suppose être des patrons, de minuscules ciseaux. Et, au milieu de ce bric-à-brac, un cadre photo. Le seul en vue. Romain le saisit avec précaution, le lève à hauteur de ses yeux.

Luca di Ferro affiche un sourire détendu, sûr de lui.

Romain a remonté le fil d'Ariane, mais trop tard. Beaucoup trop tard. Il était loin de se douter qu'une fois déroulé il ressemblerait à une toile d'araignée capable de le prendre au piège.

— Ça ne se fait pas, d'entrer chez les gens sans y être invité, commandant. Et encore moins d'y fouiner.

Ariane se tient sur le pas de la porte, bien droite dans son pantalon taché de sang. Romain s'était imaginé qu'il s'agissait du sien, puisqu'elle accusait Madeleine de lui avoir fait du mal. Il doit plutôt appartenir à l'éducateur, ou au garçon dans le hall.

— C'est vous qui…

— Elle est splendide, n'est-ce pas ? coupe-t-elle en se dirigeant vers la robe.

Elle laisse courir ses doigts sur le tissu soyeux de la jupe, un sourire extatique aux lèvres.

— J'ai tellement hâte de remonter la nef jusqu'à lui, de voir ses yeux pétiller lorsqu'il me découvrira. Ce sera une magnifique cérémonie.

— Luca di Ferro est en prison, Ariane.

Elle balaye sa phrase d'un geste désinvolte.

— Oh, plus pour longtemps. Et désormais, plus rien ne se dresse entre nous. Vous nous avez offert un beau cadeau de mariage en avance, cette fliquette aux cheveux rouges et toi, Romain. Tu permets que je t'appelle Romain, n'est-ce pas ?

Peut-être pour s'associer à son esprit hébété, ses muscles peinent à répondre lorsqu'il leur intime de sortir de nouveau son flingue de son holster. Il finit par y parvenir, pantin rouillé plus que flic bien entraîné. Ariane semble se moquer d'être mise en joue. Elle rectifie la position d'une épingle sur un ourlet du décolleté, rêveuse.

— Vous allez venir avec moi, Ariane.

— Oh non, Romain, non, ça ne va pas se passer comme ça. Pas vrai, Lola ?

Elle se tourne vers la porte et Romain aperçoit la jeune fille restée dans l'ombre. Livide, elle secoue la tête à toute allure, les yeux écarquillés. De quoi a-t-elle été témoin au juste ?

— Tout ce que je voulais, c'était m'enfuir de cet endroit avec elle, gronde-t-elle tout bas. Tu m'as menti. Tu t'es servie de moi…

Romain vacille sous l'effet de chocs cumulés. La culpabilité teintée de folie d'Ariane. L'emprise qu'elle exerce sur Lola. La collaboration de Valentina. Ses propres erreurs et leurs conséquences. Il refoule une envie de hurler, assure sa prise sur la crosse de son pistolet.

— Passez devant, Ariane. On va redescendre tous ensemble.

Ariane abandonne enfin sa robe pour lui faire face et décrète :

— Jamais.

Avec une vivacité presque surnaturelle, elle se rue sur lui. Ses bras tendus le heurtent au niveau de la poitrine et l'envoient valdinguer en arrière. Les carreaux de la fenêtre se brisent dans une gerbe de verre dans son dos. Sensation de vertige. Ses hanches butent contre le garde-fou, l'empêchant de basculer dans le vide, mais Ariane continue à le pousser. Il s'agrippe à son cou dans un réflexe désespéré, mais bientôt un rugissement s'ajoute à leurs cris de lutte. Celui de Lola, qui se jette dans la mêlée.

La détonation les surprend tous les trois à parts égales. Le temps de quelques battements de cœur, ils restent immobiles, entrelacés dans une posture tout droit sortie d'une fresque médiévale. Une représentation de la lutte éternelle entre le Bien et le Mal. Une bataille entre monstres.

Jusqu'à la chute.

45

Le gamin se dirige droit vers la péniche, comme s'il connaissait l'endroit. Qu'il y habite depuis toujours. Il pousse le portail bas du ponton, le tient poliment ouvert à son intention. Camille Dupuy peut sentir son impatience. Une sorte de vibration qui émane de lui, de ses regards, de ses silences.

Leur hôte les attend sur le pont, emmitouflé dans un pull à col roulé. Il tend une main qu'elle serre avec plaisir.

— Bienvenue sur le *Gemini*, major.

— Je vous en prie, pas de major ici. Appelez-moi Camille.

— Alors, bienvenue, Camille. Moi c'est Issam.

Son sourire dévoile des dents très blanches. Il a meilleure mine que la première fois qu'elle l'a vu. Mais étant donné les circonstances… C'était lors des funérailles du commandant Theven, quatre mois plus tôt. La major Dupuy s'y était rendue comme sur pilote automatique. Elle avait à peine échangé trois phrases avec Issam à la fin de la cérémonie. Elle ne se sentait pas en mesure d'absorber une partie de sa peine. Et elle ne voulait pas y ajouter la sienne.

Issam se tourne pour saluer le petit, mais celui-ci a continué sur sa lancée et ouvert la porte menant à la cabine. Surpris, Issam invite Camille à entrer se mettre au chaud. Il reste pourtant sur le seuil, un pied à l'intérieur, l'autre à l'extérieur. Les yeux rivés sur Abel, qui a déposé son manteau sur le dossier d'une chaise avant de s'installer dans un coin du sofa, les genoux repliés sur le côté.

— Issam ? Tout va bien ?

Camille doit répéter son appel pour qu'il réagisse. Il secoue tout d'abord la tête, puis désigne le gamin.

— Il faisait exactement la même chose. Romain. Chaque jour en rentrant, il balançait sa veste sur cette chaise. Jamais une autre. Jamais le portemanteau non plus. Ensuite, il s'asseyait à cette place précise, dans la même position.

Un peu hésitant, il va s'accroupir devant le garçon.

— Bonjour, Abel. Je suis ravi de faire ta connaissance. Nous avions un ami en commun… Quelqu'un que j'aimais beaucoup.

Le petit hoche la tête, puis se jette au cou d'Issam, qui finit par refermer ses bras autour de lui. Camille prétend ne pas voir les larmes qui dansent dans ses yeux lorsqu'il se relève.

— Vous ne savez toujours pas comment il s'est retrouvé en possession de mon numéro de téléphone ?

— Non. Cela restera un mystère, je le crains.

Dès le lendemain de ce qui demeurera dans les mémoires comme « la tuerie des Trois Nuages », Abel avait commencé à noircir des pages entières avec une série de dix chiffres. Camille avait été stupéfaite de constater qu'il s'agissait du numéro enregistré dans le dossier de Romain Theven sous la catégorie « à appeler en cas d'urgence ». Trois semaines plus tard, c'est l'adresse d'amarrage du *Gemini* qu'il écrivait frénétiquement. Une manie obsessionnelle qui avait cessé d'un coup, quand Camille lui avait promis de l'y emmener.

— Et l'enquête ? Vous avez une idée plus claire de ce qui s'est passé ?

Savoir. Comprendre. Tous les proches de victimes souhaitent cela. Voilà ce que Camille déteste le plus dans son travail : ne pas pouvoir leur apporter de réponses.

— J'aimerais vous répondre autrement, Issam. Mais en toute franchise… Je n'en sais rien.

L'incompréhension, depuis des mois. Des questions qui l'empêchent de trouver le sommeil. Les mêmes, en boucle, depuis le moment où elle avait découvert le carnage sur le domaine de l'institut. Une disparue. Cinq cadavres. Un dans le parc, un à l'intérieur du manoir, deux autres au bas d'une fenêtre brisée. Romain faisait partie de ceux-là. Son corps recouvrait en partie celui d'Ariane Deligny, l'aide-cuisinière. Quant à la dernière, retrouvée sous les premiers arbres de la forêt… Le fait qu'il s'agisse de Jasmine Daux, la fameuse muse du vampire pourtant officiellement morte et enterrée, avait fait l'effet d'une bombe au sein de la caserne. Que l'information n'ait pas fuité dans la presse tenait du miracle.

— Il me semblait que vous étiez arrivés à une conclusion.

— Tout porte à croire que Romain a abattu sa protégée pour mettre fin à sa folie meurtrière, dit Camille d'un ton laconique. Mais rien n'explique ce qui s'est déroulé après cela. Pourquoi il en est venu aux mains avec Ariane Deligny, ni comment ils ont tous deux chuté de cette fenêtre.

— Il a suivi le fil d'Ariane, murmure Issam.

Il semble perdu dans ses pensées. Loin, trop loin pour que Camille puisse comprendre à quoi il fait référence. Un frisson le secoue et son regard reprend son acuité.

— Et l'adolescente qui a disparu ? demande-t-il. Toujours pas de trace d'elle ?

— C'est comme si Lola Kettani s'était évaporée de la surface de la Terre, confirme Camille à regret.

— Donc, je ne saurai jamais avec certitude ce qui est arrivé à Romain. Pourquoi il est mort.

Camille le dévisage en silence, mesurant la peine dans chacun de ses gestes, dans chacune des rides récentes sur son front et aux coins de sa bouche. C'est le moment de décider. Elle redresse les épaules, inspire un bon coup. Elle doit le lui dire.

— Une personne le sait peut-être.

Du menton, elle désigne Abel, toujours blotti dans un renfoncement du canapé. Issam suit son regard puis revient sur elle, une expression de totale incompréhension sur le visage.

— Abel s'est retrouvé en compagnie de Jasmine Daux, puis de Romain, au cours de cette nuit-là. Il se pourrait qu'il ait été témoin d'échanges ou d'événements cruciaux.

Quelque chose de dangereux s'invite dans le regard d'Issam. L'espoir.

— Mais comme je vous l'ai expliqué, Abel est resté

mutique depuis les faits, s'empresse-t-elle de préciser. Selon son dossier, il ne parlait pas non plus auparavant. Malgré tout, il lui arrive de communiquer par d'autres biais. C'est pour cela que je vous l'ai amené. Peut-être trouverez-vous un moyen… Un lieu où vous retrouver, à mi-chemin.

Issam ne cherche plus à cacher ses larmes. Il s'assied lourdement sur une chaise, celle sur laquelle le petit a plié son manteau. Après quelques secondes de silence, il essuie ses joues d'un geste gauche tout en désignant le garçon du menton.

— Si j'ai bien compris, il est orphelin ?

— C'est tout comme. Personne ne l'a jamais réclamé. Il n'a aucune famille.

— Si, déclare-t-il. Il en a une, désormais.

Camille relève la tête vers lui, interdite.

— Je vais l'adopter, affirme-t-il avec détermination.

— C'est… Vous en êtes sûr ?

— Absolument. Pour autant que je pourrai obtenir sa garde avec mon statut particulier. Et si lui le veut aussi, bien entendu.

Camille se sent presque de trop dans la pièce. Comme une voyeuse assistant à quelque chose de trop intime. Le moment où une existence prend un tournant inattendu. Un virage n'apparaissant sur aucune carte.

Et pourtant.

— Bien sûr. C'est pour ça que je suis là.

Cette phrase les pétrifie tous les deux. Abel s'est levé pour la prononcer d'une voix claire et calme. Il glisse une main dans celle d'Issam et, le plus naturellement du monde, lui demande :

— On pourra aller voir la tour Eiffel cet après-midi ?
— Je… Oui, bonhomme. Avec plaisir.
Son sourire a une teinte lumineuse. Camille secoue la tête et refrène l'envie de se pincer. Si c'est un rêve, elle préfère en profiter jusqu'au bout.

46

La radio diffuse un morceau de bossa-nova. Un titre très « couleur locale » qui lui sort par les oreilles, mais ses clients adorent ça. Ça fait partie du décor, de l'expérience complète, tout comme la chaleur humide, les quesadillas et la végétation luxuriante. Lola l'a compris dès qu'elle s'est installée là, six ans plus tôt. Un point de chute après une longue errance. Près d'une décennie à trimballer son baluchon aux quatre coins du globe. Elle n'imaginait pas rester aussi longtemps. Et puis sa petite entreprise a fleuri. Location de mobylettes et restauration sur le pouce. Un drôle de combo qui plaît aux touristes de passage.

— Joli, ce local. C'est toi la proprio ?

Elle répond par l'affirmative avant de se rendre compte que l'homme l'a interpellée en français. Abandonnant le dossier débordant de fiches et de reçus qu'elle était en train de compulser, elle s'approche de lui pour l'observer plus en détail. Sa vue a baissé au passage de la trentaine, mais pour rien au monde elle ne l'avouerait. Elle préfère blâmer l'éclairage faiblard.

— Tu me reconnais ?

Un sentiment bizarre l'étreint. Une alarme intérieure, qui lui signale un danger imminent. Elle s'apprête à répondre que non, désolée, elle n'a aucune idée de qui il peut être, quand…

— Oui. Tu as sacrément grandi, Abel.

Le petit garçon chétif s'est transformé en solide gaillard d'un mètre quatre-vingts. Mais il a toujours les mêmes yeux. Deux puits sans fond au bord desquels Lola détestait se pencher à l'époque. Même sensation aujourd'hui.

— Toi tu n'as pas changé.

Lola passe une main dans la masse de ses cheveux crépus.

— Je crois que j'ai toujours su qu'un jour tu viendrais me voir. Comment m'as-tu retrouvée ?

— J'ai profité des contacts de mes pères. Et de quelques vieux souvenirs.

Lola fronce les sourcils, désarçonnée par cette réponse cryptique. Pour masquer son malaise, elle se penche vers le frigo, en sort deux canettes de soda. Elle en tend une à Abel, pose la sienne sur le bar qui les sépare. De la condensation se forme aussitôt sur le métal. Comme souvent, ces gouttes lui en rappellent d'autres venues du ciel, cette nuit-là.

— J'ai besoin de savoir une chose, poursuit Abel, la ramenant au présent.

— Je t'écoute.

— Qui a pressé sur la détente ?

Du bout de l'index, Lola cueille une perle d'eau fraîche. Elle l'efface en frottant ses doigts les uns contre les autres.

— Tu veux dire, qui a tué ce flic ?

— Il s'appelait Romain. Romain Theven. Je n'ai jamais su si c'était Ariane qui avait tiré. Ou si c'était toi.

Il décapsule sa canette, mais ne la porte pas à ses lèvres. Lola sent sa nervosité monter, puis éclater comme une bulle à la surface du soda.

— C'est Ariane qui a tiré. Mais pour être bien claire, peut-être que je m'en serais chargée si elle ne l'avait pas fait. Il venait de m'enlever la personne qui comptait le plus au monde pour moi.

Tout bien pesé, la responsabilité d'Ariane dans la mort de Maddy équivalait celle du flic. Lola regrette encore amèrement d'avoir cru en ces belles promesses. *Ce sera comme dans une pièce de théâtre, mais en plein air. Un peu de mise en scène et de pathos, et à la fin du dernier acte, tu pourras t'enfuir avec elle, comme tu le désires.* Des mensonges. Rien que des mensonges. Lola a fui, mais seule.

Abel hoche la tête avec lenteur, les yeux toujours rivés dans les siens. Dieu, qu'elle déteste ça. S'il continue, elle risque d'y disparaître pour de bon.

— Et si c'était à refaire ?

— Si je me retrouvais dans une situation identique aujourd'hui ? Non, je ne commettrais pas les mêmes erreurs. La vie m'a appris quelques trucs. Ce transfert quasi amoureux que je faisais sur Maddy… J'ai fini par comprendre que ça n'avait rien de réel. Que je devais me construire par moi-même.

— Très bien.

Il se décide enfin à boire une gorgée et, tant qu'à faire, vide sa canette. Il la lui tend avec un merci, puis se lève.

— Quoi, tu vas repartir comme ça ?

— Oui. C'est tout ce que je voulais entendre. Tout ce que nous voulions savoir, mon père et moi.

Et il quitte le local. D'accord. Il a bel et bien conservé son côté dingo. Lola a conscience qu'elle n'est pas en reste, mais quand même. Parcourir ces milliers de kilomètres depuis la France juste pour taper la causette deux minutes, il mérite la palme du plus perché.

Lola demeure un long moment immobile, assaillie par des émotions dissonantes. Une part d'elle lui hurle de fuir. L'autre se sent étonnamment sereine. Elle a confessé ce qu'il y avait de plus noir en elle. Un secret pesant, tenace et douloureux comme une métastase. Elle vient de l'arracher du fond de son âme pour le confier à la seule personne capable de l'entendre. Et ça fait un bien fou.

Quelques heures plus tard, après avoir baissé le rideau de fer sur sa vitrine, elle s'assied là où s'était installé Abel. Elle tient une petite pochette plastifiée entre les mains. À l'intérieur, une photo découpée dans un magazine. Le visage de Maddy sur papier glacé. La photo date de l'époque où elle s'appelait encore Jasmine Daux. Ses cheveux blonds noués en chignon dans sa nuque, elle fixe l'objectif avec assurance, un sourire énigmatique aux lèvres.

Lola sort le rectangle de papier de sa protection. C'est la dernière étape. Après toutes ces années, il est temps.

Elle s'empare d'un briquet, fait rouler la molette jusqu'à ce qu'une flamme en jaillisse. Le visage de Maddy se pare de reflets dorés. Peut-être devrait-elle prononcer quelques mots. Une formule solennelle. Mais rien ne lui vient à l'esprit.

Un courant d'air fait frémir la flamme, qui lèche le bord du papier. Lola ôte son pouce du briquet en catastrophe, presse son trésor entre ses mains. Maddy est intacte. Presque aussi belle que dans ses souvenirs. Elle l'embrasse du bout des lèvres et la range en lieu sûr.

Certaines pages se tournent.

Pas toutes.

REMERCIEMENTS

Merci de tout cœur…

À la formidable équipe des éditions Calmann-Lévy, et tout particulièrement à mon éditrice et cheffe d'orchestre préférée, Caroline Lépée, et à Mélanie Trapateau, avec qui travailler est un vrai bonheur.

Aux libraires, aux chroniqueurs, blogueurs ou bookstagrameurs, ainsi qu'aux lecteurs passionnés pour leur soutien si précieux. Échanger avec vous, de vive voix ou par écrit, est toujours un immense plaisir.

Aux copains auteurs de la grande famille du polar, avec un *graouuu* affectueux aux Louves.

Et à ma petite famille à moi, la meilleure au monde.

De la même autrice :

Tombent les anges, Calmann-Lévy, 2019
Inconditionnelles, Calmann-Lévy, 2021
Léonie, Calmann-Lévy, 2022

PAPIER CERTIFIÉ

Le Livre de Poche s'engage pour l'environnement en réduisant l'empreinte carbone de ses livres. Celle de cet exemplaire est de :
300 g éq. CO_2
Rendez-vous sur
www.livredepoche-durable.fr

Composition réalisée par Soft Office

Achevé d'imprimer en septembre 2025 en Espagne par
BLACKPRINT
Dépôt légal 1re publication : octobre 2025
LIBRAIRIE GÉNÉRALE FRANÇAISE
21, rue du Montparnasse – 75298 Paris Cedex 06
marketing@livredepoche.com

85/5785/5